Questo libro è stato tradotto grazie ad un contributo alla traduzione assegnato dal Ministero degli Affari Esteri e della Cooperazione Internazionale Italiano.

感谢意大利外交与国际合作部对翻译本书中文版提供的资助。

La cultura del
Rinascimento

文艺复兴时期的文化

[意] 欧金尼奥·加林 著

李玉成 译

人民出版社

译　序

　　文艺复兴是欧洲的一次思想大解放。热衷于寻找和阅读古典著作，是突出的现象之一。15 世纪初，随着城市工商业的发展，人们开始追求生活中美好的东西，关心公共事务，要求更广泛地参与社会生活，而这些都与封建等级观念和宗教迷信相冲突。因此，人们要求用新的伦理道德来打破精神枷锁，古代希腊、罗马著作中的人文思想正好符合这种要求。希腊、罗马的古代书籍，歌颂的是人的理性、道德、创造力和对现实幸福生活的追求，它同中世纪基督教文化宣扬的虚幻"天堂"和禁欲主义形成鲜明对照。个人的身体随着时间而消逝，但高尚的思想和行为却能通过书籍流传于世。意大利人文主义者们率先重新发现古典著作的光辉："从古籍中汲取精华"[①]，从对先辈们的回忆中寻找安慰和力量，这样的呼声和行动，引起许多人响应。

　　我翻译此书的目的，也希望借鉴文艺复兴时期某些积极的

[①]　参见［意］加林：《意大利人文主义》，李玉成译，生活・读书・新知三联书店 1998 年版，第 74 页。

东西，例如读书。中国也是文明古国之一，古籍浩如烟海。孔子读《易》，"韦编三绝"，他说："学而时习之，不亦说乎"。"汉光武、魏武帝，虽在戎马之间，未尝废书，手不释卷。"[①]"世祖性好书，常令左右读书，昼夜不绝，虽熟睡，卷犹不释。"[②]还有囊萤、映雪等反映刻苦读书的故事。杜甫在一首怀念李白的《不见》诗中说："匡山读书处，头白好归来。"中国古人把读书论道，视为一大乐事。文艺复兴时期欧洲人对读书又持何种态度呢？

14 世纪末到 16 世纪之间，欧洲有一场声势浩大的收集书籍的活动，人们想尽可能找到所有作者的书籍，一些人文主义者不惜用重金雇人四处购买、抄写和翻译古代著作，如北欧发现了某些古代手抄本，便引起波焦等人的北欧之行。与此同时，拜占庭帝国的灭亡，使许多希腊学者带着希腊的古籍来到意大利，传授希腊语言和希腊文化。由于那个时代人们的努力，各种古籍的出版迅速增加，使西塞罗、卢克莱修、昆体良等人的著作能流传于世，使古代科学知识为后人所了解。古代知识从修道院"监狱"里被释放出来，出现文化世俗化趋势。书籍也流通起来，被更多人阅读。

中世纪虽然也有人阅读古典著作，但文艺复兴时代的人更重视用积极和批判的态度去进行鉴别，认为如果对原文没有准确的理解，也许所谈的问题根本不存在。萨卢塔蒂说，由于手稿的残缺和失真，需要把"令人生疑的地方"集中起来，委托给语言学家和历史学家们去处理，去伪存真，以恢复他们的本

---

① 《资治通鉴》第十卷，第 4594 页。
② 《资治通鉴》第十一卷，第 5123 页。

来面貌，然后从历史的角度看其内容是否真实，以此来研究所
有文献。不轻信传闻，这是同中世纪读书时不同的地方。

古籍是人类思维活动的结晶，是行为的遗踪和反响。书籍
中充满着智慧的语言，包括古人的行为、风俗、法律、宗教方
面的知识，还能把历史上极其遥远的事情重现在我们眼前。贝
萨里昂说："如果没有书，我们所有人都将仍然是粗野的和无
知的，对过去将一无所知，没有任何榜样；我们对人的和神的
事情不会有任何认识：同样的坟墓将埋葬掉我们的身体，包含
我们的记忆。"① 这些书不仅给人时间的概念，使人了解过去和
人的本质，还让人们明白历史、学习道德榜样和政治智慧，给
人提供美学享受。而书籍的保存，也并非易事，有人不惜变卖
自己的土地、房产去增加藏书。尼可洛·尼可利把全部财产都
消耗在买书上了，他一生中收集了800卷古典著作的珍藏本，
他的家成为学者们聚会的场所，他死后把这些书捐献给图书
馆，条件是允许所有人阅读。由于当时印刷术尚未推广，有的
君主经常雇用三四十名"抄书手"抄书。抄书时字迹工整（如
每段用花体字开头），装订精细（如用天鹅绒封面和白银搭扣），
表示对内容的重视。陈列古籍的书架，被视为最高雅的装饰。

阅读古典著作从不意味着要用它代替现代著作，而仅仅是
让人在同过去真实的历史事件的对比中，认识人生的价值、古
人的智慧、英雄的行为和良好的风范，从而看到积极生活的意
义。要超越时间和空间，"谦逊地"倾听不同时代思想家的声
音，从他们的真实环境出发，去理解他们的作品。值得重视的
并不是抽象的人，而是一个活生生的具体的人，要从时间和

---

① 见本书第54页。

空间的坐标上找到他们，同时也定位我们自己，看到我们同他们之间的距离和人的面孔发生的变化。亚里士多德是个伟大的人物，但他的理论仍是历史的产物，取决于某些先决条件。

读书需要联系实际，在人们写成各种书之前，已经存在着大自然这本"书"。书本上的知识是前人的经验，是否真实可行，还要接受实践的检验。达·芬奇提倡直接读大自然这本"书"，嘲笑那些没有经过实践检验的所谓"科学真理"；但他又说过，已获得理性认识的人，就没有必要再去重复验证。马基雅维里奉行的原则是：把现在的经验同阅读古典著作结合起来。学习古典著作不是为了炫耀知识，成为迂腐的"教师爷"，或者脱离实际的书呆子，失去任何主动性，迷失在书中。学习古典著作也并非为了"复古"，而是"创新"，不能停留在只是模仿，否则，初创的灵感就有"被窒息的危险"[1]。模仿古人就意味着要像他们那样有自主的创造能力。具有生命力的、理想的和积极的原创素材，无处不在。把从古典著作中得来的启示，同民族传统和时代特点结合起来，就会找到富于民族个性特征的原创形式。

彼特拉克认为，读书应当像蜜蜂采花一样，采集花粉，用它酿成蜜和蜡，是把别人的东西拿来为己所用，成为自己的东西。要读的不是一个作者的著作，而是许多人的著作；不是读一遍，而是许多遍；不只是读，还要思考，要把读过的东西记在脑子里，让它们发酵，在不知不觉中同我们的思想融为一体。这样，让阅读过的东西沉淀在记忆深处，几乎把它遗忘，使它变成一种自由创新的刺激。波利齐亚诺说，正如跑步一

---

① 见本书第64页。

样，按照别人脚印跑的人跑不好，写作时没有勇气摆脱别人足印的人，也写不好。伊拉斯谟说，学习需要经过一个咀嚼和消化的过程，才能达到新的原创目的，反对一切奴隶似地模仿。

在高科技迅猛发展的时代，科技只是一种工具，它的使用有好坏之分，由人掌控，更需要提高人的素质，让其为"善"服务，善是人的一切活动的目的。人是第一重要因素，其他一切都是人的劳动成果。人文学科是道德教育的基础。皮科洛米尼说："自然科学过于重视人的身体，而轻视人的内在品德。""热心学习的人往往只从物理、数学和形而上学方面获得知识，而扔下了对我们来说最重要的学科，即我们借以掌握生活的艺术——掌握通向德行和良好风尚之路的学科，而只有这样的学科才会把我们引向快乐和幸福。"①"一旦人们缺少人文知识和艺术，生活就会变得残缺和贫乏。"学习古人可以振奋为"善"的精神，并使自己坚强不屈。任何专业学习的准备，都必须建立在人性教育的基础上。人们把"人文学科"称为"自由艺术"，因为它"使人自由"。文学能塑造人的思想，不用枯燥的哲学语言，鼓舞人奋进。没有历史学家的佐证，伦理学家的格言就将成为空洞的教条，显得可笑。不希望人善良的哲学家，不是真正的哲学家。语言学要把一切文献都置于时空的坐标之中，还历史本来的面目。修辞学是说服人的艺术，要仔细研究具有说服力的语言，重新点燃听者心中的火焰。逻辑学像铁匠的铁锤，使粗糙的思维变得无懈可击。法学是人类社会一切活动的基础，正义的原则是永恒的，它比自然科学更具有崇高的地位。绘画为了保存善良有德的人的面容，表现大自然的

---

① [意] 加林：《意大利人文主义》，第167页。

瞬间情况。雕塑易于传播思想，无需文字解说，不识字的人都会感受到它的精神。要把优秀的人物的雕像安置在公共场所，鼓励人们模仿。如像体育使我们身体强壮一样，音乐使人内心和谐。旅游促进人对世界的了解，使人更热爱生活。

佛罗伦萨文艺复兴研究所所长，比萨高等师范大学教授米凯莱·奇利贝托（Michele Ciliberto, Professore della Scuola Normale Superiore di Pisa e il Presidente dell'Istituto Nazionale di Studi sul Rinascimento）为本书写了序言，在此表示感谢。文中的脚注，皆为译者注。人名和作品名首次出现时，在括号内加注原文。本书从意大利文翻译，译者水平有限，谬误难免，敬请读者赐教。

李玉成

2016 年 12 月 15 日　北京

目 录

序　言

　　1964 年欧金尼奥·加林(Eugenio Garin)^①在德国戈洛·曼
(Golo Man)^②主编的《世界史系列》(*Propylaen Weltgeschichte*)
中出版了他的著作《文艺复兴时期的文化》(*La cultura del
Rinascimento*)。这本书把加林在 20 世纪 50 年代发表的文章
紧密结合在一起，主要从"市民人文主义"角度阐释文艺复
兴。这也正是加林于 1947 年首次系统地在《意大利人文主义》
(*Umanesimo italiano*) 一书中叙述的观点，该书 1947 年初版
时用德文出版，1952 年用意大利语出版，——这一年还出版
了重要的文集《十五世纪拉丁散文作家》(*Prosatori latini del
Quattrocento*)，是加林当时所找到的大部分基础性文献。实际
上他从 20 世纪 30 年代后期，已开始沿着这条路线，在研读原
著的基础上，同一位由于种族原因移居美国的德国重要历史学

---

① 　加林简介见本书附录。

② 　戈洛·曼（又译葛楼·曼，1909—1994），生于慕尼黑，德国历史学家、作
家和哲学家。1961 年开始写十卷本世界史，1964 年完笔。1965 年，他获曼海姆
的席勒奖，1968 年获毕希纳奖。1971 年，戈洛·曼写就他最著名的作品《华伦
斯坦传》(Albrecht Eusebius Wenzel von Wallenstein)。

家汉斯·巴隆(Hans Baron)[1] 的观点取得一致,巴隆在《再生》(*La Rinascita*) 期刊上发表文章,已为意大利人熟悉。后来,加林又近一步深入研究,写了一系列编入《中世纪与文艺复兴》(*Medioevo e Rinascimento*)一书中的文章。

如果浏览一下《文艺复兴时期的文化》一书的目录,可以看出加林所谈论的题目,正是他在过去几乎三十年的研究工作中所探讨的论题:从"新时代的意识"到"古典著作的发现",从"新的教育"到"新的哲学"……还有一章写"新的科学":对人和世界的认识;这是一个很有意思的目录,说明加林那时对这些问题的认识已成竹在胸,并促使他在1965年,即《文艺复兴时期的文化》一书发表一年后,由拉泰尔扎出版社出版他的《文艺复兴时期的科学与文明生活》(*Scienza e vita civile nel Rinascimento*),这是另一本使他取得重要成就的有价值的书。

但是在以上两本书中,缺少对巫术和占星术问题的专门论述;而对这两个问题,加林过去已写了两篇文章,并收录在1954年出版的《中世纪与文艺复兴》一书中:《对巫术的思考》(*Considerazioni sulla magia*) 和《文艺复兴时期文化中的巫术和占星术》(*Magia e astrologia nella cultura del Rinascimento*)。

---

[1] 汉斯·巴隆(1900—1988),德国国家历史学家,出生于柏林。柏林大学历史学教授(1929—1933),由于种族原因,他从德国移民到美国,在牛津大学和约翰·霍普金斯大学任教,致力于意大利文艺复兴史,特别是对意大利早期文艺复兴的研究,重要作品有:《莱昂纳多·布鲁尼·阿雷维诺》(*Leonardo Bruni Aretino*,1928)、《从彼得拉克到莱昂纳多·布鲁尼》(*From Petrarch to Leonardo Bruni*,1968)、《佛罗伦萨和威尼斯的人文与政治文学》(*Humanistic and political literature in Florence and Venice at the beginning of the Quattrocento*)、《彼得拉克的隐秘》(*Petrarch's Secretum*) 以及对马基雅维利的研究等。

这两篇文章如今已成为经典，无论在意大利或国际上对文艺复兴的研究，都产生了重要影响。例如在弗朗西斯·耶茨（Frances Yates）的重要著作《焦尔达诺·布鲁诺》（*Giordano Bruno*）和《赫尔墨斯传统》（*tradizione ermetica*）中，都引用了这两篇文章。此外，其意义还在于：这两篇文章对于一代又一代的学者们来说，除了布克哈特①最初所描绘的现代传统画面之外，对理解文艺复兴也作出了基础性贡献。

在接下来的年代里，由于感到这方面的缺乏，在加林的研究中，赫尔墨斯论题、占星术和巫术的题目甚至慢慢占据了重要的地位，超过了"市民人文主义"的中心论题，使其逐渐缺少思想同历史实际的有效对照。从这个角度看，可以说《文艺复兴时期的文化》这本书，特别是其中对"文明"的阐述，使加林的研究工作分为两个阶段，前一阶段到20世纪70年代，后一阶段直到他2004年去世。前一阶段他的思考主要以伦理——政治和文明为中心，集中把对"积极生活"和"沉思生活"的研究置于绝对优先地位；而在后一阶段，他则选择了其他论题，把新的和原始的观点，包括作者，进行比较。

对此，也可以进一步观察到：长时期来加林都希望把"文明的"和赫尔墨斯论题放在一起，力图在巫术与发现古代科学著作相关的现代科学的产生之间，建立某种关系；继后，他把赫尔墨斯问题的起源作为研究主题，因为他清楚地认为，从

---

① 布克哈特（Jacob Burckhardt，1818—1897），瑞士历史学家，出生于巴塞尔城。他父亲本来要把他培养成传教士，但1838年他到意大利旅行之后，对当地的古代文物发生浓厚兴趣，遂改学历史。后到巴塞尔大学任教。他的著述很多，最著名的是《意大利文艺复兴时期的文化》，中文版已由何新翻译，商务印书馆1981年出版。公认这是一部关于文艺复兴的基础性著作。

20世纪70年代开始蔓延的赫尔墨斯时髦，可能对全面理解人文主义和文艺复兴带来负面影响。

但是，还有一个因素，既可作为加林后期研究工作的特征，同时也显示出他长期研究的阶段性：可以说《文艺复兴时期的文化》这本书代表一个阶段的转折，在这本书中，人作为"新"哲学、"新"科学和"新"历史创造者的积极概念得到肯定，并指出在那几个世纪里，关于人和一般关于人的事件的原始概念已广泛流行；而在继后的文章和著作中，文艺复兴和人文主义文化中的一些戏剧性，有时甚至是悲剧性现象却占据突出地位，成为主要题材，并从这个角度再次分析过去按"市民人文主义"含义阐释过的那些作者。

在重新的阐述中，列奥·巴蒂斯塔·阿尔贝蒂（Leon Battista Alberti）[1]的形象占据重要地位，加林发现了他的一些未出版的"晚餐阅读小品"（*Intercenali*）[2]，据此，加林赋予阿尔贝蒂悲剧性特征，与流行看法中不抱幻想的清醒的阿尔贝蒂

---

[1] 列奥·巴蒂斯塔·阿尔贝蒂（1404—1472），意大利建筑师、文学家、数学家和雕塑家，出生于热那亚，属于佛罗伦萨富有家族，曾为教皇欧金尼奥四世和尼可洛五世服务。他是十五世纪最重要的天才人物之一，与布鲁内莱斯基一起，被认为是文艺复兴建筑理论的奠基人。主要著作有《论建筑》（*De re aedificata*）、《论绘画》（*Della pittura*）、《论雕塑》（*De ststua*）和《论家庭》（*Della famiglia*）等。阿尔贝蒂认为，人的尊严寓于劳动中。他说："有的人不愿勤学技艺，不愿努力工作，不愿在完成艰巨的任务中汗流浃背，那他又怎么可能赢得像别人那样的威望和尊荣呢？"他又说："不要藐视财富，而要防止贪婪。物质极大丰富之后，我们就会生活得愉快和自由。"人应从贫穷中摆脱出来，因为贫穷不能满足肉体生存的需要，并且会压抑精神的发展。（引自《意大利人文主义》，生活·读书·新知三联书店1998年出版）

[2] 阿尔贝蒂为自己抄写了一本《妙语集》，以便在晚餐或饮水时阅读，他认为可以带来愉悦，解除忧虑，是治疗心灵疾病的良药。

形象截然不同。

　　在加林后期的研究工作中，与对阿尔贝蒂的研究并行的，还有一项是突出了彼得罗·蓬波纳齐（Pietro Pomponazzi）[①] 的形象和作品的特殊重要作用。他在 1976 年出版的著作《生命黄道带》（*Lo zodiaco della vita*）里，认为蓬波纳齐的著作值得重视，他在书中收集了蓬波纳齐在法兰西学院讲学时的一系列讲稿。加林集中较大精力研究的蓬波纳齐的著作是《论咒语》（*De incantationibus*）和《论命运》（*De fato*），这两本书都几乎同时写于 1520 年。在第一本书中，显示了蓬波纳齐的"科学"特征，他完全以纯粹自然的因素，解释所有自然的现象，排除魔鬼的存在和作用；在第二本书中，阐述了蓬波纳齐对于命运的看法，认为命运本质上与基督教内关于先知、宿命论和自由意志之间关系的讨论无关，而如他想象，人和自然的现实，按照柏拉图在《法律篇》（*Leggi*）中的说法，只不过是"众神的游戏"（*ludus deorum*）。

　　这些年，加林在文艺复兴研究方面的发展，主要是强化"摆脱魔法"的主题，但无论在他个人还是在他研究的作者

[①]　彼得罗·蓬波纳齐（1462—1526），曼托瓦人，意大利文艺复兴时期的哲学家，曾在帕多瓦、费拉拉和博洛尼亚教学。亚里士多德主义者，赞同古希腊哲学家亚历山大关于灵魂的解释，认为灵魂同肉体是不可分的，如花香和花一样，人死后灵魂自然消失。他的著作《论灵魂不朽》（*De immortalitate animae*，1516）发表以后，招致神学家们的攻击，说他"蔑视宗教"，他的书在威尼斯被当众焚毁。他用"双重真理"进行辩护，说要严格区分信仰的真理同理性的真理。晚年他得肾结石，据说他死于自杀。他的名言是："我们完全可以用自然的原因来说明我们的任何经历，没有任何理由强迫我们要把某些现象归咎于魔鬼的作用。"（[意]加林：《意大利人文主义》，李玉成译，生活·读书·新知三联书店 1998 年版，第 143 页）

们身上，又总是确信在一个不同的和更美好的世界里，人们的激情和理智能够得到承认，价值能得到体现，如像马基雅维里通过《君主论》(*Principe*)，米开朗基罗通过西斯廷小教堂(Cappella Sistina)里的画，和布鲁诺通过《论英雄气概》(*Eroico furore*)一样。

正如所说，文艺复兴文化的航船在不同的波涛上航行，加林的著作代表不同时期的研究；正因为如此，说明它在历史上和史学上的价值：因为这位伟大学者的研究，他对人类历史中这个重要阶段的阐述，既被危机时代，也被发展时代所证实，这有利于加深对他的著作的理解，并使其更有说服力。

米凯莱·奇利贝托

(Michele Ciliberto)

前　言

本书最初为德文版《世界史系列》（*Propyläen-Weltgeschicbte*）中的第 4 卷（由戈洛·曼和奥古斯特·尼什克于 1964 年在柏林 – 法兰克福 – 维也纳标准出版社出版的《世界史标准大辞典》第 6 卷，第 429—534 页）而作，因而有严格的规范和篇幅限制。它的最初用途和当时的环境，可以说明本书在结构上的某些局限性。需要说明的是，出版负责人最初把关于新科学的一章委托给著名学者亚历山大·柯瓦雷（Alexandre Koyré）① 去写，但他由于生病未完成此任务，并于 1964 年去世。继续他的工作的人所写的扼要介绍，自然不能奢望它有替代那位伟大历史学家文章的作用。

因此，这部作品超出它原始的环境，也有自动流通的渠道。由于负责《世界史系列》意大利版权的蒙达多里出版社的热情转让，拉泰尔扎出版社在 1967 年把它作为单独的"历史

---

① 　亚历山大·柯瓦雷（1892—1964），法国哲学家、科学史家。出生在俄罗斯的犹太裔中产阶级家庭，后迁居法国。他从小接受良好的古典文科教育，精通多种古典和现代语言，主要从事哲学史和宗教思想史的研究和教学。著作有《从封闭世界到无限宇宙》《牛顿研究》和《伽利略研究》等。

概述",出版了意大利文原著(不带插图和原始文献,但附有丰富的图书索引):"概述"在 1981 年出版了第 5 版(今天已绝版),并在 1970 年翻译成了法文,1972 年又从法文翻译成了葡萄牙文。

很明显,本书除受最初出版时的限制外,也不能不受到时间,特别是在研究领域中的明显影响。仔细阅读和众多人的参与,使人看到这些年除出现一些重要评论文章外,还发现一些基础性文献:这里只举几个例子,从 1964 年冬季发现的两份列奥那多的马德里手稿,到 1964—1965 年发现并公布的列奥·巴蒂斯塔·阿尔贝蒂的《晚餐阅读小品》,到 1972 年出版的波利齐亚诺的第二个"百年"《文集》(Miscellanea)。这些对文本和文献目录的改动,说明它仅是这些年世界上出现大量研究著作的一部分。

因此,这本书只能保持它的导论特征,为西方文化史中的一个特殊时期提供基础信息,指出问题和发展前景的多样性。

欧金尼奥·加林

1987 年 9 月,佛罗伦萨

一 文艺复兴：一次文化革命

如果说"复兴"、"再生"诸如此类的词，与文化周期运行概念相联系，如同星球运行的节奏，光明与黑暗时期相交替，出现在对人类历史进程的思考中的话，那么对 14 至 17 世纪的欧洲所经历的西方文明的变迁，在时期上是非常确切的，对它进行专门的讨论，就值得充分肯定。因为习惯上称之为"文艺复兴"的时期，在它自身发展的过程中，留下了存在和发挥作用的语言、形象与象征，即使它们的价值并不总是完全枉同。14 世纪，出现过"精神"、宗教、文化，还有政治方面强烈的革新纲领和计划；15 世纪，特别在意大利的城市中发生了深刻的演变；16 世纪，欧洲形势的变化和动乱危机错综复杂："再生"的来到，逐渐展示出不同的进程，即使它们之间常常相互联系。另一方面，随着时间的推移，一些已确定的现象发生了多样性变化，并在它们之间产生不同的，甚至是相反的影响。几年前，一本史学著作把始终"意识到"整个时期"复兴"的存在，作为著名的特征，但实际上这只是开始时一个文化革新的纲领（回到"古人"那里），接着就是对历史的解释和编造一个神话：正因为文艺复兴是一个革新的危机时期，把希腊——

[6] 罗马文明理解为与人的和尘世的具体经历现实相联系，公开或隐蔽地与黑暗和野蛮的时代（中世纪）背道而驰，而后者倾向于超越和不关心人的具体世界和"完全开放"的理智。

　　到 18 世纪，史学界对欧洲从 14 世纪以后历史的理解，已不得不意识到这点。到 18 世纪中期，1751 年出版的《百科全书》中的达兰贝尔（d'Alembert）① 在《序言》（*Discours preliminaire*）里有了充分的表述。其中赋予文艺复兴以革命时期的形象（une de ces révolutions qui font prendre à la terre una face nouvelle），回忆那些利用古典文化把理智从中世纪黑暗中解放出来的高潮时代。

> 　　人类为了摆脱野蛮状态，需要一次完全革新世界面貌的革命：拜占庭帝国的灭亡，它的破坏，使在世界上尚存的一点知识流入欧洲；印刷术的发明，美第奇和法兰西斯一世的保护，振奋了精神；各方面都再现光明……终于人们不再局限于复制和模仿希腊人和罗马人；而努力超越他们，如果可能，就用自己的头脑思考。这样，便逐渐从古人的形象中产生了现代人的形象，并几乎同时看到上个世纪所有的优秀作品的繁荣……

　　同时，达兰贝尔赞扬意大利，把它视作文艺复兴的摇篮，重视它在解放人类精神和翻开现代世界新篇章中的作用。

---

① 　达兰贝尔（Jean-Baptiste Le Rond d'Alembert, 1717—1783），法国数学家、自然科学家、哲学家，科学院院士。1751 年，协助狄德罗编写《百科全书》，起草该书序言，并撰写数学和自然科学条目，为法国启蒙运动代表人物之一。

　　……不承认我们对意大利的亏欠是不公正的：它带给我们后来在整个欧洲都卓有成效的科学。对那些优美的艺术，高雅的风格，和无数无可比拟的完美模式，我们应当首先归功于意大利。

　　达兰贝尔的著作于 1751 年出版；但在 1750 年年末就已经出现，并很快成为讨论的中心，一些有意思的论题：如在荻第戎学院（Accademia di Digione）奖的《关于文学和艺术》讨论中，提出"科学和艺术的复苏，是否对净化道德作出了贡献"。卢梭第一个发言。这样，文艺复兴的价值在现代社会中便成为讨论的中心。卢梭的论点非常清楚，文化复兴对道德方面的损害严重："它毁坏了我们的风俗……危害了我们纯正的风格……并未给我们的幸福带来任何好处"。因此，他在"道德"层面上毫不留情地谴责它；但是在历史层面上，在卢梭的眼里，文艺复兴的形象同中世纪和现代社会相比，同达兰贝尔的观点一致。 [7]

　　欧洲早期处于野蛮状态，世界上这部分人民如今已如此聪明……而过去却生活在无知中。需要进行一场使人们获得共同感觉的革命；这场革命终于在难以预见的情况下来到了……使我们中间出现文学的复兴。君士坦丁堡的陷落，人们把古希腊的东西带到了意大利……科学也跟着文学，紧随其后……

　　二十多年后，1773 年在安静的比克堡（Bückeburg），赫德（Herder）开始写他的文章《人类成长中的历史哲学》（*Auch eine Philosophie der Geschichte zur Bildung der Menschheit*），其中对于把"再生"和文艺复兴描绘成现代世界起源的文化革命，进行了辛辣的讽刺：

> 终于有了解决和展开来的办法；漫长的黑夜迎来了黎明，这就是改革，艺术、科学和风俗习惯的再生。渣滓排出来了，这就是我们的思想，我们的文明，我们的哲学。他们开始如像我们今天这样认为，我们过去并不是野蛮人。对人类精神发展时期的描述，从未有如此优美过。我们所有的历史，汇集人类一切知识的百科全书的《序言》中都谈到它，所有的哲学都倾向于它，竭力从西方、东方、古代、现代获取一切智慧中肯定的或不肯定的线索，都把它们汇集到那里，好象秋天的蜘蛛网一样，认为那就是人类文明的最高峰。

[8]　　赫德说想给休谟（Hume）、罗伯特松（Robertson）、达兰贝尔，特别是达兰贝尔的著作增加"一点小的注释"，其实既不少也不小。它首先把现代世界对整个文艺复兴的理解，对它的价值，或可能的价值，置于讨论中。

> 如果我们的身前没有野蛮时代，如果那个野蛮时代没有持续那么长……可怜的没有开化的欧洲，……你是否就不会有如此多的知识？……你先让我们虔诚和迷信，黑暗和无知，混乱和风俗粗野，然后再带给我们光明和不信教，冷静和文雅，放荡的哲学和我们

苦难的人生……企图让世界变好的人类精神的平静发展，只不过是你们思想中的幻觉，并不代表上帝在大自然中的进程。

可以看到，达兰贝尔，他并非是很著名的人物，他所使用的直到本世纪上半叶的史学材料，如德利奥·坎蒂莫里（Delio Cantimori）的《关于文艺复兴概念的历史》（*Sulla storia del concerto di Rinascimento*, 1932），K. 弗格森（K.Ferguson）的《文艺复兴思想史》（*The Renaissance in Historical Thought*, 1948），并且不是在随便的一个地方使用，而是面对《百科全书》（*Encyclopédie*），他承认文艺复兴在文化层面上给世界带来一场革命（révolution），一个新的面貌（une face nouvelle）。而赫德则同卢梭在一起，反对达兰贝尔，反对《百科全书》和一切"光明"，使进步的概念本身遭到置疑，他反对的不仅是启蒙运动的理性价值，而且是促使现代世界诞生的文艺复兴文化。

不要忘记，达兰贝尔的"序言"不仅对有关文艺复兴的19 世纪史学，而且对文艺复兴"文化"的理解，都带来不小影响。

二 文艺复兴与文化

    "文艺复兴时期的文化"这一提法开始普遍使用，首先应归功于雅各布·布克哈特的伟大文化史著作——1860年出版的《意大利文艺复兴时期的文化》（*Die Kultur der Renaissance in Italien*）。但这部作品，正如后来经常发生的情况那样，也容易使人产生模棱两可的认识和误解。"文艺复兴"（"Rinascimento"）这个词（在14世纪意大利文章中用的是"Rinascita"；在法国用的是"Renaissance"），虽然已长时间用它来专门指意大利历史的一段时期，但是直到19世纪中叶左右它才流行开来。例如1855年出版的密什勒（Jules Michelet）① 的《法国史》（*Histoire de France*）第9卷，就以《文艺复兴》（*La Renaissance*）为题；又如1859年出版的格奥尔格·福格特（Georg Voigt）的专著《古代经典的复兴》（*Die Wiederbelebung des klassischen Altertums*），承认了它并

---

① 密什勒（1798—1874），法国浪漫主义历史学家，法兰西学院教授。其历史观受维科和黑格尔影响，把人民看成历史的真正英雄，而伟大人物只是历史的"标记"。主要著作有《法国史》（17卷）、《法国革命史》（7卷）、《罗马共和国史》等，主张"完整地复活过去"。被誉为法国"最伟大的历史学家"。

用它来完全取代意大利老一辈历史学家们常常使用的"再生"("Risorgimento")这个词——例如 1780 年出版的萨维里奥·贝蒂内利(Saverio Bettinelli)的重要著作《千年后意大利的学术、艺术和风俗的再生》(*Risorgimento d'Italia negli studi, nelle Arti, e ne'Costumi dopo il Mille*),1786 年又出了两卷集,第二版,主要颂扬了彼特拉克(Francesco Petrarca)①。这样,一个不仅在意大利,而且在欧洲的历史时期的思想便传播开来,它虽然没有很好地划清时间的界限,但内容的特征是明确的。在还不太清楚某些方面的中世纪和尚未确定的现代之间,"文艺复兴"以"新生的"名字出现了,或者说它是一个特殊的、积极的时期,其价值毋庸置疑:似乎人性经过长眠,甚至死亡后又"再生",苏醒过来开始新的生命,发现了生活的美好。密什勒已经用"aimable"("令人喜悦的")这个词进行了表述;指出那是一个生气勃勃的时期,而且是一个生活美好的时期。这样也就需要引用一些著名的论述:乌尔里希·冯·胡滕(Ulrich von Hutten)说:"生活是美好的(juvat vivere)"。

[10]

① 彼特拉克(1304—1374),意大利文艺复兴时期的著名诗人,文艺复兴运动的先驱。出生于阿雷佐,父亲是公证人。1312 年随家迁居法国南部的阿维尼翁,后当过神甫。一生勤奋钻研古籍,喜爱文学和游历,知识渊博。1327 年在阿维尼翁认识少女劳拉后,他通过抒情诗公开、大胆地袒露自己的内心活动和对爱情的追求,这在当时是冲破禁欲主义束缚的惊人之举,为欧洲抒情诗的发展开辟了道路。他广泛收集古代希腊、罗马著作,并从中发现了一种不以神、而以人为中心的世界观,首先提出"人学"与神学对立,反对经院哲学,主张加强对人和现实问题的研究,被称为人文主义之父,与但丁、薄伽丘合称早期的文艺复兴"三杰"。其代表作有:《歌集》(*Canzoniere*)、《论隐居》(*De vita solitaria*)、《秘密》(*Secretum*)、《论两种命运的补救之道》(*De remedis utrisque fortuna*)、《名人传》(*De viris illustribus*)和《阿非利加》(*Africa*)等。

或者尼科洛·马基雅维里（Niccolò Machiavelli）[1] 在《论战争艺术》（*Dell'arte della guerra*）对话结尾时说："这个地方似乎天生就会使死去的东西复活，例如所看到的诗歌、绘画和雕塑。"

　　但是，当密什勒或布克哈特或老作家们在谈到那次令人惊叹的"复兴"或"再生"时，都一致指向非常确定的领域："文艺复兴"这个词内在包含的积极性、它的典型表现、它的价值、它在现代文明中的意义，这些都是在艺术、文学、思想和教育领域里发生的，也即是说都是在文化领域里发生的。而且，是在意大利，首先在意大利，然后才在别的国家。文艺复兴的现象如此明显，但不能因此就说文化上的繁荣与经济和政治的进程相一致。当绘画、建筑、雕塑繁荣的时候，当文学创作越来越细腻的时候，当教育的思想已发展到罕见高度的时候，城市的整个经济却发生了动摇，工业衰退，好像又回到了几乎以封建主义为特征的农业中去，城市的自治摇摆不定，公社的"自由"消失了，教会内部越来越腐败。土耳其的扩张和君士坦丁堡的陷落，显现出新的"野蛮"入侵威胁的预兆，而像教皇庇护二世（Pio II）发出的组织十字军的号召，反应却十分冷落。1459 年 10 月，当他在曼托瓦向来自全欧洲的基督教君主们发

---

① 　马基雅维里（1469—1527），意大利文艺复兴时期的人文主义者、历史学家和近代政治学的先驱。出生于没落贵族家庭，早年受过良好教育。1498—1512年担任佛罗伦萨共和国十人委员会秘书，负责军事和外交工作，多次出使外国。1512 年美第奇家族复辟，乃被革职下狱。获释后隐居乡间，专心著述。他的代表作为《君主论》（*il Principe*），认为政治可以独立于道德，君主为了达到目的，可以不择手段。后人将这种理论称为"马基雅维里主义"。其他著作还有：《佛罗伦萨史》（8 卷），讲述自日耳曼入侵意大利到 1492 年罗伦佐·德·美第奇去世，叙述甚详；《战争艺术》（*Arte della guerra*）、讽刺喜剧《曼陀罗花》（*Mardragola*）和《论李维的前十卷书》（又称《罗马史论》*Discorsi sopra la prima Deca di Tito Livio*）。

表激情讲话的时候，会场里显得毫无热情，最后他痛苦地说，戈弗雷多·迪布廖内（Goffredo di Buglione）、波埃蒙多·达尔塔维拉（Boemondo d'Altavilla）和坦克雷迪·达尔塔维拉（Tancredi d'Altavilla）的时代已一去不复返了。他们已不再是嚷着服从"上帝需要"的骑士们，而是盼望那位教皇的冗长讲话赶快结束的不耐烦的外交官们。 [11]

　　换句话说，如果可以说再生、复苏、新生的话，那些现象正是首先发生在意大利，而且发展非常明显，但是这样的话只能在文化领域里讲才有意义：积极的革新仅仅发生在那个方面，在其他领域中并没有立刻发生相应的现象，虽然在其他领域里的变化常常也是深刻的，但并非所有都立刻反映出是积极的。实际上，意大利早期文艺复兴伟大作品和人物所描绘的世界，往往都是悲剧性的、不愉快的、生硬的，而不是和谐的；是困惑的和不安的，而不是透明的和协调的。列奥那多·达·芬奇（Leonardo da Vinci）① 几乎忍受着灾难性场面

---

① 达·芬奇（1452—1519），意大利文艺复兴时期的伟大画家、科学家、工程师和哲学家。出身于佛罗伦萨附近芬奇镇一公证人家庭。14 岁开始从师维罗齐奥学画 6 年。为创造真实感人的艺术形象，他广泛研究了与绘画有关的光学、力学、地质学、生物学、人体解剖学及数学等诸多学科，并有重要发现。还通晓建筑术，设计过多种机械，包括制造飞行器、攻城炮和炸弹。他漂亮、文雅、和蔼可亲、有卓越的口才，信手即可编出寓言或十四行诗，喜欢即兴作曲，并在自制的诗琴上弹奏出来，还习惯用左手写字作画。他说："在不能应用数学的地方，就没有可靠性可言。""人的智慧若不用就会枯萎。"他总是随身带着笔记本，上面画满了人们的面孔和身躯、动植物的速写，或写满了寓言、格言、哲学和科学结论的札记、图画、公式和建筑的速记。他与米开朗基罗、拉斐尔一起被誉为盛期文艺复兴的"三杰"。他死于法国，留下手稿 7000 多页。绘画方面的代表作：《最后的晚餐》（l'Ultima Cena）和《蒙娜·丽萨》（Monna Lisa），理论著作有《论绘画》（Trattato della pittura）。

的折磨，在素描中凝视着一个在死亡的世界。列奥·巴蒂斯塔·阿尔贝蒂（Leon Battista Alberti）在他的著作中一直认为，盲目的命运引诱和破坏人们和家庭的道德，并毫不犹豫地为新生儿祈求死亡。马基雅维里（Niccolò Machiavelli）是一位认为人性是彻底坏的理论家，人性陷于毫不留情的斗争中，总是面临残酷的选择。萨伏那洛拉（Girolamo Savonarola）[①] 和米开朗基罗（Buonarroti Michelangelo）[②]，虽然两人的命运很不相同，但都充满着悲剧式的人生经历。

在 15 世纪这个有关人的伟大具有如此丰富论述的年代，实际上生命和历史都是非常悲惨的，意大利经历战争和叛乱的流血，她的君主们杀人或被杀，她的雇佣兵队长登上王位或者从

① 季罗拉莫·萨伏那洛拉（1452—1498），出生于费拉拉。佛罗伦萨圣马可修道院院长，宗教改革家。他在讲道时抨击教皇和教会的腐败，揭露佛罗伦萨美第奇家族的残暴统治，反对富人骄奢淫逸，主张重整社会道德，提倡虔诚的修行生活。他的言论得到平民拥护。1494 年法王查理八世入侵意大利，美第奇家族投降，萨伏那洛拉领导平民赶走美第奇家族，恢复共和国。但他要把佛市建成神权统治的、虔敬俭朴的社会。在广场焚毁珠宝、艺术品和认为伤风败俗的（包括但丁等人的）书籍。1498 年，教皇联合美第奇家族势力，推翻了萨伏那洛拉统治，并以异端罪判处他火刑。1512 年，美第奇家族又恢复了对佛市的统治。

② 米开朗基罗（1475—1564），意大利文艺复兴盛期的著名雕刻家、画家、建筑师和诗人。生于佛罗伦萨附近的卡普莱斯镇，父亲曾当过当地的行政长官。米开朗基罗幼年时在美第奇宫中度过，17 岁从师基尔兰达约（Ghirlandaio）学艺。他是一个天赋超群的雕塑家，绘画也有雕塑感，作品充满诗情和梦幻。他的雕塑《大卫》像表现爱国主义和为自由而斗争的精神，具有坚强的毅力和雄伟的气魄。其他代表作还有：西斯廷教堂的《创世纪》巨型天顶画（他仰面画了 4 年），壁画《最后的审判》、雕塑《哀悼基督》《摩西》《奴隶》等，以及建筑设计方面的罗马圣彼得大教堂圆顶和坎皮多利奥广场。他还领导过佛罗伦萨的城防工事建设，抵御西班牙军队的攻城。他终身未婚，死在自己的工作室里，享年 89 岁。他总觉得时间不够，老年时常夜不能寐，起床用纸作一帽子，上面插一蜡烛，腾出双手，继续工作。罗曼·罗兰在《巨人三传》中，对他的评价很高，称他"伟大的心灵有如崇山峻岭"。

那里跌落下来，她的教皇们的形象阴郁，她在外交上越来越精明和狡诈，她的智慧令人沮丧，当她的帝国分崩离析的时候，大城市的贸易衰落了，财源枯竭了。凡是阅读列奥·巴蒂斯塔·阿尔贝蒂著作的人，从那些精心写作的字里行间，都会读到流亡者们如何垂头丧气、命运的悲惨和崩溃，以及城市和家庭的破灭。庇护二世（Pio II）又再次说出悲伤的话：死亡的城市不再复苏，老的城市不再重现青春。是米开朗基罗的深切悲痛，而不是拉斐尔（Raffaello Sanzio da Urbino）① 的柔和秀美；是马基雅维里清醒的现实主义，而不是巴尔达萨雷·卡斯蒂廖内（Baldassarre Castiglione）② 的柏拉图式的文雅，构成了那种文明的象征性表述；也不是波提切利（Sandro Botticelli）③ 的画，和波利齐亚诺

[12]

---

① 拉斐尔（1483—1520），意大利盛期文艺复兴著名画家、建筑师。出生于乌尔比诺，父亲是乌尔比诺大公的宫廷画师。拉斐尔 7 岁失去母亲，11 岁失去父亲，大公的妻子收养了他，后从师佩鲁季诺学画。1504 年到佛罗伦萨后，善于吸取达·芬奇、米开朗基罗等大师之长，逐渐形成自己独特的秀美风格。他的画布局巧妙，把透视和"晕涂法"结合起来，运用数学比例关系，在绘画技巧上达到炉火纯青的程度。他虽然只活了 37 岁，但却留下了不少传世珍品，如《西斯廷圣母》《雅典学院》《教义的争论》《披纱女子像》《椅子上的圣母》和《利奥十世和红衣主教》等。
② 巴尔达萨雷·卡斯蒂廖内（1478—1592），意大利文艺复兴时期著名的人文主义者和外交官。出生于曼托瓦省的卡萨蒂科，父亲是一位军人，为贡扎加服务。他早年在米兰的人文学校中学习，参加过抵抗西班牙军队的战斗。1504—1513 年，他居住在乌尔比诺公爵的宫廷里，曾任命他从事外交工作，出使过英国，后派到罗马，他同拉斐尔建立了深厚的友谊。后作为教廷公使常驻马德里。其代表作为《廷臣论》（il libro del Cortegiano），虚构了一场公爵夫人同廷臣们之间持续几天的讨论，主题是如何成为一个完美的廷臣或宫廷女士，内容涉及文学、艺术、历史等各个领域。说明时代已经变了，只作为中世纪骑士是不够的，应当文武兼修，全面发展，成为身体和心灵都十分完美的人，反映了文艺复兴时代的乐观、进取精神，对欧洲文化的发展影响很大。
③ 桑德罗·波提切利（1445—1510），意大利文艺复兴时期的著名画家。他师从菲力波·李比，与人文主义学者接触密切，为美第奇家族作画，画的题材大多

(Angelo Poliziano)① 在房间里的描述,为了能平静地接受现实和生活下去,他们描绘出一个超越时间,远离痛苦的理想避难场所。

因此,文艺复兴的"积极性"不在于意识到一个人事变化的幸福时代。产生于文化领域,而且首先在艺术领域的文艺复兴运动,也只能在那个领域保持它的"积极性",即争取和肯定人的某些价值,某些进步的理论和道德规范,反对在一个深刻危机和动荡、痛苦的现实世界中否认这些价值。农神的王国和黄金时代为人们渴望,正因为它们离地球太远。1444 年去世的佛罗伦萨共和国文书长莱奥纳尔多·布鲁尼(Leonardo Bruni)② 告诉我们说,他寻找柏拉图(Platone)③ 的著作,正因

与异教神话有关。代表作有《春》(*la Primavera*)、《维纳斯的诞生》(*la Nascita di Venere*)和《诽谤》(*la Calunnia*)等。他善于使用流畅的线条勾勒人物,不施光暗,笔法优雅、精确,色彩明丽,有恬淡诗意,产生很大影响。但他晚年贫困潦倒,思想受当时掌权的修士萨伏那洛拉影响,创作陷入危机,只作一些表情凄苦的宗教画。

① 波利齐亚诺(1454—1494),本名安杰洛·安布罗吉尼。出生于蒙泰普尔恰诺(锡耶纳),意大利的人文主义者和著名诗人。曾翻译荷马史诗《伊利亚特》(*l'Iliade*)和担任洛伦佐的家庭教师。主要著作有《比武篇》(*Stanze per la giostra*)和《俄耳甫斯》(*Fabula di Orfeo*)。

② 布鲁尼(1370—1444),意大利著名人文主义者。出生于阿雷佐一个粮商家庭,后去佛罗伦萨参加了人文主义团体,专心研究古典文献,赞扬佛罗伦萨共和国制度和文化成就。1427 年起任佛罗伦萨文书长,直到 1444 年去世。他是佛罗伦萨共和政体发展到顶峰时期的杰出的思想家和政治家。他撰写了《佛罗伦萨人民史》(*Historiarum florentini populi*)12 卷,从古罗马时代一直写到 1404 年。该书的写法打破了中世纪史学家把历史看作是按神的意志而活动的结果,不采用神话、奇迹、传说,而强调事实根据,开创了从世俗角度写历史的近代史学之风。他认为,通过人文学科的教育可以造就完整的人,要实施符合人性的教育,提倡文明道德。他说:"在对人类生活所作的道德教诲中,最重要的是关系到国家和政府的那部分,因为它们涉及为所有人谋求幸福。如果为一个人争取幸福是件好事的话,那么为整个国家争取幸福不是更好吗?幸福覆盖的范围越广泛,这种幸福就越神圣。"

③ 柏拉图(前 427—前 347)古希腊著名哲学家,出生于雅典贵族家庭。他身

为市民斗争的冲击好像已使楼房的围墙摇摇晃晃。

文艺复兴的"积极性"，似乎就包含在这个词的内在含意中，并未在整个社会和所有方面都出现复兴的理想层面上，相反，这只是一个极为广泛的文化事件，但它的影响随着时间的推移，越来越深刻和宽泛。15世纪，意大利人文主义者满腔热情地宣扬生活的理想，反对无视或拒绝那个理想的世界，经过漫长的斗争，终于在社会上取得了具体的成果。宗教的宽容、信仰的和平、信念的协调这些观念，到了15世纪中叶为红衣主教库萨的尼古拉（Niccolò Cusano）① 援引并理论化，到该世纪末，在错综复杂的宗教斗争和遭受土耳其人威胁的苦难世界中，马尔西利奥·费奇诺（Marsilio Ficino）② 在他的柏拉

体粗壮，长于运动，能绘画，懂音乐。他是苏格拉底的学生和亚里士多德的老师。曾到埃及等地游学，并在意大利的西西里结识了毕达哥拉斯学派。后回到雅典办学，创办了"柏拉图学园"，免费收徒。认为世界就是神按照"善"的理念（idee）创造出来的，学习只不过是对善的回忆，最高的理念就是善，也就是神，可感知世界只不过是理念的不完善的"摹本"。他流传下来的著作有30多篇对话和13封信，其中重要的有：《斐多篇》（*Phaidon*）、《会饮篇》（*Symposion*）、《理想国》（*Politeia*）、《巴门尼德篇》（*Parmenides*）、《泰阿泰德篇》（*Theaitetos*）、《智者篇》（*Sophistoi*）、《法篇》（*Nomoi*）和《蒂迈欧篇》（*Timaieos*）等。（参阅《世界知识大辞典》、*Enciclopedia Garzanti*）

① 库萨的尼古拉（1401—1464），德国的哲学家、数学家、天文学家、天主教高级教士，出生在德国的库萨。他的思想代表中世纪思想到文艺复兴思想的过渡，认为宇宙是无限的，并没有中心，上帝就在无限中；事物是对立统一的，当圆的半径不断延长时，圆周就越来越同切线一致起来。人既是有限（身体），也是无限（精神）。其名言是"有学问的无知"，认为人的认识是有限的，只有认识到这种有限，才是获得全面知识的开始。其代表作是：《论有学问的无知》（*De docta ignorantia*）和《论推测》（*De coniecturis*）。

② 费奇诺（1433—1499），出身于佛罗伦萨附近的菲哥利恩。人文主义者和哲学家，文艺复兴时期柏拉图主义的主要代表。23岁时他开始学希腊文，在科西莫·德·美第奇的支持下，在佛罗伦萨附近的卡雷吉（Careggi）创建柏拉图学

[13] 图一基督教概论里，又进行了重点的阐述，但这些理论得到多数人的接受，还需要等待许多世纪。在战争和迫害中，意大利的异教徒被迫流亡到瑞士和波兰，然后又再到荷兰或英国。15 世纪早期，由维托里诺·达费尔特雷（Vittorino da Feltre）在曼托瓦通过创办"欢乐之家"实现人的教育，经过艰苦努力终于实现，但只有在许多世纪以后，才真正扩大到所有他人。洛伦佐·瓦拉（Lorenzo Valla）① 和鹿特丹的伊拉斯谟（Erasmo da Rotterdam）的基督教理论，也产生在受迫害的年代。对人文主义者们的启蒙理智的回答，似乎是对过于大胆的女巫、宗教改革者和异教徒重新点燃火刑，或在西班牙和其他地方流放和迫害犹太教徒。

"文艺复兴"这个词的恰当含意只能在文化领域：首先它是一个文化事件，一个关于生活和流行在艺术、文学、科学和风俗习惯中的现实观念。

园，翻译柏拉图和普罗蒂诺的著作。当过教士。美第奇家族被逐后，他隐居乡间。柏拉图思想对 16 世纪欧洲文化产生重要影响，与他的工作密切相关。他的主要著作有《柏拉图神学，有关灵魂的不朽》（*Theologia platonica de immortalitate animae*）、《论爱》（*De amore*）和《论三重生活》（*De triplici vita*）等。

① 瓦拉（1407—1457），意大利人文主义者和哲学家。出生于罗马，曾从师布鲁尼，修辞学教授。1435 年到那不勒斯国王阿方索一世宫廷服务，参与同罗马教皇之间的争论。1440 年写了《论伪造的"君士坦丁赠礼"》（*De falso crediteat ementita "Constantini donatione"*），从历史和语言角度论证了它绝不是君士坦丁大帝时代所作，从而动摇了教皇据以统治西欧的法律依据。这篇文章成为校勘学的范例，在宗教改革中新教徒也用它来反对教皇的世俗统治。他受伊壁鸠鲁思想影响，著作有《论快乐》（*De voluptate*）。

三 新时代的意识

　　15 世纪和 16 世纪的文化具有与以往时代的文化相反的特征，它的典型表现之一，就是意识到一个新时代的诞生。但这也是一个有争议的议题，因为很明显仅靠"意识"是不可能开辟一个新时代的，可是它在某些方面确也起了关键作用：为了建立一些共同生活和教育的其他形式，一个另外的社会，和人与自然之间的不同关系，它首先表现出有一个明确的叛逆愿望，一个同旧世界脱离的纲领。当然，在使用如像"意识"这样含义不清的词的时候，需要作出重要的判断——这不是所有历史学家都具备的——它几乎突然奇迹般地意识到正在发生的事情本身的意义。1945 年，一位历史学家，赫伯特·魏辛格（Herbert Weisinger）写了一篇题为：《文艺复兴时期反对中世纪的理论是促成文艺复兴产生的原因》（*La teoria rinascimentale della reazione contro il Medioevo come causa del Rinascimento*）的文章。稍后不久，1948 年，弗格森（W.K.Ferguson）打开他的已成为经典的书时，有这样的话："长时间来已成为一种共同说法，认为文艺复兴的传统概念，即把它视为欧洲文明史中一个新时期，一个经过中世纪黑暗（medieval darkness）后的再生阶段的看法，正是在文艺复兴期间形成的。"

[15] 实际上这是一个返回到中世纪文化史中去的论题，强调文艺复兴时期的重要性——指责中世纪的黑暗和野蛮，希望"复兴"古代的智慧——这种思想在 14 世纪特别活跃，并逐渐扩展到人们活动的不同领域，连接成一个"复兴"必然胜利的纲领。但随着纲领的形成，影响范围的扩大，纲领也变得复杂化：改变了它的争论的语言，判断和目的。在彼特拉克和瓦拉那里曾是一场反对现实敌人的斗争，到了大约两百年后的瓦萨里（Giorgio Vasari）的史学著作中，变成了一种对胜利历史的明确的共同认识。但是在这两个世纪中，许多东西已逐渐发生了变化，从中世纪"黑暗"持续的时间开始，从在多梅尼科·迪班迪诺（Domenico di Bandino）那里大约只有一个世纪，然而到了比翁多·弗拉维奥（Biondo Flavio）那里变成了一千年（从412 年到 1413 年）。时间的变化也带来了需要与之战斗的敌人的变化，和要现实的纲领的变化。现实进程的变化改变了共同的认识——"意识"，而意识又伴随和指导着现实的进程。

运动从意大利开始是很明显的，其原因有二：回到古代和寻找古典知识；宣布人的历史时期的来到和中世纪的结束。古代神话的再现，同时也确认了罗马文明危机与"野蛮人"胜利之间的过渡期的结束："野蛮"世界如今已在语言方面被击败，并不亚于在艺术和一般文化方面。

弗朗切斯科·彼特拉克唱道：

　　高贵和有美德的人，
　　将治理这个世界，我们将看到

黄金时代和古代的业绩。①

乔治·瓦萨里在他的 1550 年出版的（1568 年出版的第二版有较大修改）优秀著作《艺苑名人传》（*Vite de'più eccellenti pittori scultori e architettori*）中，有效地收集了所有一系列至今被认为普遍讨论过的议题，在那些议题中，正是那些文艺复兴时期的作家、艺术家和历史学家，逐渐不同地赋予了文艺复兴和自己作品的特征。大约到了 16 世纪中期，他们的一些作品被铅印，近五百年来不断地被再版。罗马帝国灭亡后留下了一段令人遗忘的空间，它一方面仍由残存的失去活力的古老（拜占庭）希腊风格统治，另一方面它又受到繁荣起来的哥特式风格的腐蚀。哥特式风格既不实用，又不自然，故意矫揉造作和复杂化。瓦萨里在他的《艺苑名人传序言》（*Proemio delle Vite*，1568 年版）中说，"优秀的"绘画、雕塑被埋藏在"意大利的废墟"下面，封闭起来，无人知晓，而艺术家们被"那个时代流行的笨拙"所吸引。"让可怜意大利窒息"的"坏作品"横流，不仅毁坏了古代宏伟的建筑，而且还"完全埋没了"伟大的艺术家们。当然大家还能看到"凯旋门、斗兽场、雕塑、基座或有故事浮雕的圆柱"，但仿佛给"罗马被劫掠、毁坏和焚烧"的记忆蒙上了一层面纱。终于，还是瓦萨里的话，也许由于上天的眷顾或是星球的影响，乔托（Giotto）和追随他的艺术家们"复活"了绘画，使绘画"恢复了生命"。这是一次真正的复苏，回归的行动从托斯卡纳地区开始；那是一次超自然的馈赠，用一个新的休止符代替野蛮人为西方文明史划上的

[16]

———————————
① 见彼特拉克的《歌集》（*Canzoniere*）第 137 首。

休止符。人们和艺术家们回到了最初的状态："上天对托斯卡纳土地上每天产生天才的怜悯，让他们以原创的形式出现。"

瓦萨里无论对衰落和复苏的形式，或历史节奏的普遍概念，都进行了深入的分析。人事变迁和其中文明的演绎，如同单个生命的进程一样，从青春到死亡，但又会让它复苏。这样技艺"从初始的萌发"到"最高的巅峰"，然后又坠落到"极端的毁坏"；"正如人体有初生、成长、衰老和死亡一样"。即使"多少世纪人们的疏忽、恶意或天意"，任何艺术活动和任何文明到某一点，似乎都要经历"破坏的混乱"，但是此后又会开始"再生的进步"。这是沿 15 世纪不难发现的一个简单的历史哲学，正可以通过它来理解经过中世纪危机之后的文化"复兴"。人们认为，瓦萨里在这里也按照自己的意思指出文化的成分，并用了鲜明的语言：老的和现代的，与它们相对立的古代的。"老的"是指造型艺术中（"希腊式"）的拜占庭世界，或者说古典的残余，但是它已疲惫不堪，了无生气，越来越脱离现实和自然；而"古典的"则是永远保持忠实于同现实和自然接触。"现代的"也与此相反，它是从中世纪"野蛮"中产生的哥特式，虽然形式不同，它也是脱离现实和脱离自然的。

[17]

古典的与现代的和老的相对立，它是一个生气勃勃的从现实，从自然和从人汲取灵感的学派，如像古典作品那样，依靠智慧的力量自由地再创造，它正是遵循古典著作的教导。瓦萨里在这里讲得很清楚：自然是个"样板"，古人是个学校；艺术家的思想从那里汲取源泉，创作自己的作品。文艺复兴时期大师们的"发明""都来自于他们的头脑，其中包含他们所看到的古代遗物"。

瓦萨里的著作很好地指出了一个终点，和文艺复兴兴衰变化的一个尾声；实际上总结和综合了几乎一个半世纪以来所说过和重复表达的看法。大约一百年前，不太晚于1447年，洛伦佐·基培尔蒂（Lorenzo Ghiberti），他也是一位艺术家，在写他的《评注》（Commentarii）时已经开始了那条由瓦萨里整理和完成的路线。基培尔蒂认为，对于古代艺术的消失，基督教文化通过破坏古代神庙和众神形象，以及反对异教的斗争，起了不小的作用。古代众神的死亡也包括它们的艺术；"那些艺术消失了，空白的神庙存在差不多600年"。"希腊人粗糙的技艺"并不能让它复生。当重新找回"古代高贵的艺术形式"和自然法则时，"再生"在托斯卡纳地区发生了。 [18]

　　在那些年代里，不是一位艺术家而是一位历史学家和政治家，佛罗伦萨共和国①的文书长，出生在阿雷佐的莱奥纳尔多·布鲁尼，在他的《评论》（Commentarius）的值得记住的一页中，在他回忆自己所处的时代时，认为过去那七个世纪是黑暗的时期。从罗马极其严重的危机开始，到14世纪艰难曲折地在不安中寻求知识更新，在那700年中，好的文化和好的艺术，总之"人的"古典文化，都处于了无生气的昏睡状态。现在又开始醒来，并改变人类社会。布鲁尼在写他的那些回忆时，把重新开始对希腊文的学习，当作通向诗歌宝库和古代知识的途径；在另一个地方他又指出，可以把彼特拉克和他的著

①　佛罗伦萨共和国：佛罗伦萨是欧洲文艺复兴发源地。它最早是罗马帝国属地，962年起隶属神圣罗马帝国。1187年击败神圣罗马帝国皇帝亨利六世，其自治权得到承认，成为独立的城市共和国。1434年，美第奇家族夺取政权，建立僭主政治。1434年法国入侵佛罗伦萨，美第奇家族被逐。1569年美第奇家族依靠西班牙支持，建立托斯卡纳大公国，以佛罗伦萨为首府，共和国历史结束。有关这一问题，可参阅布鲁克尔著，朱龙华译《文艺复兴时期的佛罗伦萨》（生活·读书·新知三联书店1985年版）。

作视为有效"再生"的起点。总之，他坚持认为从罗马陷落算起的七个世纪，是文明昏睡，甚至死亡的时期。新时代的开始确定在 14 世纪末和 15 世纪初之间，虽然承认在 14 世纪已经存在一系列即将开始的预示和先兆。证据多极了，取得一致赞同，因为与其说要举出某个事例，还不如说需要表达某种愿望和某个纲领。沿着彼特拉克的足迹，组成了一支由文学家、思想家、艺术家、君主们的队伍，他们想用一种新型的文化取代不再感到满意的文化，用另一种新的风格取代原有的风格。这样的一致的看法，不能不影响到历史学家，这是对未来的方向和纲领取得的一致：不再去证实已发生的某件事情，而是决定未来要做什么。15 世纪初，彼特拉克所祈求的古典还未成为现在的模仿模式，而只是一种对研究的促进。大的图书馆还有待建立，古典著作还尚未发现，或者至少有待人们去阅读、翻译、传播和让它们发挥作用。古代的神话和对它的盼望，先于对古典作品的模仿；革新的决定并非是后果，而是有效、广泛、一致赞同的古典复兴的前提。

[19]

现在，正是抱着这样态度，去寻找文艺复兴产生的真正主要起点，罗马陷落后七个世纪以来的建设者们已正确地指出：应当把在 5 世纪中断的历史线索打一个结，但是应当清楚地意识到对于古人来讲，现在是"现代人"。中间的几个世纪并没有忽视古典著作；人们知道它们，使用它们，但是也篡改它们：需要发现它们的真实含义和对现实的教导。要在同中世纪和"现代"中去发现它们。例如为 15 世纪许多作家追随的弗朗切斯科·彼特拉克，并不拒绝亚里士多德；而仅仅拒绝由经院学派的人弄得来"粗糙不堪的"、掺假和伪造的亚里士多德。莱奥纳尔多·布鲁尼也是这个观点。洛伦佐·瓦拉认为，从波爱修（Severino

Boezio)① 开始，整个中世纪世界不仅歪曲了古典的东西，而且歪曲了基督教教义。圣托马斯·阿奎那（Tommaso d'Aquino）② 本人没有弄懂基督教价值的根本新奇之处，要反对圣托马斯，回到圣保罗（Paolo）那里。这样，13 世纪到 14 世纪之间的学者们自称为"现代人"，他们把野蛮带到各处，例如在法学、哲学、讲演术、语言和艺术方面。佛罗伦萨的安东尼奥·阿韦利诺（Antonio Averlino），绰号为菲拉雷特（Filarete），他是米兰马焦雷医院的建筑师，在 15 世纪中期写过一篇《论建筑》(*Trattato dell'architettura*) 的著名文章，其中描绘出一座不同寻常的理想城市，对于现代的风格他这样评论说："看到它的人真倒霉！我相信如果不是野蛮人，不会把它引进到意大利来"。

　　15 世纪的作家们不是不知道中世纪的人也读古典著作。瓦拉很清楚波爱修和奥卡姆（Occam）之间的时代，也是信奉基督教的。而是野蛮人把一切都野蛮化了：他们的拉丁文不再是

---

① 波爱修（480—524），古罗马哲学家，曾任罗马皇帝提阿多列克的顾问，后被怀疑背叛，被审问和处死。在狱中写下《哲学的慰藉》(*De Consolatione Fhilosophiae*) 5 卷，其中讨论了幸福、罪恶、天意等，在中世纪广为流传。

② 托马斯·阿奎那（1225—1274），欧洲中世纪的神学家和经院哲学的最大代表。出生于意大利那不勒斯附近的一个伯爵家庭。年轻时就加入了多明我修会。曾就读于那不勒斯大学和巴黎大学，后在巴黎、罗马等地讲授神学和哲学。自 12 世纪阿拉伯哲学家将亚里士多德的原著和学术思想介绍到西欧以后，引发基督教信仰问题的危机。在信仰与理性的对立中，阿奎那把亚里士多德哲学完全用来为神学服务，强调理性不能与信仰相抵触，因为一切真理都"来自于上帝"，反对阿威罗伊的"双重真理"论。他致力于捍卫神权论和封建等级制度，称宇宙中的一切，从非生物到人、圣徒、天使、上帝，都按等级自下而上依次相属，每一级都把高一级作为追求目标，教皇是上帝的代表，位在世俗君主之上，这都是'上帝的安排'。后来教皇把他定为天主教哲学的最高权威，他的理论被称为"托马斯主义"。主要著作有：《反异教大全》(*Summa Contra Gentiles*) 和《神学大全》(*Summa Theologiae*) 等。

[20] 拉丁文，而是一种可怕的行话；基督教义失去了原始的纯洁，教会忘记古老的精神和普世使命，成为派系斗争的世俗权力，并准备着分裂和战争。讲这些话的洛伦佐·瓦拉，把他在宗教领域里的改革愿望，同恢复古典传统联系起来。在真古代反对野蛮人的假古代的情况下，真古代应该被深情地恢复和"模仿"，它不仅是复制的模式，而且还是一种对竞争的激励。回到古代和反对现代的争论，变成一场对古代道德的竞赛，一场具有光明前景的古典文明的自主和真正的恢复。从这里产生同古人的新的比较和现代的新思想。把回到古人那里和对他们的发现，很快同对中世纪的研究联系起来，这并非偶然；不再认为中世纪是无差别的黑暗，而是讨论、研究和分析。文艺复兴时期的文化就是这样，它必须了解它前面的那个时期，当把前面的时期定义为中世纪的时候，正是通过对古典著作的理解和使用来调查它和批判它的局限性，但是把它分期。如果说洛伦佐·瓦拉在同中世纪的神学家们、法学家们争论，托马斯或者说巴尔托罗·迪萨索费拉托（Bartolo di Sassoferrato），比翁多·弗拉维奥（Biondo Flavio）在调查古迹和对中世纪的记忆的话，莱奥纳尔多·布鲁尼已明确指出市民重新获得自治的积极价值，反对罗马帝国后期在行政管理上推行压抑的均衡一致性。

文艺复兴，可以说正是在理解中世纪世界含义的情况下，才发现古代的；这是一种古典主义和人文主义的既原始又新的形式，它明白中世纪对待古代的态度，批判和拒绝那样的态度。从语言到艺术，文艺复兴文化总是在语言恢复和历史认知这两条战线上发挥作用：以避免消极的模仿和无意识的伪造，最后，即使以不同的方式，利用通过爱心找到的古代成果，如同利用中世纪苦难的积极成果一样。

四 古典作品的发现

谁要想找到 15 世纪意大利文化大发展的起源和遥远的预
兆，就应当回溯到更早。瓦萨里认为，大约在 12 世纪中期就
已出现不同绘画风格的最初迹象。但是，在市民生活中实际
产生影响的新时代最富特征的议题，我们还是要到 14 世纪晚
期的意大利历史中才能看到，那是一个更为特殊的时期：教皇
们离开了罗马，罗马为大家族之间的斗争所困扰，弗朗切斯
科·彼特拉克站在欧洲生活的高度，从古典著作中汲取新智慧
并提出唯一的无与伦比的权威理论。那位诗人去世不久，莱奥
纳尔多·布鲁尼就指出他"唤醒了失去和消失的古代文雅风
格"。彼特拉克的作用在于复苏了古代世界，还原了古典著作，
促进了研究和兴趣，在相互冲突的精神力量之间活动，似乎把
调查扩展到越来越广泛的领域。他不知疲倦地来往于阿维农和
意大利北部的大城市之间，建立了一个越来越稳固的独立于大
学，甚至同大学争论，但另一方面又在城市生活中发挥作用的
文化圈子。从他收集、研究、更正的手抄本中，浮现出的不仅
是古罗马的形象和它的智慧；还鼓励人们承担文明的义务，为
了让"可怜的意大利"从野蛮的阴影中摆脱出来，教会恢复古

代的纯洁和基督教教义中的和平。马基雅维里在他的《君主论》结尾引用彼特拉克的著名诗句并非偶然：

> 用道德反对疯狂，
> 拿起武器，短兵相接。
> 那是古代的价值，
> 在意大利人心中还未死亡。

彼特拉克在 1345 年左右写成的《我的意大利》这首诗中，渴望祖国的复兴，结束自相残杀，赶走野蛮人和实现和平。

> 高贵的拉丁人，
> 要清除那些恶棍……
> 我向你们高呼：和平，和平，和平。

多少年前，当他参观罗马，而且是在参观罗马废墟时，获得要求革新的宏伟灵感。1337 年 3 月 15 日，他从坎皮多利奥激动地写信给乔瓦尼·科隆纳（Giovanni Colonna）说，在那些石头之间，他发现了一股巨大力量的秘密。正是在这样的情况下，出现了这位诗人同科拉·迪里恩佐（Cola di Rienzo）的会晤。1350 年，科拉自称为罗马的保民官，在贵族们的流血冲突中他宣布从书中得来的知识，称现在应当行动起来。他说："如果现在不实现我从阅读中得来的东西，一切努力都将白费。"科拉的梦是不现实并且几乎是愚蠢的，他计划"复兴罗马"并宣布罗马成为"世界的首都"。但是，他的某些信件，某些戏剧性的姿态，有时也具有象征性的价值。1343 年 1

月底他在给阿维农写的信中宣称 1350 年为嘉禧年，具有非同寻常的意义。"罗马再生"（"Resurgat Romana civitas"）、西庇阿（Scipione）①、恺撒（Cesare）、梅泰利（Metelli）、马尔切利（Marcelli）、法比奥（Fabio）家族的人，不再是不动的大理石雕像。现在他们都进入了他的文章，用庄严的语调讲话，而他们的语言都建立在预见式的启发和热情的劝告上。从"可怜的意大利"回到了"神圣的意大利"，团结在罗马周围。由于人民和保民官的力量，古代文明和古代强国获得再生，反对腐化堕落的君主和从事盗窃的野蛮人。 [23]

　　科拉的修辞学，他的形象和富于启示的语言，感动了彼特拉克。对罗马"自由"的召唤，新罗马的梦，震撼了那位来自阿维农的诗人，在 1347 年他提醒那位保民官面临的困难和危险，但也赞扬说使他预感到一个新时代的来临。人民反对暴君，科拉比罗慕洛（Romolo）、卡米洛（Camillo）、布鲁图（Bruto）更伟大，他要使意大利重新获得和平与自由。彼特拉克对科拉说，现在是一个值得为自由牺牲的时代，未来的时代将在自由中诞生："向你致敬，罗马的自由、和平之父。为你当代人应为自由而死，为你后人应在自由中诞生。"

　　那位罗马保民官如同那位诗人一样，都渴望古典精神的再生；要让革新和精神上的复兴成为现实的文明的和政治上的复兴：实现自由与和平。这样，在 1347 年 8 月 1 日科拉便在罗马宣布成立罗马帝国，召集意大利人开会，他讲的话与其说具

---

① 西庇阿，古罗马名将家族。大西庇阿（Publio Cornelio，前 235—前 183）打败汉尼拔，攻陷迦太基（今突尼斯）；小西庇阿（Publio Cornelio Emiliano，前 185—前 129）为大西庇阿长子的养子，占领迦太基，结束第三次布匿战争。爱好希腊文艺，庇护希腊学者文人。

有远见，还不如说都是空想。虽然那些想法也都是在古代书籍和文献中长期存在的，现在却要用来从事一项令人振奋的事业，首先从文明、道德和文化上改变意大利，然后是改变欧洲。从这个意义上讲，通过阅读和思考后科拉的深思熟虑的语言，具有唤醒全国民众的号召作用：

> 我们颁布、声明和宣布，神圣的罗马城是世界的首都和基督教信仰的基地；意大利所有的城市都是自由的。从此时此刻起，我们声明、宣布要让意大利所有城市的人民和市民，都成为罗马的市民，并享有罗马自由的特权。

[24]   科拉的悲剧使他的梦想和修辞学破灭，但是他从事活动的某些中心议题仍然存在。意大利人民的统一，为了保卫"自由"，反对野蛮人的话题经常出现，在一个多世纪所写的文章中，在受古典著作影响的框架里再现。最后，"民族和文明"的调子越来越让位给了更为简单的"人"的文化理想，要摆脱一切精神上黑暗的束缚；但是，出发点仍然是"民族的"。所以从 15 世纪末到 16 世纪，新文化运动越来越越过阿尔卑斯山发展，并非偶然；在庆祝雅典和罗马获得希腊—罗马古典文化的荣誉时，其他民族和传统的作家被忽略或引起争议。洛雷纳公爵的医生桑福里安·尚皮耶（Symphorien Champier），曾在意大利学习过，与帕多瓦大学有联系，在 1516 年左右毫不犹豫地推翻了人类文明过去长期习惯形成的形象，坚持认为从希腊传到罗马的知识起源于塞尔特人和高卢人之间。相应地在 1517 年 8 月 30 日，《维滕贝格论纲》公布前不久，乔治·贝

尼尼奥·萨尔维亚蒂（Giorgio Benigno Salviati），或者说波斯尼亚人尤拉伊·德拉吉希奇（Juraj Dragisic），他曾长期生活在佛罗伦萨，向马西米利安皇帝（Massimiliano I d'Asburgo）勾画出一个知识"传播"的确切路线图："这样，哲学如同神学一样，从希腊传到德意志；我们只在语言方面胜过德意志人。现在希腊人和拉丁人向神圣的罗伊希林（Reuchlin）学习。"

总之，文艺复兴运动首先热衷于向希腊—罗马古典世界回归，并与之不可分地连接在一起，认为那是纯洁的源泉，一种文明模式离开了那样的源泉不仅不能进步，反而会腐败。但是 [25] 这样的回归，不是夸夸其谈地议论出土的"古董"，而是寻找新的大师和一种人生的理念。最引人注目的出发点是艰难地寻找手抄本、古迹、碑文和纪念品，并且还非常认真地学习拉丁文和希腊文，还有希伯来文，其目的是为了更直接地从先辈们那里获得知识。

人们常说，生机勃勃的文艺复兴运动，首先从意大利获得自主的城市开始，那些城市由于工商业的繁荣得到迅速发展，他们想从自己的根源上寻找尊严和某种文化遗产的种子，这些种子能进一步滋养他们的愿望和理想。无疑，在 15 世纪以前人们已意识到自己的起源和同罗马以及帝国的联系；对前辈纪念物和过去大师们的热爱，也并非仅仅在 15 世纪之前不久才有。城市文明与古代的遗产交织着；希腊语在意大利半岛某些不可忽视的地区流行。13 世纪鲁杰罗·培根（Ruggero Bacone）修士就看到意大利如同一座桥，联结着中世纪世界同西方知识的发源地希腊，想象一批批来自欧洲各地的学者被派到那里学习语言，因为那里有许多重要的科学著作。弗朗切斯科·彼特拉克，只举一个人文主义的伟大启示者的名字就够了，他是一位无可比拟的古籍寻觅者，他努力学习希腊文，为了传播多少世纪以来已哑然无声的如像荷马（Omero）①、柏拉图那样的作家的声音。

14 世纪末和 15 世纪初的伟大的人文主义者，科卢乔·萨卢塔蒂（Coluccio Salutati）②和莱奥纳尔多·布鲁尼，被认为是彼特拉克大师的继承人和工作上的后继者。但是在寻觅古书中的波焦·布拉乔利尼（Poggio Bracciolini）③，在教授希腊文中的马努埃莱·克里索洛拉（Manuele Crisolora），在热心建立图书馆和博物馆中的尼可洛·尼可利（Niccolò Niccoli）④，也是

---

① 荷马（约前 9 世纪—前 8 世纪），古希腊行吟盲诗人，生于小亚细亚，创作了史诗《伊利亚特》（*Iliad*）和《奥德赛》（*Odyssey*），语言生动，结构严谨，是西方第一部重要文学著作，荷马被认为欧洲四大史诗诗人之首（另外三人为维吉尔、但丁和米尔顿），雨果说："世界诞生，荷马高歌。他是迎来这曙光的鸟。"《伊利亚特》叙述希腊联军围攻特洛伊城的故事，《奥德赛》叙述伊塔卡王奥德修斯在攻陷特洛伊后归国途中十年漂泊的故事。《荷马史诗》记载了古希腊人的英雄业绩，他所处的时代被称为"荷马时代"。

② 萨卢塔蒂（1331—1406），生于斯蒂尼亚诺，意大利人文主义者，彼特拉克的学生。从 1375 年起任佛罗伦萨共和国文书长多年，文笔锋利。著作有《论世俗与宗教生活》（*De secola et religione*），规劝人们不要去追求消极的隐修生活，认为只有热爱祖国和家庭、积极完成了自己的事业、没有虚度年华的人，死后才会进入天堂。其他著作还有：《论命运、幸运和偶然性》（*De fato，fortuna et casualis*）、《论赫克里斯的辛劳》（*De laboribus Herculis*）等。

③ 波焦·布拉乔利尼（1380—1459），意大利著名人文主义者，曾长期在罗马为教廷服务和后来担任佛罗伦萨共和国的文书长。他热衷于考察罗马古迹和发现了西塞罗、李维、昆体良、卢克来修等人著作的手抄本。他的著作有《论贪婪》（*De avaritia*）、《反对伪善者》（*Contra hypocritas*）和《妙语集》（*Facetiae*）等。他认为，金钱是劳动者血汗，爱财是人的本性，并有益于文明社会，财富是国家力量所在。而一些人借口信奉宗教，不劳而获，还向人说教以贫为荣，鄙视财富，是伪善者。如果每个人都像植物一样，只满足于自身的生存需要，城市将失去美丽和光彩。

④ 尼可洛·尼可利（1364—1437），出生于皮斯托亚，父亲是佛罗伦萨最富有

这样的人，但也有某些不同。聪明程度差一点，艺术水平高一 [26]
点；批判精神略为逊色；也许可以说，一种风尚已经出现：逐
渐形成明确的古典意识，把它作为对公众人性的教育、解放的
手段与纲领。用于反对哥特式野蛮压迫的罗马和雅典后裔的
高贵身份证，变成了所有人的高贵身份证。密什勒、布克哈
特（Burckhardt）和文艺复兴的名言："人和世界的发现"所包
含的真理，在于真实地反映了在教育计划、政治倾向、文明义
务方面所进行的学术研究的演变。当波焦·布拉乔利尼不仅发
现了重要的手抄本，而且把它们公布、传播，用宣言一样的响
亮语言对它们进行赞扬的时候，这样的演变便被确定了下来。
许多那些被他从修道院"牢房"里解放出来的文本，虽然早已
为人所知，但最初只有少数个别的学者在那里研究。而当这位
博学的佛罗伦萨人发现它们，并成功地把它们放在显著的位置
公布以后，那就不仅仅是一本书的问题，而是发现书的重要
性，回到古人那里，先辈们的解放也要变成晚辈们的解放。无
疑，这其中也有修辞学的作用，正是运用这样的修辞学，把一
个并不新鲜的普通文化事件，变成了一桩轰动一时影响深远的
大事。

因此，构成文艺复兴基本要素和出发点的，并非仅仅是越
来越多地发现古典书籍，或越来越普遍地学习希腊文；而是那
种向古代回归的方式，和前面所编造的神话，以及那种让人们
理解理想、形式，并使之传播的力量。"人文学科"把语法学
校改造成有效培养人的学校；让自由的艺术真正成为解放的艺

的毛纺织商之一，他与佛罗伦萨人文主义者们交往密切，把家财用于寻找和收集
古代手抄本，供公众阅读，开创公共图书馆先例。他教育年轻人不要追求及时行
乐，而应努力学习古典文化。

术，但不是纯粹精神上的自由，而是文明的，并且完全是人的自由。应当在这样的前提下，来观察 15 世纪著名的手抄本的发现。在这些发现中，居中心地位的应当是波焦·布拉乔利尼先生，他也是在杰出的科卢乔·萨卢塔蒂（1331—1406）任[27] 文书长的佛罗伦萨氛围中成长起来的。彼特拉克死后，被认为在研究方面的继承人萨卢塔蒂，长期处于佛罗伦萨共和国文书长这一重要位置上。文书处是制定城市对外政策的中心。他为抗拒米兰维斯孔蒂（Visconti）的霸权要求，保卫城市的自由，进行了长期的斗争。他写给君主们、统治者、自由城市的政府和权力强大的神职人员们的著名信件，对于维斯孔蒂来说，被认为是一些比一支骑兵队伍更危险的力量。他用漂亮的拉丁文写的那些信，打破文书处的传统，引起欧洲各大宫廷的惊讶和赞叹。他按照古人的用法，使用一种新的语言：自由，佛罗伦萨作为勇士为之奋斗的自由，围绕这句豪言壮语科卢乔开始他的激动人心的时代。科拉·迪里恩佐说的是罗马和帝国。萨卢塔蒂说的是自由城市，是那些莱奥纳尔多·布鲁尼所庆祝的在罗马统治之前的自主，帝国灭亡以后又获得解放，并坚决捍卫为他们带来繁荣的共和国城市的自由。

萨卢塔蒂文书长是彼特拉克和薄伽丘（Giovanni Boccaccio）[1] 的朋友和崇拜者；彼特拉克和薄伽丘之后，他也成

---

[1] 薄伽丘（1313—1375），意大利文艺复兴时期著名小说家、人文主义者。父亲是佛罗伦萨商人，年轻时随父经商到那不勒斯，与那里的宫廷贵族和人文主义者接触，研读古籍。回到佛罗伦萨后支持共和国政权，反对贵族势力，曾作为外交使节多次被派出国执行使命。与彼特拉克是挚友，协助其寻找古籍。代表著作是《十日谈》（Decameron），叙述 1348 年黑死病流行时，10 位青年男女到乡间躲避瘟疫，每日讲故事的情况，对教会的腐败进行了辛辣的讽刺和抨击，是一部现实主义巨著，对欧洲文学的发展产生重要影响。晚年专注古典文献的研究，曾翻

为古典著作的收集者；他是西塞罗（Cicerone）① 书信的发现者，但更主要是传播者。他在佛罗伦萨大学里开设了希腊语讲座，并且从拜占庭聘请了一位学识渊博的重要人物马努埃莱·克里索洛拉担任教师。但跟随克里索洛拉来到佛罗伦萨的，不仅是一些教师，还有他们携带的希腊文书籍和译本。那时正是政治动荡时期，帕维亚和米兰等地对希腊文化的新研究开始于翻译一本柏拉图的名著《共和国》（*Repubblica*）。另一方面，在这个"复活"古人的中心，这位意大利和欧洲闻名的文书长的书信又罕见地同积极生活、同政治联系在一起。即使在对过去的回忆中，显示渊博的知识和语言学的技艺，也表现出它们同现实的紧密联系，如像在当代世界中发挥作用的活的思想一样。所以传统的维护者们带着怀疑的眼光看那些现象，也就并非偶然。也正是在佛罗伦萨，在萨卢塔蒂担任文书长期间，爆发了同在阿维农的教皇国② 的激烈冲突。彼特拉克对罗马教会

[28]

译荷马的作品，讲解但丁的《神曲》。其他著作还有：《菲洛柯洛》（*Filocolo*）、《苔塞伊达》（*Teseida*）、《亚梅托的女神们》（*Ninfale d'Ameto*）等。

① 西塞罗（前106—前43），古代罗马政治家、演说家和哲学家。出身于富裕的骑士家庭。年轻时曾在希腊学习修辞学和哲学。回罗马后，以广博的知识和雄辩的演讲而博得赞誉。公元前63年任执政官。曾拒绝恺撒邀请他参加政治同盟。恺撒被刺后，西塞罗热衷于恢复共和，抨击安东尼，被安东尼部下所杀。他的著述甚丰，现存演讲词58篇，以及大量著作和书简。由于他为人正直，文体流畅优美（由几个分句组成的和谐复合句，被称为"西塞罗文体"），他的著作从中世纪到文艺复兴一直被人传抄，视为人文主义经典。经过30年思考，他留下了有关修辞学的著作三卷：《布鲁图》（*Brutus*，阐述古罗马雄辩术的历史）、《论演说术》（*De Oratore*）和《演说家》（*Orator*），此外还有《论法律》（*De legibus*）、《论友谊》（*De amicitia*）和《论老年》（*De senectute*）等。可参阅西塞罗著，徐奕春译《西塞罗三论》（商务印书馆，1998年版）和格里马尔著，董茂永译《西塞罗》（商务印书馆，1998年版）。

② 教皇国（Stato Pontificio）是公元756—1870年意大利中部以教皇为首的政

腐败现象的谴责，产生了巨大影响；如今这种谴责在以古典模式出现的新散文中，由严格遵循基督教信仰，但又饮用了古代异教泉水的人们表达出来，在他们的文章中充满着卡托内（Catone）① 和西庇阿，谴责也就显得更为尖锐激烈。

一方面古代作家的作品流行起来，另一方面还有叛逆的"现代作家"的作品，例如在 14 世纪下半叶（1363 年）由帕多瓦的马尔西利奥（Marsilio da Padova）从法文翻译成佛罗伦萨俗语的《和平保卫者》（*Defensor pacis*）。所有的异教作家和对他们的赞扬者都曾遭到罕见的强烈谴责，指责他们是腐败者和现存秩序的颠覆者。红衣主教乔瓦尼·多米尼奇（Giovanni Dominici, 1357—1419）是多明我会修士，他反对文书长萨卢塔蒂时总结说，数十年来他有时是轻声细语，有时是大声疾呼，提醒向异教徒学习的危险，以及在他们著作中暗藏的陷阱。他的文章可说是一篇坚持不懈的反对"古人"的起诉书，认为那些古人已变成被"现代人"用来当作破坏政治、宗教、

教合一的国家。公元 756 年，法兰克国王丕平（矮子）将罗马至拉文纳一带地方赠给了教皇，是为教皇国之始。公元 926 年至 12 世纪末为神圣罗马帝国的一部分。1274 年神圣罗马帝国皇帝鲁道夫一世正式承认其独立。15、16 世纪教皇国的领土有所扩大。18 世纪末为法国军队占领，1809 年成为拿破仑帝国的一部分。1815 年维也纳会议后，教皇国又恢复。1870 年，在意大利统一过程中，教皇国并入意大利王国，教皇退居罗马城西北之梵蒂冈。此后，教皇国的名称一般不再使用。1929 年，意大利政府与教皇签订《拉特兰条约》，承认梵蒂冈的主权属于教皇，名为梵蒂冈城国。（参见《世界历史词典》，上海辞书出版社，1985 年版，第 587 页）1305 年，在法王腓力四世的压力下，法国主教出任教皇，称克莱门特五世。1309 年克莱门特决定把教廷迁至法国南部的阿维农。长达近 70 年的阿维农教廷时期，任职的七任教皇全部是法国人。（参见刘明翰主编《欧洲文艺复兴史》宗教卷，第 9 页，人民出版社，刘新利、陈志强著，2008 年）

① 卡托内（Publio Valerio Catone），公元前 1 世纪的拉丁诗人。

家庭和教育的工具。这位红衣主教痛惜过去的美好时光，那时随着敲打声教育孩子，坏书并不多，没有游戏，要做祷告和参加宗教游行，不穿华丽的衣服，青年男女都穿修士的服装。那位红衣主教的埋怨和咒骂不是孤立的，当1397年8月28日，经过戈维尔诺洛战斗之后，反维斯孔蒂联盟的总指挥卡尔洛·马拉泰斯特（Carlo Malatesta）进入曼托瓦时，立刻命令把维吉尔（Virgilio）①的古代雕像砸了，认为他是邪教迷信的危险鼓动者。萨卢塔蒂反对马拉泰斯特的行为，表示蔑视和痛心；如同他反对多明我会的追随者们进行的那场荒谬斗争那样，那些追随者们指责说，不应当似乎只有通过复兴古代才能实现革新。这正如16世纪瓦萨里总结说，"新的"利用"古的"打倒"老的"。　[29]

　　波焦·布拉乔利尼正是在这样的气氛中成长的，他寻找和发现手抄本取得成功，一方面说明他运气很好和这是一项艺术工作；另一方面也是把人类的创造，从长期的禁锢和野蛮的贫乏中解放出来的象征。1414年，他同教皇约翰二十三世（Giovanni XXIII）一起出席康斯坦茨公会议（Concilio di Costanza）②，随行的人中还有一些代表当时意大利先进文化的

①　维吉尔（Publio Virgilio Marone，前70—前19），古罗马诗人。出生于意大利曼托瓦附近的乡村，去世时51岁。在古希腊罗马文学作家中，是荷马以后最重要的诗人。但丁在《神曲》中把他作为老师和带路人。他的代表作有《牧歌》十篇和史诗《埃涅阿斯纪》（Eneide）。他说："有什么比阅读和写作更令人愉快呢？"我们可以了解古代的事情，作家通过写作同未来的人谈话，我们可以利用过去、现在和将来的时间。

②　康斯坦茨公会议：1414—1418年，天主教会在德国的康斯坦茨城召开的宗教会议。与会者除教士外，还有西欧封建领主，包括神圣罗马帝国皇帝西吉斯孟。会议谴责威斯克里夫和胡斯的学说为异端，并召胡斯到会受审，然后杀害。会议

人物。1415—1417 年，是波焦活动最活跃的时期。他的信件是那个世纪拉丁文学中最为生动的作品，他以优美的笔记形式变换着记述旅途观感，描写著名事件，叙述发现的事物。1416年夏天，他同一些朋友一起，其中有巴尔托罗梅奥·达蒙特普尔奇亚诺（Bartolomeo da Montepulciano）和琴乔·德·鲁斯蒂奇（Cencio de'Rustici），波焦在一年以前就已找到一些不为人知的西塞罗的讲演稿，他们一起到圣加洛修道院，取得修道院院长贡多尔芬根的亨利三世同意之后，发现了一批名著，然后把它们带到了康斯坦茨，抄写清楚并立刻向所有朋友和爱好古典作品的人公布这一消息。他的这些信件都是珍贵的文件，使人印象深刻：修道院里的牢房一样的地方，藏着过去被遗忘的伟大著作，严重损毁和破烂不堪的手抄本。他们让这些书又"活"了起来，古代的英雄们发出野蛮人听不懂的智慧声音。来自南方的后裔们的"爱"解放了这批"囚徒"，把他们复原，使他们的声音具有新的说服力，让世界听他们讲话。"仿佛伸出双手，恳求古罗马人的忠诚。"昆体良（Quintiliano）[①]、瓦勒里乌斯·弗拉库斯（Valerius Flaccus）[②]、维特鲁威（Vitruvio）[③]、阿斯科尼奥·佩迪亚诺（Asconio Pediano）[④] 对西塞罗的评

---

① 昆体良（约35—100），古罗马修辞学家，出生在西班牙，后到罗马办修辞学校，作有《修辞学原理》。

② 瓦勒里乌斯·弗拉库斯（1世纪），古罗马诗人，作有神话诗《阿戈尔船英雄记》（le Argonautiche）8 卷。

③ 维特鲁威（前1世纪），古罗马建筑学家，参加过罗马的城市建设，写成《建筑十书》（10 卷），对了解当时的科学技术知识，相当重要。

④ 阿斯科尼奥·佩迪亚诺（前9—76），帕多瓦人，古罗马的博学者，曾评论西塞罗。

论，又从圣加洛回来了。但波焦的发现在 1417 年 1 月继续，在北方的"雪"与"冰"中他又去了圣加洛、赖兴瑙、魏恩加滕、艾恩西德尔：又发现了卢克莱修（Lucrezio）①、马尼利奥（Manilio）②、西利乌斯·伊塔利库斯（Silio Italico）③、安米阿努斯·马西利纳斯（Ammiano Marcellino）④、斯塔提乌斯（Stazio）⑤，以及西塞罗的新的文本。从隐藏在"阿尔卑斯山深 [30] 处"的修道院里迸发出古代世界的灿烂光辉。

　　细心观察的人不会不注意到，某些书过去已很有名。其中一本在教育和演说术方面有重要影响的书就是昆体良写的；至少在 1396 年尼科拉·迪·克莱芒吉斯（Nicola di Clémanges）就有一本完整的昆体良的书。但是波焦说他的发现也没有错。同他一道去的还有一起出席康斯坦茨公会议的教廷的人，佛罗伦萨的热心的学者们，莱奥纳尔多·布鲁尼和尼可洛·尼可利，形势便有了变化。不再是那位知识渊博的人孤零零地在读一本书，或是同另一位学者在讨论那本书。那些新的书回答和满足了许多人感觉到的问题；它们作为珍贵的手段，同现实的进程联系起来；首先是恢复了它们的原貌，把它们公之于众，

---

① 卢克莱修（约前 98—前 54），古罗马哲学家，诗人。著《物性论》（6 卷），阐述伊壁鸠鲁的唯物论学说和德谟克利特的观点，他死后由西塞罗为之发表。

② 马尼利奥（前 1 世纪—1 世纪），拉丁诗人，写过一篇有关占星术的诗。

③ 西利乌斯·伊塔利库斯（约 25—101），拉丁诗人，留下七卷关于布匿战争的诗集。

④ 安米阿努斯·马西利纳斯（约 330—401），古罗马历史学家，著有《罗马史》31 卷，此书继塔西佗的史著，现存 18 卷（第 14 至 31 卷），文笔亦佳，为后世称颂（参阅《世界历史词典》，上海辞书出版社，1985 年）。

⑤ 斯塔提乌斯（Publius Papinius Statius，约 45—96），古罗马作家，那不勒斯人，作品有《底比斯战纪》（Thebaid）12 卷，诗集《希尔瓦》（Silvae）5 卷，以及史诗《阿喀琉斯纪》（Achilleid）。

让它们流通起来，发挥作用。它们得到复制、讨论，如同现在活的声音一样，让人们倾听，如果人们接受其中的教导，就会模仿。把它们作为学校的基础新教材，并放在公共图书馆里。波焦把他在圣加洛的发现告诉尼可利之后，从此在佛罗伦萨开始了一场声势浩大的收集书籍的活动：圣马可的收集活动和美第奇的收集活动。把古代知识从 15 世纪意大利自主城市中的修道院"监狱"里释放出来，标志着文化世俗化进程的一个重要阶段，是知识在资产阶级中传播的一个关键时期，使其历史进入一个为公共有效服务的新时代。

不仅如此：波焦和他的朋友们以及模仿者们，在重新获得古代知识中，强烈感到需要再找到它们真正的特征；开始时是粗浅的，然后在技术上越来越精细，从语言学上重新恢复文本，然后再从文本回溯到它们当时的文明，再同自己当下的文明进行比较，从而获得历史的范围感，提高批判的能力。同时插入他们自己的文化活动，把成果置于他们生动的时代中，让它结出果实。特别要注意的是，波焦复苏古代文化的方式，绝[31] 不是迂腐的。在他的信中，圣加洛的发现和对古典作品的赞扬，总是同幸福生活的情趣，同对大自然的感觉，同对人的美德的赞叹，同尘世的义务，和谐地连接在一起的。在他的信函中，伴随着有关寻找手抄本的信件，还有对阿尔卑斯山地区的旅途描述，巴登浴场裸体妇女们的温柔嬉戏，大义凛然的季罗拉莫·达布拉格（Girolamo da Praga），如像罗马英雄那样，面对火刑毫不畏惧地捍卫自己的理想。既不脱离感觉的风格，也不脱离感觉的方式。发现卢克莱修的人，也如像卢克莱修那样生活。对古人的回忆，和谐地表现在某种生活方式中，以更高的形式重塑一种文明。

作为对神职人员腐败和修士伪善的激烈抨击者，波焦感到自己是一个好的基督教徒和古代教父们的基督教教义的维护者。他并不放弃发现的耶稣说教所代表的价值，他想进行新的综合，结合古典的价值真实地还原耶稣的说教。这件事，他是同他的朋友们一起做的。15 世纪初，莱奥纳尔多·布鲁尼为了捍卫异教文学，把圣巴西尔（Basilio）的拉丁诗《为青年祈祷》（*Oratio ad adolescentes*）赠送给他喜爱的老师萨卢塔蒂，并非偶然。

整个 15 世纪都在不停地寻找可能存放手稿的地方；康斯坦茨公会议之后，巴塞尔公会议又提供了一个在北欧探索新发现的新机会。1432—1434 年之间，安布罗焦·特拉韦尔萨里（Ambrogio Traversari）从阿尔卑斯山开始，系统地考察了意大利北部和中部的修道院。在巴塞尔公会议时期，同意大利发现者们一起的，还有大名鼎鼎的库萨的尼古拉。探索和幸福的发现还经常发生在该世纪的下半叶。另一方面，除阿尔卑斯山那边大的中心在中世纪保存着丰富的古代遗产外，在蒙特卡西诺修道院、诺南托拉修道院、博比奥修道院、维罗纳教士会和米兰的修道院，都有丰富的未开发的宝藏。直到该世纪末，探寻者在各处都有珍贵的收获，而书商，一定程度上还有 [32] 印刷商，传播的不仅是优美的文本和高尚的伦理价值，而且还有重要的科学著作，它们不再通过阿拉伯人，而是直接来自原著，重新接上中断了的研究线索。在发现拉丁人的同时，非常重要的是还上溯到希腊人，研究希腊的文明和语言。在佛罗伦萨，1360—1362 年莱昂齐奥·皮拉托（Leonzio Pilato）开设教授荷马写的史诗的课程以后，15 世纪初马努埃莱·克里索洛拉又在那里授课，然后又转到了意大利北部。开始以后，就

有后继者跟随，榜样引来模仿者。如像乔瓦尼·阿尔季罗普洛
（Giovanni Argiropulo）那样的优秀教师，在佛罗伦萨和罗马留
下深远的影响。复制了许多原著，并且大量进行翻译。年轻的
意大利人去拜占庭，学习语言和汲取知识。瓜里诺·达维罗
纳（Guarino da Verona）[①] 和弗朗切斯科·菲莱尔福（Francesco
Filelfo）办的意大利学校已声名远播，他们对到过的君士坦丁
堡留下了深刻印象。瓜里诺最初在维罗纳办学，后来主要在费
拉拉，到那里上学的不仅是意大利人，还有许多英国人，从北
欧和东欧来的学生，如波兰人，匈牙利人。文化的新进程很快
从意大利扩散到整个欧洲。

在这些旅行中，有知识的年轻人带回来的不仅是丰富的基
本知识和经验，也许像菲莱尔福一样，还带回一位高贵的妻
子。他们带回许多书籍。在学者们中有西西里人乔瓦尼·奥里
斯帕（Giovanni Aurispa，1376—1459），他系统地收集书籍，
然后出售。他不是一个普通的学者，曾在博洛尼亚进修民法，
早在1413年奥里斯帕就在契奥购买了索福克勒斯（Sophokles

---

① 　瓜里诺·达维罗纳（1374—1460），意大利人文主义教育家，出身于手工艺
人家庭。早年在帕多瓦和威尼斯学习，1403—1408年到君士坦丁堡学习希腊文，
成为当时最精通希腊文的意大利学者，回国时他带回一批古希腊文手稿，把它们
翻译成拉丁文用于讲课。他曾在佛罗伦萨、维罗纳、帕多瓦等多地任教，后来应
费拉拉君主埃斯特邀请去费拉拉讲学。他是一位虔诚的基督徒，对拉丁文和希腊
文同样重视，上午"读"一位拉丁作家的著作，晚上"读"一位希腊作家的著作，
并且总是把"科学"和"文学"联系在一起，教学生学习经典著作、神话故事，
学校充满家庭似的欢乐气氛，他还资助贫困学生。同学生们一起进行体育锻炼、
散步、游泳、打猎、跳舞。他认为，任何专业学习的准备，都必须建立在共同人
性教育的基础上。在教人任何技能或学科知识之前，先要教如何做人。他被认为
是近代西方教育的开创者之一。（参阅张椿年著《从信仰到理性——意大利人文
主义研究》，浙江人民出版社）

Sofocle）①和欧里庇得斯（Euripide）著作的手抄本。他在第一次的东方旅行中，带回来了希腊的悲剧剧本，以及修昔底德（Tucidide）②、荷马、第欧根尼·拉尔修（Diogene Laerzio）③、和其他许多人的著作。1421 年，他又再次去希腊，这次他带回了一个真正的图书馆：238 册书，其中包括后来不知通过什么途径又到了海德堡的过去的宫廷文集手稿。还有阿里斯托芬（Aristofane）④、亚里士多德（Aristotele）⑤、阿特雷奥·奇

---

①　索福克勒斯（约前496—前406），古希腊三大悲剧作家之一，相传写了120多部悲剧，现存有《安提戈涅》《俄狄浦斯王》等七部完整悲剧及残篇。

②　修昔底德（约前460—前400），古希腊历史学家、将军。用三十多年时间写《伯罗奔尼撒战争史》，共8卷，富含哲理和文采。如提出"人是第一重要的，其他一切都是人的劳动成果"。历史研究必须坚持求实原则，"历史就是当代史"、"历史的内容是刚刚发生过的政治事件"，遥远的历史"应由考古学家去研究"。不要轻信传闻，要对资料进行批判和考证。该书对西方史学产生了重要的影响。

③　第欧根尼·拉尔修（约200—250），古希腊哲学史家，著有《哲学家言行录》（*Le vite e dottrine dei filosofi celebri*）10卷，主要记述希腊名哲们的逸事及观点，第8—9卷记意大利的哲学家，第10卷记伊壁鸠鲁及其哲学，据认为他是伊壁鸠鲁派信徒。该书对研究古代哲学史颇有价值。

④　阿里斯托芬（前450—前385），古希腊最重要的喜剧作家，有"喜剧之父"之称，相传写有四十四部喜剧，现存《阿哈奈人》《骑士》《和平》《鸟》《蛙》等11部。

⑤　亚里士多德（前384—前322），古希腊著名哲学家。出生于当时马其顿统治下的斯特吉拉城。父亲是马其顿国王的宫廷医师。他年轻时到雅典柏拉图学园学习，他既是柏拉图的学生，又是理论上的对手，他曾说："吾爱吾师，吾尤爱真理"。他曾担任马其顿国王的王子亚历山大的老师。公元前335年回雅典后成立吕克昂学园。因他的教学活动多在运动场里的散步区进行，边走边讨论问题，因此又被称为"逍遥学派"。他注重收集资料和研究实际问题。公元前323年亚历山大去世，雅典发生反马其顿运动，他和苏格拉底都被控"亵渎神灵"罪，次年病逝，终年63岁。在他留下的146篇作品中主要有：《工具论》（*Organon*）、《形而上学》（*Metafisica*）、《物理学》（*Fisica*）、《论灵魂》（*Sull'anima*）、《尼可马可

文艺复兴时期的文化

齐切诺（Ateneo Ciziceno）、卡利马科（Callimaco）、德莫斯泰内（Demostene）、第奥斯科里德（Dioscoride，现在称第奥斯科里德·迪维也纳）、希罗多德（Erodoto）[①]、现在洛伦佐的埃斯基洛（Eschilo），琉善（Luciano）[②]、帕波（Pappo）、柏拉图（Platone）、普罗克（Proclo）、斯特拉波（Strabone）[③]、

[33] 特奥弗拉斯托（Teofrasto），以及其他许多人的著作，而且常常伴随历史和诗歌著作的，还有并非不重要的科学和技术著作。例如 11 世纪的阿特雷奥·奇齐切诺的关于战争机器的手抄本，其中还附了许多工具器械图（现存梵蒂冈博物馆希腊文卷第 1164 号），当时一位伟大的艺术家洛伦佐·基培尔蒂对此十分重视，在《评注》中把它翻译成俗语，献给了马尔切洛（Marcello）。15 世纪找到了古人们的科学技术原著，不再需要

伦理学》（*Etica nicomachea*）、《政治学》（*Politica*）和《诗学》（*Poetica*）。他的思想对西方文化的形成和发展有巨大的影响。如把知识分成三个部门：理论科学（哲学、数学、物理学）、实践科学（伦理学和政治学）和创作科学（诗学和修辞学），而逻辑学是研究一切科学知识的工具。认为善是人的一切活动的目的。知识范围的理智和美德，可以学习和传授；日常行为的美德，得自于习惯。在伦理和政治中强调中庸，认为万物皆有其中，合乎中庸的行为就是美德，美德以居中为目的。（参阅《外国哲学大辞典》《世界历史词典》）

① 希罗多德（约前 484—前 425），古希腊历史学家，从 30 岁起就开始到各地旅行，每到一处，都考察文物古迹，收集民间传说。主要著作《希腊波斯战争史》共 9 卷，主要叙述波斯人和希腊人在公元前 478 年以前数十年间的战争。书中人物众多，性格鲜明，语言生动，西塞罗称他为"历史之父"。

② 琉善（Luciano di Samosata, 115—180），古罗马哲学家、讽刺作家，无神论者。著作有《诸神的对话》（*Dialoghi degli dei*）、《死者的对话》（*Dialoghi dei morti*）等。

③ 斯特拉波（前 63—前 19），古罗马地理学家、历史学家。出生于小亚细亚的阿马西亚。受过良好教育，游历亚、非、欧许多地方，后定居罗马。著有《历史概要》47 卷（全书已散失，仅保留一些片断）、《地理学》17 卷。试图以自然因素来说明人文现象，如以意大利的地形、气候等来说明罗马的兴衰。

042

透过平庸的概述，简化的手册，或部分低劣的阿拉伯—拉丁文
译本去了解它们，而是阅读它们完整的原著。很难充分说明获
得这种珍贵知识所产生的成果：这对于科学研究来讲，真正是
一个新的开始，掌握了革新后的完美手段。

五 希腊人和文艺复兴的起源

[34]　　从希腊、从东罗马帝国的遗迹中，尽管经历了无数的沧桑变化，还是保留着同古典世界并未中断的线索，充满好奇心的学者们，或者是偶然经过那里的有知识的精明商人，带回来的不仅是书，还有许多人。土耳其的威胁日渐迫近，促使希腊人首先寻找新的联系和救助，然后逃到西方，特别是到仍保持着古老联系或又建立了新联系的那些意大利居住中心。不要忘记在意大利南部有一个不可忽视的地区，不仅有寺庙，还有讲希腊语的一些重要地方。此外还有他们同威尼斯，以及其它沿海共和国或同佛罗伦萨那样的商业中心保持着的持续关系。15世纪来到意大利的人中，也许贝萨里昂（Bessarione）① 红衣主

---

① 贝萨里昂（Basilio Bessarione，或 John Bessarion，1403—1472），出生于特拉布松（Trebisonda），卒于意大利的拉文纳。希腊籍的枢机主教，人文主义学者。1439年，他作为东正教代表团成员，出席教皇在佛罗伦萨召开的宗教会议，讨论东西方教会统一问题，后来留在意大利。当时东罗马帝国首都君士坦丁堡面临奥斯曼帝国的威胁，他用三万个金币收集了异教和基督教作家的六百部手稿，寻求一个安全的储藏所，避免这些文学宝藏的丧失。后来他把这些书赠给了威尼斯圣马可图书馆。他把希腊知识带给了西方，并翻译了亚里士多德的著作。（参阅布克哈特的著作《意大利文艺复兴时期的文化》，商务印书馆，原著第119页）

教是最重要的人物。他写到，一个希腊人在威尼斯下船，感觉就像回到了自己的家。

同时，日益迫近的穆斯林威胁在拜占庭社会里助长了古希腊民族主义倾向，为捍卫千年的遗产，在对先辈们的回忆中寻找力量和安慰。可是门前的危险非但没有减弱，而是使他们之间的分歧和斗争更加尖锐，造成希腊文化和宗教界的深刻分裂。在君士坦丁堡，保守的传统渗透了毫无生气的僵化的神学和教条，压制造反的骚动，而这样的骚动在光荣的古典著作中 [35] 找到依据，为了革新的理想而"再摇动"古代的道德。这样的潮流，面对正统教会的封闭和它的亚里士多德化的立场，其目的常常不仅在于恢复对不同骚动作出广泛让步的新柏拉图哲学，而且还要在古希腊复苏的气氛中，恢复古代希腊城市国家的政治理想。这些群体的人被怀疑的眼光视作异端和颠覆者，他们在思想上同普塞洛（Michele Psello）的 11 世纪再生的观点联系起来，是一些最不安定和最活跃的人，也是最初的发动者，同时他们坚信通过一种精神上的、古人理想的和古代道德的复苏，就能再次创造温泉关（Termopili）① 那样的奇迹，凭少数英雄就可以阻止野蛮人前进。古代神的回归，意味着古典光荣的回归。

那么，正是在这样的特殊背景下，如像乔治·杰米斯托·普勒托（Giorgio Gemisto Pletone）② 那样的人物，与复兴

---

① 温泉关指公元前 480 年第二次波希战争中的一次著名战役，它因附近有温泉而得名。它是希腊的一个隘口，一边是大海，另外一边是陡峭的山壁，易守难攻。希腊人在那里以少数兵力挡住了数量上远远超过他们的波斯军队。

② 普勒托（George Gemistus Plethon，1355—1440），中世纪拜占庭哲学家，新柏拉图主义者。生于君士坦丁堡。相传他曾受到美第奇家族保护，按照柏拉图学

意大利最激进的代表相遇，便使得他们的观点融入共和国和君主国的政治文化游戏中。自然他们的活动总是复杂的：如果他们的民族主义被看作意大利城市国家的民族主义，那么他们也会激烈反对拉丁人谋求霸权的借口。如果斗争需要，他们也可以把矛头指向罗马教廷。他们的新异教和希腊文化风格，在一段时期，被认为是可疑的和易受蒙骗的。同时代的文献表明，在一致赞赏古代希腊伟大历史的同时，也反映出意大利人对现代希腊人的不同看法，认为他们爱争吵、骄傲、动不动就生气和吵架、脾气古怪、难以接近。但是也有少数例外，首先是普勒托、贝萨里昂、加扎（Gaza），拜占庭人似乎是继承了古人退化了的遗产，而在古代知识向西方"过渡"的看法中，拉丁人的作用得到了确认。此外，希腊人不仅是同罗马的后人们争吵；他们之间也不停地争吵。这样，情况就变得复杂化：常常[36]他们之间的分歧，与拉丁世界的分歧非常相似，因此"罗马人"争执的一方能在希腊人一方找到天然的盟友。

1439 年初迁到佛罗伦萨开的费拉拉公会议（Concilio di Ferrara）①，面对土耳其的威胁，似乎让所有希腊—罗马基督教世界的继承者们暂时停止了敌对状态，开始了新的和平。教皇欧金尼奥四世（Eugenio IV）、君士坦丁堡的主教、拜占庭皇帝都来到了 1434 年科西莫·德·美第奇（Cosimo

---

园模式参加创办佛罗伦萨的"柏拉图学园"。他认为柏拉图优于亚里士多德，毕生致力于用新柏拉图主义来解释柏拉图。主要著作有《论柏拉图理论和亚里士多德理论的区别》《法律》等。

① 费拉拉公会议：1438—1439 年在费拉拉举行的主教会议，主要讨论东西方基督教会的联合问题。因瘟疫蔓延，1439 年 1 月移至佛罗伦萨继续召开。

de'Medici)^① 又回来统治的那个城市，在布鲁内莱斯基(Filippo Brunelleschi)^②于1436年建造完工并庄严庆祝的大教堂圆顶下，于1439年7月6日用希腊文和拉丁文宣布新的团结："Laetentur caeli et exultet terra … pax atque Concordia rediit"（"让天地同庆……和谐与和平"）。所有的人都去了，希腊人和拉丁人，从莫斯科和从基辅来的、从拜占庭和从摩里亚来的，其中有贝萨里昂、普勒托、莱奥纳尔多·布鲁尼、安布罗焦·特拉韦尔萨里。

众所周知，和平并未实现，但是对于大公会议的作用，与阿比·沃尔布加（Aby Waldburg）那样学者的看法正相反，在文化上产生的影响是深远的。其中包括在研究方面的卓有成效的会晤，例如普勒托同佛罗伦萨的学者们的会晤，以及后来费奇诺所说，老科西莫（Cosimo il Vecchio）开始重视支持复兴柏拉图的计划，并建立一个新的"学园"："该死的柏拉图"（"Plato maledictus"），正如狂热的亚里士多德分子乔治·特拉佩聪齐奥（Giorgio Trapezunzio，1395—1472.3）咒骂那样，在柏拉图主义的复兴中，甚至指出在某个时刻伊斯兰世界会推行反对基督教遗产的思想阴谋。

---

① 科西莫·德·美第奇（1389—1464），意大利文艺复兴时期的佛罗伦萨银行家、政治家。美第奇家族中第一位执政的成员，又称老科西莫。1434年他取弋了阿尔比齐家族，控制佛罗伦萨政权，保留共和国形式。他大力从事金融和工商活动，同时鼓励文学和艺术创作，收容君士坦丁堡陷落后的希腊学者，使佛罗伦萨成为意大利文艺复兴的中心。当时有人称他为"祖国之父。"

② 布鲁内莱斯基（1377—1446），建筑家、雕刻家和画家。出生于佛罗伦萨，早年在金银首饰作坊当学徒，后来靠艰苦自学获得渊博知识，终身未婚。他发明透视法，引起美术界的革命。代表作为佛罗伦萨大教堂圆顶，被认为是文艺复兴时期独创精神的标志，开创了文艺复兴和谐匀称的建筑新风格。

　　总之，围绕 15 世纪中期，在柏拉图信徒同亚里士多德信徒之间，爆发了最为尖锐的斗争，普勒托的最激进的柏拉图门徒们得到不少希望意大利复兴的不安定的人们的支持，而拜占庭的亚里士多德主义者则带着最封闭的思想，颂扬拉丁经院学派。这两种趋势之间的斗争错综复杂，这是由于当时的政治形势越来越严重。"哥特式野蛮"似乎在政治领域已完全被打败，

[37] 反对它的人文主义正在文化领域里兴起；在莱尼亚诺战场上，意大利的城市国家已胜利地保卫了他们的自由。而现在相反，土耳其的胜利表明其他野蛮又威胁和搞乱了东罗马帝国最后留下的地方。同时，意大利那些老的"共和国"已越来越意识到不安定时刻的来到。他们不仅发现穆斯林的扩张使他们的码头、殖民地、他们在爱琴海和东方的港口处于危险中；感到了意大利的危机。还有来自北方的危险和威胁，那是由于更加激烈的经济竞争，和大国的发展已变得更加强大。如果说市民的"自由"理想已得到佛罗伦萨资产阶级的英勇捍卫，反对维斯孔蒂的统一计划；那么，他们也模糊地认识到新的危险又在增长。最初还是萨伏那洛拉的恐怖布道说教，以及预言家和占星术者观察星座的活动后说，灾难就在眼前。有一位费拉拉的医生兼星象学家阿尔夸托（Arquato）对马蒂亚·科尔维诺（Mattia Corvino）谈到"欧洲的毁灭"和将要发生的巨大颠覆。而入侵意大利海岸的异教徒们，则显示出一种共同的威胁。

　　这样，伴随着争吵，希腊人之间的争吵和同希腊人的争吵，伴随着民族间的竞争，民族主义的忌妒，在分歧日益严重的情况下，出现了会晤、调解与争取和平的愿望：在取得宗教与政治的和平之前，先从精神上实现和平和从理论上实现协调。也许从文学本身来看，从未有过如此尖锐的争吵和咒骂；

也从未有过如此频繁和高声的对和平的祈求和颂扬，以表达调和的企图和呼吁普遍的"和谐"。红衣主教贝萨里昂本人，就在为基督教教会同不信教的人之间的联合，在文化方面超越柏拉图主义者和亚里士多德主义者之间的分歧而斗争，或者说超越这两个传统同东方并不亚于同西方的冲突而斗争，努力寻找深层次的和谐。另一方面，教皇庇护二世又企图通过一种新的十字军精神，把整个基督教世界的信徒联合起来。莱斯沃斯岛陷落以后，莱奥纳尔多·迪契奥（Leonardo di Chio）给他写信，[38] 并非偶然，他在信中惊呼一场洪水正在席卷整个欧洲。君士坦丁堡陷落，米蒂莱内陷落，西方前沿防线一个一个地被丢失。意大利不再幻想；它重新度过的不再是莱尼亚诺战斗（Battaglia di Legnano）[①] 胜利的时光，而是波爱修的痛苦的时光。

　　考虑到这种形势的复杂性，15 世纪的拜占庭世界如同意大利的情况一样，需要经常面对辩论并以不同方式处理的问题是，关于希腊人来到意大利对文艺复兴运动带来贡献的重要性问题。无疑意大利文艺复兴常常表现出，特别在某些领域，对称性地反对两种类型的"野蛮"：拜占庭风格和哥特式风格。同时它似乎又不能不把在意大利开始的文化革新，同希腊著作和希腊学者的流入联系起来。这样，对于 15 和 16 世纪之间拜占庭文化的重要性问题，便出现了截然相反的两种倾向理解：一方面是一种在 20 世纪上半叶的史学界还广泛流行的看法，认为拉丁文化的再生直接来源于希腊文化的复苏。甚至说文艺复兴纯粹是拜占庭人来到后所生的儿子，是由于学者阶层学习

----

① 莱尼亚诺战斗：1176 年 5 月 29 日，发生在莱尼亚诺的一场战役，意大利北部的"伦巴底联盟"军队，打败了由红胡子腓特烈一世率领的神圣罗马帝国的军队。

了希腊语言，或者说重新阅读他们的作品的结果。很明显，这种说法的错误不仅是只强调外因，而且有两个古老的缺点：就是认为思想传播总是单行线，从东方和从希腊流向罗马和西方；以及在中世纪，希腊文化和拉丁文化很少交流，即使有其效果也是微不足道的。在这两种偏见破灭之后，在发现拉丁世界同希腊世界在中世纪就有许多交流之后，接着在我们的世纪便产生了另一种倾向性的看法，它几乎遍及全世界的文化界，那就是认同瓦萨里关于造型艺术所谈的观点：即人文主义被理[39] 解为不仅对哥特式的反抗，也是对粗糙的"希腊式"的反抗。在文学、哲学和神学方面，14、15 和 16 世纪的希腊人，主要给拉丁人带来语言工具和过去不知道的书。拜占庭思想——被认为——在对古代神学的争论中已经僵化，没有呼吸，绝对落后于拉丁经院哲学，它所停留在上面的立场，如今已被西方所超越。西方人所寻找和研究的那些书籍，是希腊人所不知道的，他们已把它们遗忘。他们希望它们在拉丁人正在进行的自主革新中再生；正是在这样的革新中，彼特拉克通过研究荷马和悲剧，研究柏拉图和普勒托，找到了所发出的极为清晰的声音。因此，一场广泛的与社会变革紧密联系的文化革命，是由某些书或某些流亡教授引起的看法，不仅在理论上显得不可能，而且也是不可思议的和荒谬的。

这样，在经过 18 和 19 世纪的史学界坚持认为在 1453 年前后，即在君士坦丁堡陷落前后，希腊人具有的决定性作用以后，最近不少学者已在弱化希腊因素在西方复兴的起源和进程中的作用。而这正是在对拜占庭文化进行仔细分析的基础上作出的，因为那种文化的特征是单调的和不动的；"缺乏任何冲突，绝对的一致性对拜占庭精神是有害的。"它不可能充当那种把灯挂在身后，照亮后面的人，而自己却在黑暗中摸索前进的引导者。认为拜占庭人给西方带来古典著作，从而引起文艺复兴，这并不是真的，虽说有人这样说。向复兴提供"模式"、神话的不是雅典，而是罗马（见 G. 帕斯夸利（Giorgio Pasquali）[1] 的著作）。此外，按照这些历史学家的说法：许多人文主义者很少懂希腊文，甚至完全不知道它；反对学习那种语言，甚至翻译它的人，也不在少数。15 世纪中期左右，在西吉斯蒙多·马拉泰斯特（Sigismondo Malatesta）的宫廷里，托马索·塞内卡·达卡梅里诺（Tommaso Seneca da Camerino）和波尔切利奥（Porcellio）就反对学习希腊文。作为不仅是意大利，而且是欧洲文艺复兴的引导者们应该是塞涅卡（Seneca）[2]，而不是索福克勒斯；是普劳图斯（Plauto）[3] 和泰伦提乌斯（Terenzio）[4]，而不是阿里斯托芬；是维吉尔，而不是荷马；是李维（Tito Livio）[5]，而不是希罗多德和修昔底德；更多是西塞罗，而不是柏拉图。那么，现在如果按照这种纯粹拉

[40]

---

[1]　G. 帕斯夸利（1885—1952），出生于罗马，希腊文和拉丁文的文学学者、语言学家，著作有 *Storia della tradizione e critica del testo*。（参阅 *Enciclopedia Garzanti*）

[2]　塞涅卡（Lucuis Annaeus Seneca，前 4—65），出生在西班牙，古罗马哲学家，斯多噶派信徒，曾任尼禄皇帝老师，后因涉嫌阴谋案被勒令自尽。主要著作有：《论精神的宁静》《论幸福》《道德书简》等。认为哲学的任务就是使人的心灵得到独立和宁静，听天由命是一种美德。

[3]　普劳图斯（Tito Maccio Plauto，前 254—前 184），古罗马最重要的喜剧作家，写过 130 部喜剧，至今保留如《孪生兄弟》《一坛金子》等作品 21 部。

[4]　泰伦提乌斯（Publius Terentius Afer，约前 190—前 159），古罗马喜剧作家。生于北非的迦太基，幼年被带到罗马，给一元老院议员当奴隶。主人见他聪慧，把他解放，并给予良好教育，改姓主人姓氏。著作有《婆母》《两兄弟》等 6 部剧本，全部被保存下来。他在离开罗马，前往希腊的旅途中逝世。

[5]　李维（前 59—17），古罗马历史学家和文学家，与奥古斯都皇帝交往密切，著有《罗马史》142 卷，现存 35 卷。为重要历史文献，亦为文学名著。

丁人文主义的观点，担心不要把文艺复兴的繁荣，归结为外因的影响，特别是归结为如像拜占庭那样一个衰老、干枯的世界影响结果的话，也就不能否认，任何这样的反应也都带有片面性的缺点，并且会歪曲事实和事件。

正如所说，一种不动的、单调的、一致的、完全集中在拜占庭的拜占庭文化的说法，并不符合真实的情况；它经历了各种动乱和冲突；其引起反响的声音不仅在西方，在遥远的东方也能听到。围绕在老科西莫或洛伦佐·德·美第奇（Lorenzo de'Medici）①周围的那些知识界小圈子里的佛罗伦萨柏拉图主义者们，就是15世纪的典型现象之一，使人想起米凯莱·普塞洛，由于他，那些人的著作不仅被阅读、翻译，而且还让作者们的名字重新流行起来：因为，首先是圈子里的柏拉图化的气氛发生了变化，打破了拜占庭正统神学统一局面的平静。如像普勒托、阿尔季罗普洛和红衣主教贝萨里昂并非是研究希腊的大师，他们是语法学家或教授语言的。如果说拜占庭人有点民族主义骄傲和古怪脾气，引起人文主义者们的反感是真的话；同样学习希腊文，研究希腊世界被认为是不可缺少的和有决定意义的事情，也是真的，甚至在结束赞扬古罗马文明的讲话时候也会这样说。

文艺复兴的另外一个重要方面，就是通过对希腊文的学

---

① 洛伦佐·德·美第奇（1449—1492），佛罗伦萨共和国的僭主，又称"豪华者"。1469年其父死后与其弟共治。1478年其弟被刺杀后，遂成佛罗伦萨的唯一统治者。其子乔瓦尼·德·美第奇当选为教皇，称利奥十世。洛伦佐执政期间重视发展经济，外交上致力于保持各国均势，支持文艺事业，本人也会写诗，如脍炙人口的"青春是多么美丽啊，/但是，留不住这逝水年华，/得欢乐时且欢乐吧，/谁知明天有没有这闲暇。（见布克哈特著：《意大利文艺复兴时期的文化》，商务印书馆1981年版，第420页）

习，获得对古代历史的范围感，同时进入了一个具有各方面知识的大的博物馆，尽管那时所知道的知识还是部分的和不完善的。无疑在中世纪的漫长年代里，从古代获得的哲学和科学知识，也曾多次展现在西方拉丁世界面前：第一次是12世纪以前，主要是通过从阿拉伯文到拉丁文的翻译；第二次从13世纪以后，则通过从希腊文到拉丁文的重新的翻译。但是，那些观点仍然是很片面的，这不仅由于经过了穆斯林的中介，而且还缺少文学与历史方面的著作。哲学仍然以亚里士多德为代表，而不是以柏拉图、普罗提诺（Plotino）①、伊壁鸠鲁（Epicuro）②、塞克斯都·恩披里柯（Sesto Empirico）③为代表；科学方面的书籍，从数学到地理，基本上没有。为了得到更完善的知识，首先便推动同希腊文化进行新的接触。1468年5

[41]

---

① 普罗提诺（205—270），又译作柏罗丁，古罗马哲学家，新柏拉图主义奠基人。生于埃及，在罗马讲学26年，直至去世。其思想受柏拉图、亚里士多德、斯多葛学派和毕达哥拉斯学派影响。提出太一（善、神）、心智（太一的流溢）和灵魂（从心智派生）三原理，但万物同源，具有同一性，统归于太一。当它们流溢到事物中时，便产生了美，因此真善美是统一的。美即善，丑即恶。他的学说对后世基督教神学产生深刻影响，著作有《九章集》。（参阅《外国哲学大辞典》，上海辞书出版社）

② 伊壁鸠鲁（前341—前270），古希腊哲学家，无神论者，伊壁鸠鲁学派创始人，被誉为"最伟大的希腊启蒙思想家"。他认为人生的目的和最高的善是幸福，幸福和快乐是同义的。反对追求粗鄙的感官享乐，强调身体的健康和心灵的宁静以达到不动心，指出智慧是达到幸福的唯一途径。保存下来的著作有《致希罗多德的信》、《致皮索克勒斯的信》、《主要学说》等。（参阅《外国哲学大辞典》，上海辞书出版社）

③ 塞克斯都·恩披里柯（约160—210），古罗马哲学家、医学家，怀疑论派的代表。他属于经验派的医生，但讨论了几乎所有的哲学问题，指出不同哲学家的意见互相矛盾，得到真理是不可能的，只能采取"悬搁判断"，不要有任何信念，心灵才能得到安宁。主要著作有《皮浪学说纲要》、《驳独断论者》等。

月 31 日，贝萨里昂红衣主教从维泰博浴场给威尼斯执政官克里斯托福罗·莫罗（Cristoforo Moro）写了一封信，要把他的一个藏有 482 册希腊文和 264 册拉丁文的图书馆，赠送给威尼斯，这封信除了是一个决定把古代希腊知识转移到意大利的令人感动的象征以外，它本身也是一个非常清楚的文件，其中包含着在文艺复兴时期"批判地"收集书籍的原则：尽可能找到所有作者的书籍，但文本要比较完善的。

在贝萨里昂信的中心，有一段数十年来经常议论，但至今仍然不衰的段落：那就是只有古人的文化和书籍，能够使我们认识到我们人的本质，通过回忆，在时间流逝和同过去的对比中，让我们认识到我们自己：

> 书籍中充满着智慧的语言，包括古人的行为、风俗、法律、宗教方面的例子。让古人复活，他们议论着，同我们谈话，教育我们，训练我们，安慰我们，把历史上极其遥远的事情重现在我们眼前。书籍多么伟大、崇高和神圣，如果没有书，我们所有人都将仍然是粗野的和无知的，对过去将一无所知，没有任何榜样；我们对人的和神的事情不会有任何认识：同样的坟墓将埋葬掉我们的身体，包含我们的记忆。

但是，这些书不仅给人时间的概念，使人了解过去，和了解相对于遥远的时间和空间变化而言的人的本质，它们还是让[42]人们明白历史，学习道德、政治智慧，和提供美学享受的珍贵工具。在谈到书时，不要忘记在 14 世纪末和 16 世纪之间，在欧洲有一场大规模收集书的活动，特别是在自然科学和数学领域。不长的时间内便更新了所有粗糙的简明读本、装订很差的手册、初级读物，甚至虽然珍贵，但残缺的篇章，使所有书都能进入到学校和研究机构，如欧几里得（Euclide）①和阿基米德（Archimede）②、阿波罗尼奥斯（Apollonio di Perga）③、斯特拉波和托勒密（Tolomeo）④等人的著作，以及其他各种医学和技术论文。那些现代世界创造者们的著作都真正流通起来：哥白尼（Nicolò Copernico）⑤开始谈到阿里斯塔克斯（Aristarco di

---

① 欧几里得（前330—前275），古希腊数学家。被称为"几何之父"，他的名著《几何原本》对于后世的几何学、数学和科学的发展，对思维方法的提高，都有极大的影响。

② 阿基米德（前287—前212），古希腊数学家、物理学家，出生于西西里岛的叙拉古，早年在埃及的亚历山大城跟随欧几里得学习过。曾确立力学的杠杆定律，他说："给我一个支点，我就能撬起整个地球。"在第二次布匿战争中，因为叙拉古与迦太基结盟，罗马大军包围了叙拉古，阿基米德发明各种御敌武器，抵抗侵略。传说罗马士兵杀害他时，他说："等一等，让我把公式写完。"留下的著作有《球与圆柱》、《论浮体》等。

③ 阿波罗尼奥斯（约前262—前190），古希腊数学家，常与欧几里得、阿基米德一起，合称为古希腊亚历山大前期的三大数学家。他出生于小亚细亚南岸的佩尔加，年轻时在亚历山大跟欧几里得的门徒学习，以后就在那里教学。他的著作《圆锥曲线论》共8卷，是古代光辉的科学成果。

④ 托勒密（约90—168），相传他生于埃及的一个希腊化城市，父母都是希腊人。他从公元127至151年在埃及的亚历山大城进行天文观察，是古希腊天文学家、地理学家、占星学家和光学家。一生著述甚多，其中《天文学大成》（Almagest）（13卷），论述宇宙的地心体系，认为地球居于中心，日、月、行星和恒星围绕着它运行。此书在中世纪被尊为天文学的标准著作，直到16世纪中哥白尼的日心说发表，地心说才被推翻。其他的著作还有《地理学》（Geography）、《天文集》（Tetrabiblos）和《光学》（Optics）。

⑤ 哥白尼（1473—1543），波兰天文学家，近代天文学奠基人。出生于波兰托伦城。1491年在克拉科夫大学学习天文学和数学。1496—1500年和1502—1504年到意大利的博洛尼亚大学、帕多瓦大学和费拉拉大学学习数学、天文学、法律和医学。1504年返波兰后任舅父的秘书和当私人医生。1512年舅父去世后，回

Samo)①；伽利略（Galileo Galilei）② 说他是从学习阿基米德开始的，并称他为老师；牛顿（Issac Newton）③ 在他的《自然哲学的数学原理》（*Philosophiae naturalis principia mathematica*）开头，碑文似的写道："古人，例如帕波说，在研究自然时最大限度地重视机械；现代人，则抛弃本质的形式和隐蔽的质量，寻求把现象归结为数的规律。"在经院学派的隐蔽质量和本质形式，同伽利略和牛顿的现代科学之间，是阿基米德和帕波的伟大著作。人文主义者们焦急地寻找那些书，研究如何重新让它们发挥作用。如果说彼特拉克和萨卢塔蒂渴望荷马的诗

弗伦堡任教士，同时在教堂箭楼上置一小天文台，坚持观察天体 30 多年。约在 1536 年写成名著《天体运行论》（*De revolutionibus orbium*），用"日心说"推翻了上帝"创世说"的理论依据"地心说"。由于惧怕教会的迫害，书稿放置多年，在他临终前才公之于世。

①　阿里斯塔克斯（约前 310—前 230），出生在爱琴海中的萨摩斯岛上。古希腊最伟大的天文学家、数学家，首位提倡"日心说"的天文学者。但他的学说当时未被理解，直到哥白尼才发现和完善了他的理论，是后世哥白尼"日心说"的先驱。其著作仅存《论日月的大小及距离》。

②　伽利略（1564—1642），意大利物理学家、天文学家，近代实验科学的先驱。出生于比萨，曾通过在比萨斜塔上做实验，否定了亚里士多德关于"物体下落的速度和重量成比例"的学说，建立落体定律。他还是用望远镜观察天体取得大量成果的第一个人。1632 年发表《关于托勒密和哥白尼两大世界体系对话》，支持哥白尼的日心说，反对托勒密的地心说，遭到罗马教廷的迫害（最初监禁，后改为流放到阿切特里，直到去世）。他深信自然之书是用数学语言写成的，只能归结为数量特征的形式、大小和速度才是物体的客观性质，而色、香、味等只存在于感知主体之中。他对 17 世纪的自然科学和唯物主义世界观的发展起了重大作用。晚年双目失明，但在他的学生帮助下，仍继续工作。

③ 牛顿（1643—1727），英国的物理学家、数学家、天文学家和自然哲学家。早年就读剑桥大学。在伽利略等人研究成果的基础上，进一步深入研究，创立了奠定经典力学基础的"牛顿运动定律"和发现万有引力定律。在光学上，他发明了反射式望远镜，并发现白光是由不同颜色（波长）的光组成。数学方面是微积分的创始人之一。主要著作有《自然哲学的数学原理》《光学》等。

篇，和柏拉图的新哲学，那么瓜里诺·达维罗纳就在校订斯特拉波的著作，维托里诺·达费尔特雷就在向他的学生们朗读欧几里得的原著。作为新文化的重要因素，就是要获得关于人的历史和他的知识的意识，以及现代对于古代的意识，理解这方面的中心问题之一，就是再发现古希腊文明同古罗马文明之间的联系。希腊人的争吵和爱发脾气，有助于拉丁人在严肃的古代听到不同的声音和发现他们之间的冲突：普勒托把柏拉图和他的追随者们当成偶像崇拜，而乔治·迪特雷比松达（Giorgio di Trebisonda）① 则憎恨柏拉图这个名字，乔治·斯库拉里奥斯（Giorgio Scholarios）② 又忠于亚里士多德，贝萨里昂却竭力表明哲学家之间是能够一致的，要使人类探讨的声音多元化，使它们生动和富于戏剧性，不要再把它们引向只有一个作者的正统上去。 [43]

　　无疑，一般对西方来讲，特别是对意大利，没有许多东西需要向金纳迪乌斯③ 学习的；但有许多东西，不是指语法的概念或书，而是指真正的知识，还是需要向普勒托、贝萨里昂、阿尔季罗普洛学习的。在他们的著作中可以找到相似的理想和类似的学习方法，和回答他们提出问题的答案。如果不是某些拜占庭人引起文艺复兴，给它提供滋养，它就不会很好发展。没有希腊文，没有大量希腊知识的支持，将没有文艺复兴

① 　乔治·迪特雷比松达（1395—1484），希腊的人文主义者，曾到意大利的维琴察、曼托瓦和威尼斯教学。
② 　乔治·斯库拉里奥斯·金纳迪乌斯（1400—1473），出生于君士坦丁堡，1454—1464 年任君士坦丁堡大主教，哲学家、神学家，支持亚里士多德哲学。1438—1439 年陪同皇帝出席在意大利费拉拉和佛罗伦萨举行的宗教会议。
③ 　即乔治·斯库拉里奥斯·金纳迪乌斯（George Scholarios Gennadius）。

文化，而且它也是不可理解的。应当在这样的含义中来理解梅兰希顿（Filippo Melantone）①的话："这里首先需要有渊博的希腊知识。"（in primis hic erudition graeca opus est）1526年他在纽伦堡，为对共同文化带来的好处，向意大利，而且是向佛罗伦萨表示深切的感谢，就并非偶然。他说："由于佛罗伦萨人的馈赠，文化生活开始复兴，给所有人带来巨大的好处……在城市里颁布了法律，净化了原来被僧侣们的梦想压制在地的宗教……无疑因此佛罗伦萨拯救了文化，把它拉到了一个安全的避风港，为所有人民作出了光辉的贡献。"

正是由于"渊博的希腊知识"的传播，佛罗伦萨支持1397年科卢乔·萨卢塔蒂为马努埃莱·克里索洛拉设立讲座的倡议。在那年和1535年之间，当最后一位希腊大师雅努斯·拉斯卡里斯（Janus Lascaris）在罗马去世的时候，希腊文已传播到了整个欧洲；伴随着掌握一种过去几乎从未知晓的语言，还获得了一大批过去从未有过的原著。从意大利的主要城市，佛罗伦萨和威尼斯，罗马和米兰，希腊的知识流向各处。希腊文的印刷在佛罗伦萨、米兰和威尼斯繁荣起来，阿尔多·马努齐奥（Aldo Manuzio）取得的荣誉，为全欧洲提供了范例。伊拉斯谟（Erasmo da Rotterdam）②、纪尧姆·比

---

① 梅兰希顿即 Phillipp Melanchthon（1497—1560），生于巴登。原名斯瓦尔兹德。德意志宗教改革家、路德宗的首领，维登堡大学的希腊文教授。他在教学中宣传人文主义思想，认为神学和社会的出路唯有回归于古希腊、罗马和基督。著有希腊语法和拉丁语法等学校教科书多种。

② 伊拉斯谟（1467—1536），荷兰人文主义者，他是那个时代一颗璀璨的明星。他不仅是一位为和平、宽厚而又圣洁的基督徒，而且是为欧洲近代文明开路的学者和思想家。他生在荷兰的鹿特丹，父亲是神甫，自幼生活在孤儿院中，后就学于巴黎大学及牛津大学，成为《乌托邦》一书著者莫尔的挚友。先后旅居法、

代（Guillaume Budé）、斯特凡诺［Stefano，即亨利·艾蒂安（Henry Estienne）］收集的遗产，在意大利的危机中处于危险状态时，便把它们交给了北方。1506 年 9 月，伊拉斯谟来到意大利首先为了学习希腊语；在 1508 年 1 月至 9 月之间，住在威尼斯大名鼎鼎的阿尔多·马努齐奥的家里。

[44]

对于拉丁文和希腊文来说，伊拉斯谟为了掌握全面的知识，按照 15 世纪中期人文主义者如贾诺佐·马内蒂（Giannozzo Manetti），以及后来的乔瓦尼·皮科·德拉米朗多拉（Giovanni Pico della Mirandola）① 提出的看法，便把它们同

英、德、意、瑞士和奥地利，病逝于巴塞尔。他把人文主义理解为道德革新旳手段。他认为，人与人之间、民族与民族之间的一切冲突，只要双方略作让步，都可以得到皆大欢喜的调解。《愚人颂》（*Elogio della pazzia*）是伊拉斯谟影响最广的作品，妙语风趣而不恶心，幽默尖刻而不冷酷，给人以欢乐和启迪。他被认为是宗教改革的先驱，但他在《论自由意志》（*De libero arbitrio*）中同路德也有争论。他将希腊文的《新约全书》译成拉丁文，于 1516 年出版，使他在全欧获得声誉。此外，他的著作还有《格言》（*Adagia*）和《家常谈》（*Colloquia familiaria*），后者描写中世纪欧洲的生活习俗。（参阅《愚人颂》译者序，刘曙光译，北京图书馆出版社 2000 年版）

① 乔瓦尼·皮科·德拉米朗多拉（1463—1494），出生于米朗多拉（Modena）的伯爵之家，人文主义者和哲学家。热爱学习拉丁语、希腊语和人文学科，在罗马提出有关哲学和神学的《900 论题》，教廷认为他是异端，他逃往法国。后来在美第奇家的保护下，来到佛罗伦萨，参加柏拉图学园活动。他的代表作为《论人的尊严》（*Oratio de hominis dignitate*）和《反对占星术的辩论》（*Disputationes adversus astrologiam*）。皮科的基本思想是："和平"或"和谐"的基本条件是真理的统一性。爱的力量优于抽象的知识。"当你作为爱的象征，而不是作为理论象征的时候；当你表现为爱人，而不是表现为被人认识的时候，你的形象就更加光彩夺目。这就是为什么有时用理智难以得到的东西，可以在欢乐中用瞬间的爱得到"。（参阅《意大利人文主义》第 103 页）理智的爱不再认为人单纯保存自己就是合理的。而应当把自己奉献给别人，融合在丰富多彩的洪流中，和被爱者融为一体。爱像阳光，给万物注入生命。

希伯来语联系在一起。1519 年 5 月 18 日，伊拉斯谟从阿韦萨写信给托马斯·沃尔西（Thomas Wolsey）说："这是三种重要语言，缺少它们，整个理论就不完善。"伊拉斯谟要去领导勒芬的"三语寄读学校"（"Collegium Trilingue di Lovanio"），该校的修建是作为季罗拉莫·布斯莱登（Girolamo Busleiden）的遗赠，他死于 1517 年，曾在博洛尼亚大学和帕多瓦大学学习过，同伊拉斯谟关系密切，是托马斯·莫尔（Tommaso Moro）的朋友。至于纪尧姆·比代，他以 1529 年发表的《希腊语评注》（Commentarii linguae graeca）而闻名，法兰西斯一世曾引用其序言，认为那是一所大学校，如像优秀学者们的殿堂，围绕对双语：拉丁文和希腊文的学习，从更高的层次上塑造了人。在英国，1519 年，托马斯·莫尔在他的一封著名的信中支持学习希腊文，批驳牛津的一些保守人士的看法，说他们那样做不仅是反对拉丁文化，而且是反对一切自由文化。

　　贝萨里昂的希望和祝愿实现了；1453 年的失败，拜占庭的陷落，这实际上意味着——看来似乎很荒谬，一次古代希腊知识奇特的复苏和强劲的恢复。通过意大利这个中介，希腊成为现代欧洲的老师。

六　人文主义和文艺复兴：联系或对立？

　　学习古代和热心于寻找古典著作，无疑是文艺复兴时期的一个突出，也是最为显著的现象之一。但是，这并没有充分对文艺复兴进行注释，它既不是造成文艺复兴的原因，也不是文艺复兴的唯一表现。一方面，正如所说，古代作家在整个中世纪都存在，即使对待他们的方式不同，重视程度不同。另一方面，对他们的研究、模仿，并不能完全说明新的文化。

　　实际上对于古人的存在需要说明两点：要批判地认识他们的存在；意识到接受的是一种神话。古代的东西，首先是希腊—罗马的东西，但接着还有犹太的和东方的东西，看到它们时都真的带着一道完美的光环：过去就已存在过完美的文明和典范的价值。最初真理并无掩饰地存在，后来受到污染和丧失。再回到开头，作为对事物原始含义的一种反思和探索：下到现实的清澈透明的泉水深处。重新向事物的神圣含义接近。但是，正因为这次是通过批判过去的主动寻找，因此也就拒绝对事物含义的错误和荒谬理解，总是带着明确的进步概念，即是带着把现代人同古代人进行比较的概念，回归到对古代事物的原始理解。古人是那么的庄严，也许他们本身是完美的，因

[46] 此我们重新想起了他们，再次发现他们，我们经历长期错误之后，让他们当我们的老师，但不要求简单地模仿他们，而是希望同他们对话和竞赛。对复苏过去所作的努力，如果说开始时是一种对过去的模仿，那么也包含着某种对催生的激励：对产生新生命的刺激，正如那时所发生的那样，催生一种堪称与过去媲美的文明。如果说模仿似乎是新文化的口号，有时表现为模仿古人，有时表现为模仿自然，那么这种模仿已发生了很大的变化：换句话说，不再模仿形式和取得的成果，而是模仿获得那样成果的过程，和模仿文化事物或事件动力的秘密。

无疑，我们看到的文艺复兴的形势是非常复杂的。回到古人那里的争论，特别是在初期表现很明显：回到古典的世界，反对一个价值已老化和不适合于人的世界。沿着古人的道路重新发现人和现实。但是，正是在这点上，古代和模仿古代，呈现出不同的观点甚至分歧：一方面，把它作为接受的原始模型，复制它；另一方面，把它当作在一个新的世界中，为了满足新需要，而积极开展活动的刺激。在第一种情况中，古代神话构成文学趣味的源泉，它鼓励进行一系列的模仿，甚至可以达到十分精细的程度，但是这种模仿没有创造力。总是在雅典和罗马，或者说在耶路撒冷和罗马的文明的圈子里转，除了尊重它或模仿它，不能干别的。结果回到古代，变成了生产假的古代。在第二种情况，古人的学校鼓励发现自己，找回模糊或丧失了的价值，重新走出由于历史的变迁，似乎进入的死胡同。在这第二种情况中，古人不仅成为人类的老师，也是科学和信仰的老师。他们不仅教导使用纯洁的语言，而且还包括创作不朽杰作的方式。他们教导诗歌的秘密，要人在激情中坦率直言；让人们看到科学的秘密在于，亚里士多德进行了他的概

括，不仅同柏拉图对话和争论，而且还回到事物本身上来。恢　　[47]
复宗教的本来面目，反对任何偏离，让它从一切掩盖下显露出
来，重现启示书和神圣语言的纯洁。

　　当然，对古人的消极模仿和他们在学校中实行的有活力教
育，这两个因素不断交织着，构成一种张力和争论的两极，从
弗朗切斯科·彼特拉克一直延续到 16 世纪下半叶反对语法上
迂腐的斗争。但同样肯定的是，这两个论题既不能分开，也不
是对立的，如像人文主义和文艺复兴、文艺复兴和反文艺复
兴、学习文学和对大自然的研究一样。这一现象正是在发现古
人这一同一进程中发生的，对古人的崇拜，引起同现代人的比
较，以及现代人的辩护。是对古典著作的学习，才产生语法上
的迂腐；消极模仿也催生了同古典作品进行竞赛的意识和滋养
创造的活动。对"人文学科"和文学的重视趋势有利于增强对
自然和事物、科学和技术的价值感觉。

　　例子是很容易找到的，几乎两个世纪的文化都可圈可点。
15 世纪的"争论"已经很生动，不仅表现在无数的提示中，
也表现在系列的阐述中。我们从伟大的历史学家和古董商比翁
多·弗拉维奥·达弗利（Biondo Flavio da Forlì）身上可以看
到，他收集碑文和古代与中世纪的古董，同时又毫不含糊地赞
扬基督教传统所取得的成就。我们可以看到埃内亚·西尔维
奥·皮科洛米尼（Enea Silvio Piccolomini）对日耳曼文明取得
的进步所作的委婉的表示。佛罗伦萨共和国的一位文书长贝内
德托·阿科尔蒂（Benedetto Accolti）甚至写了一本题为《他
的卓越的一生》（De praestantia virorum sui aevi），并把它赠送
给老科西莫，表明在所有方面现代人也可以同古代人媲美。马
基雅维里在他给弗朗切斯科·韦托雷（Francesco Vettori）的

非常有名的信中，也表明新事物的经验可以作为阅读古人著
[48] 作的补充。红衣主教埃吉迪奥·达维特博（Egidio da Viterbo）
在赞扬哥伦布航行和发现新大陆时，认为这使世界的范围扩
大、倍增和一体化。真理随着时间进步，"真理是时间的女儿"
（"veritas filia temporis"）这句话，成为一种共识、一条格言、
一句出版商们使用的语言。

　　如同现代人到古人的学校里去，是为了超越他们那样，在
模仿中人们首先注意到的是如何获得新的原创手段。在 14 世
纪已经不缺少这方面的资料，而到了 15 和 16 世纪，这方面的
资料相当丰富。面对尊重西塞罗可能导致不尊重亚里士多德的
危险，批评家们分析了模式的刺激作用，认为没有必要复制那
些模式，而是在汲取它的教益后就离开它。到 15 世纪末，这
种争论日益频繁。古典的理想如今已经确立，倾向于把它作为
决定性的规则，只能对它进行模仿，初创的灵感由此有被窒
息的危险。从这里产生试图分析模仿的含义，阐明它的实际
价值。

　　彼特拉克重新提起关于蜜蜂采花的议题，蜜蜂采集花粉，
用它酿成蜜和蜡（Familiares,I,8），是把别人的东西拿来为己所
用，成为自己的东西。他把这一思想作为创新的概括："从对
许多作家作品的重新加工中，出来的不应该是这个或那个作家
的风格，而应该是我们自己的风格"。彼特拉克细致地描述了
模仿的过程：要读的不是一个作者的著作，而是许多人（维吉
尔、贺拉斯、西塞罗和波爱修）的著作；不是读一遍，而是许
多遍；不只是读，还要思考，要把读过的东西记在脑子里，让
它们发酵，在不知不觉中同我们的思想融为一体。这样，让阅
读过的东西沉淀在记忆深处，几乎把它遗忘，使它变成一种自

由创新的刺激，对于原来的模式来讲具有一种轻微的色调，一种阴影，一种画家们称之为"神态"的东西，即如像孩子与父亲相似那样（Familiares, XXV, 12）。总之，一切都是不一样的，即使有一点精神上的亲缘关系，我也不知道它藏在什么地方。 [49]

　　文艺复兴时期的艺术家和批评家们，想努力弄清楚，相对于事先选定的模式而言，什么是创作自由这个议题，他们对有关模仿的概论和专门技术都进行了探讨，既涉及对作者的模仿，特别在文学领域，也涉及对自然界的模仿，如在造型艺术方面。15世纪末，面对西塞罗主义蔓延的危险，即必须忠实于西塞罗的风格，安杰洛·波利齐亚诺在一封有名的给保罗·科尔泰西（Paolo Cortesi）的信中说，他坚决拒绝奉行只遵循一个作家的足迹的规则；正如跑步一样——他写道——按照别人脚印跑的人跑不好，写作时没有勇气摆脱别人足印的人，也写不好。波利齐亚诺走得更远，他说每个人学习了其他作家的作品以后，首先要做的一件事情是：找回自己和表现自己。同他谈话的人反驳他说：你永远也不可能成为西塞罗。波利齐亚诺回答说：我不是西塞罗，我是我自己，我表现自己。学习古人可以振奋精神，坚持下去，使自己坚强不屈。人不同于猴子。波利齐亚诺和瓦萨里都分别给科西莫·德·美第奇留下了名言："罕见的天才是天国的神，不是拉车的驴子（gli ingegni rari sono forme celesti, non asini vetturini）"；"每个画家都在画自己（ogni dipintore dipinge sé）。"

　　关于模仿的争论到16世纪更加激烈：争论激烈使其内涵更加丰富和复杂。在其有名的《西塞罗的追随者》（Ciceronianus）的对话中，伊拉斯谟谈到模仿大作家们经常遇到的问题，他说那是需要经过一个咀嚼和消化的过程，然后达到新的原创目的，反对一切奴隶般地模仿。龙萨（Ronsard）在一首十四行诗中又回到了蜜蜂的话题，几乎在他的开始处便结束了讨论。

[50]　　　　四月里鲜花盛开，

聪明的蜜蜂，从这个花园到那个花园，

飞来飞去，采集花粉……

这就是科学，这就是创作

在艰苦的劳动中，创造奇迹，

你飞吧……

波利齐亚诺和伊拉斯谟，如像那些一般利用蜜蜂的话题的人一样，他们赋予古代和作家们的学校一种诱导的教育作用。古人帮助精神的解放；这里把"人文学科"称为"自由艺术"，因为它"使人自由"。那么，模仿古人就意味着要找到自己，在自己的时代如同古人在他们的时代那样积极生活。人文主义成为比布克哈特所说的"人的发现"更多的手段，通过它人可以达到并宣称自己有自主的创造能力。

与这种在文学和道德领域的立场相似，在造型艺术方面对待模仿自然的问题上，也有同样的发展，经历了同样的阶段和得出相似的结果。模仿自然并不意味着要复制这个或那个模型；意味着要获得许多特殊的表现形式、思想和内在的理性。马尔西利奥·费奇诺用新柏拉图主义的语言，对这样的理解从理论上进行了很好的概括，但应当注意到的是，类似的看法相当时间以来已广泛流行。费奇诺认为，神圣的力量像光芒一样，它的辐射无处不在，这些神圣的光不仅在物质中有繁殖万物的能力，而且一切事物的形式和形象都是它的反映。"这些画面在天使中称为典范和理念，在心灵中称为理智和信息，在物质世界中称为形象和形式。"[《爱之书》（El libro dell'amore），V,4] 换句话说，赋予生命力的、理想的和"精神的"原创因素无处不在。观察自然意味着以这种方式获得事物的理性，但这种获得需要渗透在我们自身中的理性的帮助才能做到，而我们自身的理性有时被遗忘了，然后又回忆起来，在重新发现我们自己理性的过程中，在无所不在的光的帮助下，我们发现了事物的理性。"我们的心灵是在尘世形体的运作中形成的，而形体的管理随重力倾向而下沉，把隐藏在自己身上的宝物遗忘了。" [51]

　　艺术家、科学家和画家们都带着不同的思考，列奥·巴蒂斯塔·阿尔贝蒂和列奥那多·达·芬奇一样，坚持"理性"支撑着事物的论题，认为我们思想中存在着潜在的"概念"，和滋养着现实的"精神力量"。这样，作者们的教育功能就如同大自然的教育功能一样，就在于要把这些原理释放出来，恢复事物的内在动力，无论对于个人还是他所对应的宇宙都是这样。古代作家的作品除了起激励的作用以外，首先还起中介的作用：不仅有助于深入人的智慧已在其中实现的现实过程，而且还能了解到古人在他们能动的工作中所获得的事物理性。15世纪，这种人与自然、个人与宇宙之间的互动是持续的：持续性表现在历史和科学的双重侧面中。对初始、原理和本性的寻求，同时也就伴随着对古人的发现，对他们在学校中对人的自由和纯朴教育的发现。这种寻求原理和本性的神话，在争论时期，被认为是先历史的和革命的，到了建设时期，又发生很大变化，认为这是通过事物中理性的引导和推动，发现人和现实的活跃进程。

对此，至少在 15 世纪，很难用胜利的人文主义去反对处于萌芽状态的文艺复兴，前者几乎是通过文学肯定人的时期，后者则是通过科学（和它的造型艺术）表现对自然的征服。尽管处于不断的辩证紧张关系中，人和自然总是适应的。人是微观宇宙，缩小的世界，把全部普遍的东西集中到了一点。哲学家们和神学家们，如像库萨的尼科洛、马尔西利奥·费奇诺、乔瓦尼·皮科·德拉米朗多拉，他们已从理论的概念上把那些文学家和艺术家们通过直觉，以无可争辩的准确形式表现出来的东西，讲得很清楚。在一篇类似颂词的文章中，呼吁人的自由，人对国家活动的参与，人有能力建设文化和艺术的世界，以及人要为驯服自然的力量作出努力。但同时，也歌颂自然，把自然当作一个有生命的东西，与人联系着，适应着，它是可变的和可塑的。这些看法主要在争论的时候显露出来，并常常通过以修辞学或激情的形式表达，而不是通过理性推理的方式。所以这些还只是直觉，并非有可靠依据或确切技术基础的理论假设。

[52]

如果我们翻阅一下关于人和人的尊严的广泛的文学作品，就可以看到贾诺佐·马内蒂的著作《论人的尊严和卓越》（*De dignitate et excellentia homonis*，1452）中的节选，乔瓦尼·皮科·德拉米朗多拉的著作《演说词：论人的尊严》（*Oratio, De hominis dignitate*, 1486），查尔斯·德博韦莱斯（Charles de Bovelles）的著作《智慧之书》（*Liber de sapiente*，1509），我们可以发现所有新人类学的论题，但是这些论题还是被演说术和传统的地方词汇包裹着。人的能力，人在宇宙中的中心地位，他的特殊位置，文化世界的建设，他的文明作用：所有这些都得到了明确的肯定。1486 年，乔瓦尼·皮科发表了一篇有名的讲话，其中提出了一些非常重要的哲学概念：人并不受类别的限制，没有必要去分析他的本质，他选择的行为决定并自主地形成他的本质。古典形而上学宇宙中的人，被安置在等级分明的秩序中，人创造了使整个秩序都处于危机中的丑闻。这样，查尔斯·德博韦莱斯的"智慧"便认为人是万物中最荒谬的东西。类似的情况如尼可洛·库萨的尼古拉关于无限的观点，在形而上学层面上否定了一般物理学的古典概念和中世纪[53] 的宇宙论，提出了一个革命性的空间理论。如果对于无限的空间和在其中运动的事物而言，"上"和"下"都失去了意义的话，把不可接近的神圣同展开的现实进行任何比较的可能性都将消失，这样也就似乎超越了神学家们反对科学理论领域发生的革命所设置的困难。库萨的尼古拉在他的著作《论学问上的无知》（*De docta ignorantia*）第二卷（第 11 章）说："认为在世界的整个结构中，有某种固定不动的如像中心那样的东西，或者这个土地，或者空气，或者火，那都是不可能的。"另一方面，地球无论处于中心或外围，动或不动，都是处于相对的地区，同上帝的距离是不可衡量的，任何关于世界和上帝的关系的看法，都仅仅是如像一位能干的教师向自己的学生讲解自己思想中对某个"动词"的理解，所举的一个例子，或一个形象。同时，库萨的尼古拉还驳斥托勒密关于宇宙的观点，称任何对物理世界的科学认识，同对上帝的"有学问的无知"（"*docta ignorantia*"）之间存在冲突，都是愚蠢和荒谬的。

同时，在艺术家（如画家）之间流行一种关于空间的新理解，希望从传统的光学研究，过渡到透视学的考查，以满足画家在技术方面的需要。从对"普通透视"，即光的研究，这方面有海桑（Alhazen，10—11 世纪）的和维特利奥内（Vitellione，13 世纪）的中世纪不朽论文，过渡到"向前推进的透视"，即在一个平面上通过必要的技术手段获得三维空间的研究，这个过渡是非常重要的。几乎沿着三个世纪，都在讨论、思考眼睛同事物，个人同客观世界之间的关系。从皮埃罗·德拉·弗兰切斯卡（Piero della Francesca）关于"观察"的论文，到丢勒（Dürer）把眼睛—光线—事物的联系置于越来越严格的分析之下。一方面，透视学为物体提供一个可塑性的扩展空间，拉开人和物体之间的距离；另一方面，让物体尽收人的眼中。把现象引向准确的数学规则，并把它引向人，让物体从属于人。"透视的历史——埃尔温·帕诺夫斯基（Erwin Panofsky）写道，有时可以理解为保持距离的，客观的现实感觉的胜利，或者说人企图消除任何距离的愿望的胜利：既作为外部世界的系统化和巩固，也作为我的范围的扩大。"

[54]

因此，也许没有其他任何领域能像这里那样，体现艺术活动同科技研究之间的交融，和作为创造者的人的主题，应同对世界的理解的主题相符合。正是在这个问题上，可以把 14 世纪同 16 世纪出现文化演变的两个时期之间的关系和区别分开来。前一个时期是一个汹涌澎湃的革命的开始，以激烈的争论和加强文明教育为特征；它与民族传统和趋势相联系，孕育着要把拉丁人从野蛮人和哥特人那里解放出来，要回到古代，一般来说要回到初始的神话。在获得对尘世、人和自然价值直觉的同时，展开不仅对基督教，也对其腐败和不适应的体制的尖锐批评。一方面，这主要是起破坏作用的趋势；另一方面，它在纲领上也强化了文学—修辞学和教育—政治，这些人文主义文化早期的特征。颂扬和要求人的自由，反对一切束缚，但是并未指出——只是泛泛而谈——解放人的手段和进程，而且对要求的理由并未很好梳理。人同自然的联系被简单理解为自然界的人性化，和让宇宙都充满精灵的理论；一切事物都像人一样，都是有灵魂的。对自然的统治被置于巫术的概念之内；技术本身并不与相应的理论前提相联系。

　　但是，这样的情况在时间上既不会让这两个有区别的时期—人文主义和文艺复兴—截然分开，也不会把它们看成同一时期中文艺复兴和反对文艺复兴之间的冲突。对立的论点不能说明问题，至少在那些经常提到的，倾向于在当前的"形象"或"形式"中被僵化的某种历史进程的极端说法。如果从公式化或提高嗓门的夸张现实主义出发，带着绝对价值的假设，到几乎当前的实体，再回到历史的流动中，我们就可以注意到"人文学科"同科学发酵之间的汇集，对人的赞扬同对自然的研究之间的联系，它们在确定方向与论题的进步中，即使出现尖锐的冲突，但它们都是与处于共同情趣中的对立面密不可分的。[55]

　　实际上当我们从 14 和 15 世纪生气勃勃的文化，过渡到 15 和 16 世纪发展的文化时，我们就有一种成熟，而不是对立的印象。作为创造者的人，对自然的发现、自由、需要、对古人的模仿和现代人的超越，这些论题继续存在；但是语调已经从修辞学的角度转到技术的分析和讨论。无疑，无论对发现的热情，或是对探险的兴趣，都有所减弱。新文化和古代方式的负面外观已显现出来：有时是冒充假古代，有时是乔装打扮的古典的病态和颓废。但"再生"为超越其自身的局限性和衰败，斗争也在内部发展，而且与内在因素密不可分：反对迂腐文人，反对对死的语言为研究而研究，反对用图书馆代替经验。虽然关于阿尼奥·达维泰博（Annio da Viterbo）的伪造篇章，《波利菲洛之梦》（*Sogno di Polifilo*）的优雅细致和颓废的描述，如同关于马基雅维里和蓬波纳齐（Pietro Pomponazzi），关于伊拉斯谟和阿格里帕（Agrippa d'Aubigné），关于拉伯雷（François Rabelais）和蒙田（Michel de Montaigne），关于泰奥菲洛·福伦戈（Teofilo Folengo）和布鲁诺（Giordano Bruno）①的篇章一样，都属于文艺复兴文化史的一部分，并紧密地与关于波焦·布拉乔利尼、洛伦佐·瓦拉、马尔西利奥·费奇诺和皮科·德拉米朗多拉的篇章相衔接。并非偶然，在颂扬皮科式的典型论题，或者说"人的精神的卓越"时，龙萨（Pierre de Ronsard）写道：

[56]

> 希腊人的语言没有优势，
> 那种语言对法国人没有用，
> 人们说，科学就是一切，

---

① 布鲁诺（1548—1600），意大利文艺复兴时期的伟大哲学家。出生在那不勒斯附近的诺拉镇，18 岁进入多明我会修道院。由于对神学中的"三位一体说"、"圣母洁净怀胎"和"上帝创世说"等持怀疑态度，被指控为异端。为了逃避逮捕，1576 年脱去僧袍，逃到瑞士、法国、英国、德国等地。曾到巴黎大学和牛津大学讲学并从事著述活动。1591 年回到威尼斯时被宗教裁判所逮捕，在狱中 8 年，受尽折磨，但他仍坚持自己的理论毫不动摇，1600 年 2 月 17 日在罗马鲜花广场被烧死。主要著作有：《论原因、本原和一》（*De la causa principio et uno*）、《举烛人》（*Candelaio*）、《论无限性，宇宙和诸世界》（*De l'infinito, universo e mondi*）和《论英雄气概》（*De gli eroici furori*）等。他发展了哥白尼的日心说，认为太阳只是太阳系的中心，并非宇宙的中心，在太阳系之外还有无数星体，因此宇宙是无限的，并没有中心，从而彻底推翻了天主教会奉行的地心说。此外还提出自然界即上帝（或上帝无所不在）的泛神论思想，和万物都是由不可再分的"单子"构成，以及对立面统一是普遍法则的理论。

在法国，拉丁语是我们的共同语言：

语言虽然不同，但事物都一样。

这位法国诗人从大意上优美地翻译了米兰多拉伯爵〔il Conte della Mirandola〕在 15 世纪末写给威尼斯贵族埃尔莫拉奥·巴尔巴罗（Ermolao Barbaro）的一封信中的有效内容。斯佩罗内·斯佩罗尼（Sperone Speroni）在他的《关于语言的对话》（*Dialogo delle lingue*）——它是若阿基姆·迪贝莱（Joachim du Bellay）的名作《保卫与发扬法兰西语言》（*La Défense et Illustration de la langue française*）一书的模板中，谈到他的哲学老师彼得罗·蓬波纳齐时，用了一个不同的概念："许多人都相信，要当哲学家只要学会书写和阅读希腊文就够了，好像亚里士多德的精神，如同藏在一块水晶里的小精灵一样，被关闭在希腊文的字母中间。"

在古人的学校里，按照新的方式学习自由艺术，人们也从古人的权威中解放出来，人文主义倾向于超越它的修辞学界限。

七　图书馆与印刷术的发明

古代世界的发现，特别是古代神话的再次发现，构成了新文化的开始和它的明显的统治地位。古典著作就是指那些大师和回归到他们学校的人性模式，可以在其中寻找思想解放的工具和政治方面的智慧，更现实观察自然的方式和基本知识。正是这种明显的文艺复兴的面貌，不时引导历史学家们怀着对古典崇拜的心情，探索整个时代。只有当问到那个宗教的神庙在哪里，进去了，观察到它的仪式：图书馆和学校、文书处、宫廷、学园以后，错误才会立刻明显地显现出来。这是因为人文主义时代是与生活的一种新概念相联系，即与对人的培养和行为相联系的，它的工作被浓缩在教育活动和能够实现其目的的组织机构中。也是在这里，经过艰苦的寻找和发现的时期以后，古代书籍的储存和流通，再次构成它引人注目的特征。野蛮人的囚徒终于被释放了，它们被放置在它们应该放的地方；古典著作，人类新的"圣经"，就这样被学校卑微的教师抄写在纸上，以备自己使用；或者在专业的作坊里被抄写在漂亮的羊皮纸上，配上插图，放在君主们的图书馆里。写字的方式也发生了巨大的变化。科卢乔·萨卢塔蒂、波焦·布拉乔利尼、

尼可洛·尼可利、安布罗焦·特拉韦尔萨里，这里只举出一些
人的名字，他们用"古代的字"，或者说人文主义的流畅、优　　　[58]
美、便于阅读的斜体字，代替"哥特式的"字体。这种书法不
仅罗马人使用过，加洛林王朝的小写体也用它。人文主义者说
它是"古代的"，是采用 13 世纪时对它的称呼，并用来反对当
时在一切场合，如在文艺复兴中，流行的"现代的"文化理
论、方式和形式而言：认为从某种意义上讲，只有"现代的字
体"，即难看和费劲的"哥特式"野蛮字体，才符合"现代的
逻辑"。在这方面，人文主义者也是"古代的"，并且拒绝那
些人称呼他们为"现代的"，因为"现代的"实际上只不过是
"老的"：按照瓦萨里的词汇学和区分，新的来自于古的，反对
消耗殆尽的老的。只要看一看人文主义者写的斜体字手抄本，
从字体就会产生一种对书和它的作用的新感觉。使用弗朗切斯
科·彼特拉克的形容词来说，就是人们喜欢朴实的和清楚的，
而不是"豪华的"和"含糊的"。埃内亚·西尔维奥·皮科洛
米尼在他写于 1450 年 2 月的文章《论子女教育》（*Tractatus de
liberorum educatione*）——当时他还是的里雅斯特的主教，文
章是献给匈牙利的拉迪斯劳（Ladislao）的——推荐"古代字
母的形式，认为它更简洁，更便于阅读，更接近希腊字母的
原始特征"。这位未来的教皇庇护二世对字体的看法，同大约
一个世纪以后瓦萨里对建筑的看法，十分相似，这是很有意
思的。在一篇著名的文章中，瓦萨里谴责"哥特式"建筑的
无用、浮夸和矫揉造作："用细的螺旋形扭绞的圆柱装饰的门，
没有任何承重能力。正面和其他地方都装饰得如像该死的帐幕
一样，重重叠叠，还有许多金字塔、尖端、叶子，不是它们不　　[59]
可以待在那里，而是令人感到无法承受。在这些作品中有许多

凸起、断裂、支架和卷须，同他们所在的作品并不相称。"皮科洛米尼在谈到书法时，认为它的作用和清晰很重要，反对写字的弊病：有时写来像蛇，有时又像苍蝇的足迹，而文字应当是光洁的，"既不纤弱，也不笨拙，每个字母都保持着自己的形式，圆的、方的、长方形的和斜的。"皮科洛米尼对如此一件事，给予轻描淡写的幽默，但指出它在文化概念中不可忽视的价值。人们在相互交流中的一切表现和行为，应当受到和谐、理智，特别是秩序和实用性的共同愿望的调节。写字清楚也是其中的因素之一，虽然是小事，但它适应更容易和更广泛的交流需要。应该让古代的书籍流传开来，让更多的人读到它们，以便从其中汲取闪光的智慧。不再是一个孤独学者吝啬地占有，而是自由开放的图书馆。书店里的人积极工作，忙于抄写。君主们感到他们有义务和荣幸，把收集到的越来越多的书集中起来。人文主义的图书馆不仅数量上增加，而且从外观上看完全有别于中世纪的图书馆。后来佛罗伦萨被流放的巴拉·迪诺弗里·斯特罗兹（Palla di Nofri Strozzi）老爷于 1431年从君士坦丁堡带回许多希腊文的重要书籍，大大扩展了他的图书目录：大约有 400 部手抄本，其中我们所知道的有西塞罗、李维、塞涅卡、维吉尔的著作，还有贺拉斯（Orazio）、斯塔提乌斯、卢卡诺(Lucano)、恺撒、昆体良、瓦莱里奥·弗拉科（Valerio Flacco）[1]、泰伦提乌斯等人的著作，以及埃西奥多（Esiodo）、悲剧诗人们、特奥克里托（Teocrito）、色诺芬（Senofonte）、德莫斯泰内、波里比阿（Polibio）、柏拉图、亚

---

[1] 瓦莱里奥·弗拉科（1 世纪），古罗马诗人，作有神话诗《阿戈尔船英雄记》(le Argonautiche) 8 卷。

里士多德、普罗提诺等人的希腊文作品。以上这些，只不过是他的书目中的一部分。斯特罗兹曾梦想把这些留在"圣三位一体"教堂，供公众使用。但他的流亡改变了它们的命运。总之，给人深刻的印象是，在同时代或几乎同时代的人文主义者们中，如彼特拉克、薄卡丘、莱奥纳尔多·布鲁尼，古典著作在他们的藏书中是绝对占优势的。

　　最富特征的可能是阿拉贡国王的大图书馆了，它由高尚 [60] 的阿方索五世（Alfonso V il Magnanimo）在1443年的胜利后兴建。阿拉贡人来到意大利之前，就很喜爱文化，那里保存着一份1412年在巴塞罗那编写的图书目录清单：其中有圣经、伊西多罗（Isidoro）、波爱修、亚历山德罗·德维拉德伊（Alessandro de Villadei）的《教义》（Dottrinale）、一些历史书和一些格言和警句汇编。这个卓越的图书馆建立四十年后，它概括地叙述了文艺复兴的发展史：一方面是古典著作，另一方面是人文主义者们对它们的传抄、评述和翻译。从旧时代脱离开来的新时代，从它们之间的比较中就可以看出来其区别：先看看由阿方索和文人们放在一起的他的宫廷图书馆里的书，再看看男爵们的阴谋失败之后，从那些反叛的封建主：罗萨诺（Rossano）的君主、奥尔索·奥尔西尼（Orso Orsini）、雅各布·达蒙塔尼亚纳（Jacopo da Montagnana）、伊尼科·达瓦洛斯（Innico d'Avalos）、季罗拉莫·桑塞韦里诺（Girolamo Sanseverino）、安季贝尔托·德尔巴尔佐（Angiberto del Balzo）、安托内洛·彼得鲁奇（Petrucci, Antonello），从他们那里没收的财产所反映的文化来看，便没有什么先进可言。

　　看看维斯孔蒂和斯福尔扎的米兰图书馆，得出的印象同样如此；而我们看到佛罗伦萨在整个15世纪这方面的热情可说是独一无二的。尼可洛·尼可利（1364—约1437）满腔热情地买书、抄书、复制书，花光了全部财产，过着文化苦修的生活。但是，人们并不以收集手抄本为满足，还需要——韦斯帕夏诺·达比斯蒂奇（Vespasiano da Bisticci）说——"大理石像、古人做的罐子、石碑"以及其他一切有利于理解过去历史的东西。韦斯帕夏诺·达比斯蒂奇（1421—1498）被称为"世界书商之王"，他在一些有智慧的市民帮助下，生意十分兴旺，向在意大利和国外涌现出来的君主们的图书馆，提供装帧豪华的古典著作和人文主义作品的样书：从高尚的阿方索，到费德里科·达蒙泰费尔特罗（Federico da Montefeltro），到匈牙利国王马蒂亚·科尔维诺。美第奇家族从科西莫开始，就大量汇集了萨卢塔蒂、尼可利等人寻找得来的古书，极大地丰富了他们的图书馆。在罗马，教皇尼可洛五世（托马索·帕伦图切利·达萨尔扎纳，Tommaso Parentucelli da Sarzana，1397—1455）是一位有学问的人文主义者，并且是人文主义者们的朋友，他雇用抄书人，派出书商和自己委派的人员到各地去，[61] "不仅到意大利，还到德意志和英国最遥远的角落，进行考察和寻找"。把希腊又搜索了一遍，梦想重现亚历山德里亚图书馆的辉煌。计划修建一个合适的大厦；要为未来的一座公共图书馆模型，研究和绘制系统的资源和功能图。他收集了无数的手抄本，虽然见证者们的说法不一：从某些历史学家说的上千本，到教皇庇护二世回忆的三千本，到韦斯帕夏诺·达比斯蒂奇指出的五千本。但可以肯定的是，经过他的努力，梵蒂冈图书馆的面貌为之一新，成为传播人文主义的有效场所。但是，对书籍的收集已遍布各地，从少数学者和学校教师组成的团体，到君主们和教会人士的大规模收藏：贝萨里昂的希腊文手抄本装满了威尼斯的马尔恰纳图书馆；红衣主教奥尔西尼的书则到了梵蒂冈；贾诺佐·马内蒂的希伯来文、希腊文、拉丁文手抄本，价值"数千弗罗林金币"，则到了德意志的富格尔家族（i Fugger）那里，然后又到了海德堡，到 17 世纪末时作为巴伐利亚的马西米利安一世（Massimiliano di Baviera I）给教皇格利高里十五世（Gregorio XV）的谢礼，又回到了梵蒂冈。乔瓦尼·皮科·德拉米朗多拉收集了大量的希腊文、拉丁文和东方语言的手抄本，他也是 15 世纪最大的藏书者之一，后来藏书遭到部分破坏和散失，但是余下的一些书还能在梵蒂冈找到。

15 世纪末的意大利战争，使那笔经过一个半世纪到各处系统搜寻得来的遗产大量流向欧洲其他地方。那不勒斯和米兰的宝藏流向西班牙和法国。过去在意大利城市生活中经历过的那些特殊时期的东西，扩散开来，并引起欧洲的激动。让书籍流通起来，就形成一所大的学校，但也是一件非常复杂的事情；它意味着首先要学习那些语言，弄懂它们的含义和暗示，重现过去产生它们时的历史环境。需要重新找到书中所讲的那些科学和技术，重新制作书中所描述的那些机械。面对不清楚的、破损的版本，还需要寻找另外的版本；要通过讨论、比较，确定原始的版本。为了了解一页书的内容，要去收集和考查碑文，对研究古代的遗迹。文字上的好奇，激励了对语言学和历史的兴趣；刺激了对科学和技术的研究。 [62]

在诗人们的写字桌上经常堆放着除了写诗的范例作品外，还有词汇学、古代语法、神话、地理学家、自然科学家、医生、哲学家的著作，以及百科全书式的参考书籍。为了弄清楚一个不明白的地方，一个字，安杰洛·波利齐亚诺从法学家到自然科学家，从哲学家到修辞学家，一一请教。古人的学校不仅是一部百科全书，或一所大学；它使从过去到现在的知识生气勃勃地不断循环。马基雅维里奉行的原则是：把现在的经验同阅读古典著作结合起来，这就是教育的结果。

与图书馆同时出现的还有博物馆。充满冒险精神的奇里亚科·德皮齐科利·迪安科纳（Ciriaco de' Pizzicolli d'Ancona, 1391—1452）到过爱琴海，看见过东方，他抄写希腊的碑文和方尖碑上的象形文字，而他对奇珍异宝的爱好，给他的手稿增添了文雅的癖好色彩。比翁多·弗拉维奥·达弗利（1388—1463）搜寻和描述了碑文和古迹。同时，对知识的渴求和想让知识流动起来的希望，在抄写员和书商作出了勤奋的努力之后，最后终于找到了满足新需求的技术：印刷术。15世纪，在这个文学和博学文化十分活跃的时期，在艺术方面伴随着出现少有精湛的技术，这并非偶然，正是这项技术即时地满足了大量出版书籍的需求。在意大利的城市里，文化已向越来越广阔的公众领域发展：从大学和修道院里走出来，聚集在新君主们的宫廷周围，但也聚集在市政大楼里，在资产阶级的住处，在小学生的修辞学课本那里，甚至进入了手工业者们的作坊。这是一批不同的公众，是他们用越来越引人注目的方式，决定着[63]更方便、更开放的不同交流和表达的形式。对于那些不懂拉丁文的人来说，在15世纪就已经出现在拉丁文书籍和文章的旁边附有俗语翻译；一部分论文、自传作者和历史学家们，直接用俗语写作，还有一部分人在今天的历史学家们完全感觉不到的气氛中，把自己或他人的拉丁文作品翻译成俗语作品。实际上，有相当多的著作，都用俗语写成，如马泰奥·帕尔米耶里（Matteo Palmieri）和列奥·巴蒂斯塔·阿尔贝蒂的著作，这里只举两个突出的例子。但贾诺佐·马内蒂的不少著作，都是用拉丁语和俗语双语写成的，哲学家马尔西利奥·费奇诺也是这样。在某些情况下，俗语翻译家还是不同于原著者，但无疑他也是卓越的人文主义者，因为他操心的是，要让"人民"都能读到古代和现代的优秀著作。多纳托·阿恰约利（Donato Acciaiuoli）把布鲁尼的《历史》（*Storia*）翻译成佛罗伦萨的俗语，克里斯托福罗·兰迪诺（Cristoforo Landino）把普林尼的《自然史》（*Storia naturale*）翻译成俗语，这些都是像列奥那多·达·芬奇那样的不懂古代语言的艺术家和科学家，很感兴趣的。

人文主义者面对的公众范围扩大了。人文主义文化不仅面向修辞学学校的学生和想进入国家文书处工作的人，而且它走出了大学，最初它就对大学有争论，至少是反对某些系科；但它不因此就把自己关闭在宫廷和文书处里。由于意大利君主国和城市国家的特点，"人民"轮流执政，特别是在那个人文主义摇篮的国家——佛罗伦萨，它的共和国制度比较长，如果说执政的人都是"才华卓越的人"的话，也不要忘记那些人的品德和成长过程。总的来说，15世纪比较重要的知识分子不少都出身于"平民百姓"（常常来自于郊区、较小的城镇），他们都相当关心人民对文化的全体参与。文化是政治的重要因素。这里的契合点是，他们具有把文化向知识专业人士以外扩散的愿望：愿望具体体现在它的"文明的"特征；表现在文学的性质和形式上；反映在学校和"学园"的制度建立上；还把它物质化在书本上，开始是大量增加手抄本，后来在德国出现印刷术，并迅速向意大利和欧洲扩散。15世纪末和16世纪初，印刷厂成为文化的重要汇集场所，并非偶

[64]

然。15世纪末在米兰有不少出版商，他们重视出版围绕在弗朗切斯科·菲莱尔福周围的，或从他的学校里出来的人文主义者们的著作。活跃于1472—1504年期间的扎罗托·安东尼奥（Antonio Zaroto），或1472—1489年期间的菲利波·拉瓦尼亚（Filippo Lavagna），他们的古典著作的出版与加布里埃莱·帕韦罗·丰塔纳（Gabriele Pavero Fontana）和博纳科尔索·皮萨诺（Bonaccorso Pisano）的名字开不分。负责出版古典著作的人不少都是维托里诺·达费尔特雷的学生，例如乔瓦尼·安德烈亚·德布西（Giovanni Andrea de'Bussi），他是阿莱里亚的主教，在短短的几年（1468—1472）间，他就出版了第一部拉丁文古典文集汇编。还不要忘记阿尔多·马努齐奥，他同许多著名的学者都有联系，其中最有名的人物如鹿特丹的伊拉斯谟。阿尔多·马努齐奥多少世纪以来都闻名于世，皮埃尔·达诺尔哈克（Pierre da Nolhac）认为，毫无疑问他是"意大利最伟大的印刷家和希腊文印刷术在欧洲的真正创建者"。阿尔多·马努齐奥是一位杰出的人文主义者、语言学专家、波利齐亚诺的赞赏者、乔瓦尼·皮科·德拉米朗多拉的朋友，在15世纪末他印制了大量从亚里士多德开始的希腊古典著作原著；并且通过（1498年的）阿尔多版本，为波利齐亚诺的新语言学立下了丰碑。但是，在阿尔多的目录里与希腊文著作并列的，在同时代的拉丁文著作中不仅有波利齐亚诺，与他一起的还有本博（Pietro Bembo）的著作和彼特拉克用俗语写成的著作。在1499年12月，用俗语出版了著名的《催眠术》（*Hypnerotomachia Poliphili*），并配有优美的插图，从任何含义上讲都是一件不朽的作品，它如像迷人的晚霞一样，代表该世纪许多方面的成就。

阿尔多从 1494 年就开始了他的出版工作，当查理八世（Carlo VIII）入侵意大利的时候，他感到一个历史时代的结束。在战争和各种灾难中，那位学识渊博的出版家清楚地意识到一个循环周期已经关闭，一个新的危险时期来临。意大利的文艺复兴如今已向欧洲扩散。阿尔多感到，人文主义传统已到 [65] 其他国家发展，他转向了英国的托马斯·利纳克雷（Thomas Linacre），为他写了颂词和出版了一本普罗克的译著。他邀请了伊拉斯谟。在 1514 年 8 月，他送给了一位匈牙利人乔瓦尼·韦尔泰希（Giovanni Vyrthesis）一本阿特雷奥的书。他有一个明确的人生责任感，就是唤醒全国民众，人文主义具有国际的价值和重要性。当阿尔多在 1515 年 2 月 6 日去世时，他的国家经过许多灾难之后，文化对野蛮的胜利，如今已成为不仅在意大利，而且在欧洲的事实。随着人们向欧洲散居，人文主义思想得到扩散，直到巴塞尔新时期的到来，瑞士的出版商们为现代世界收集了那些优秀的作品，把它们汇编成精美的全集，那是意大利人文主义者们最珍贵的遗产。

并非偶然，像列奥·巴蒂斯塔·阿尔贝蒂和马尔西利奥·费奇诺那样的人，很快就承认印刷术为文化出版业所带来的好处，几乎可以说它是文艺复兴的最高成就。阿尔贝蒂在《论数》（De cifra）中，惊奇地赞扬德国人"在一百天中，仅靠三个人的努力，就印出了 200 本书"。费奇诺在一封写给著名天文学家保罗·迪米尔登贝尔格（Paolo di Middelburg）的信中，称赞 15 世纪是知识的黄金时代，他把文艺复兴的主要特点归结为：柏拉图哲学的胜利，天文学的进步和印刷术的发明。

这个黄金世纪让已经几乎消失的自由艺术、语法、诗歌、讲演术、绘画、雕塑、建筑、音乐重见光明，还有古代俄耳甫斯（Orfico）的竖琴声音……而你，亲爱的保罗，似乎已使天文学更加完美。在佛罗伦萨重新呼唤出柏拉图的智慧。在德国找到了印书的工具。

八　新的教育

　　一份比过去由人文主义进行的在教育方面的大革命更著名的文献，现在已属于法国盛期的文艺复兴。这就是弗朗索瓦·拉伯雷（1493—1553），我们处于 16 世纪 40 年代，让老卡冈都亚（Gargantua）给在巴黎学习的儿子庞大固埃（Pantagruel）写的一封真正颂扬更和谐、更自由的新世界的信。为什么会这样，因为父辈们面对封闭的传统需要顽强地反抗。卡冈都亚开始受教育时跟随一位索邦大学的大博士，这位博士是众多反对学习异端语言希腊文的"索邦博士"之一。他的老师杜巴尔·贺绿芬（Thubal Holoferne）强迫他背诵殉道者《小行传》（Chartula），从头背到尾，然后再从尾背到头，如此反复多遍。年轻人的精力就这样在迂腐的教科书上和中世纪的字典上消耗殆尽，从拉丁语法家多纳托（Donato）到《教义》（Doctrinale），从《希腊语法》（Graecismus）到《推导》（Derivationes）。机械地重复套话，枯燥无味地进行疲劳的练习，几乎累垮了卡冈都亚。在"索邦学者"的学校里，年轻人的精神已经熄灭，身体也在禁欲苦修。这时，来了一位新教师巴诺克拉忒（Ponocrate），把他带来自己教，首先要把他里里外外地净化、清洗，包括脑子和所有的器官，要把过去留下的一切污秽尽快清除掉。

[67] 新的教育方式要求思想和身体的和谐，这种和谐在四肢自由的娱乐中，在习惯于经常向已往的伟人学习中，以及在同现实世界的接触中实现。要直接聆听古典著作，而不是听对它们的概述，要听它们活的声音，一直把它们当作老师，当作摆脱任何错误和偏见约束的纯真人性的模式。"让你把所有的时间都用在学习文学和高贵的文化中"。

这样，"文学"便会让世界的面貌改观。如果一位学者在一个世纪以前死了——皮埃尔·德拉拉梅（Pierre de la Ramée, 1515—1572）在1546年写道，著名的拉莫（Ramo）在圣·巴尔托罗梅奥（San Bartolomeo）之夜死去——他将会从坟墓中抬起头来，他不会再认识周围的现实世界。最初，卡冈都亚坚持认为"经历了黑暗时期，感受到哥特人的贫困和灾难，他们毁坏了一切好的文化。然后，在仁慈上帝的帮助下，恢复了文学的光辉和尊严。今天——他继续说——所有的学科都已恢复，许多语言也得到还原。全世界充满着智慧的人、学识渊博的教师、非常宽敞的图书馆；自从柏拉图和西塞罗的时代以来，从未有过如此舒适的学习环境"。女人和小姑娘们都有知识，马车夫们变得比过去的博士和讲道者们更有文化。在拉伯雷的笔下，歌颂和劝告的语言如鲜花般绽放；新文化首先应汲收原始语言中古典的东西：希腊文、拉丁文、希伯来文；应当从西塞罗和柏拉图开始。年轻人通过学习科学、法律和哲学以后，会变得更坚强，再进入同大自然的直接接触。

古代书籍与经验之间的不断交流（即马基雅维里所说："处

理现代事物的长期经验与古人留下的教训之间的不断交流")
被无可争辩地确定了下来：

> 没有任何地方的大海、河流或泉水——父亲对儿子说——里面的鱼你不认识；天空中飞的所有的鸟，森林里所有的树木、灌木、丛林，地上所有的草，埋藏在地下深处所有的金属，所有东方和南方国家的宝石，你没有不认识的。因此你要反复认真阅读医药的、希腊文的、阿拉伯文的、拉丁文的书……并经常进行解剖，这样你就可以获得微观世界，或者说关于人的全面知识。

[68]

新的文化和新的学校刺激和改变了他的思想；庞大固埃变了："他的不知疲倦的读书热情，如像收割后田地里的庄稼茬，点火后就熊熊燃烧"。

这类的文章，即使并非都如此令人满意，但在整个欧洲都能见到，它们说明 16 世纪人们已清楚意识到，他们已从人文主义教育中获得新的动力：通过从意大利开始的革新的逐步扩散，产生了新的教育，新的人的形象，新的世界观。谁要是翻阅一下菲力波·梅兰希顿的讲话，可以体会到他的深切谢意：他感谢意大利人，特别是佛罗伦萨人，为与中世纪传统决裂所做的解放工作。1518 年在维滕贝格的演说《论青年人的改革努力》（*De corrigendis adolescentiae studiis*），就是完全建立在"野蛮的"过去，同充满希望和可能性的现在之间对立的基础之上的。过去的中世纪是冷冰冰的黑暗、习惯于暴力和不断的战争。经院学派的学者们几乎乐于推翻苏格拉底①的理想。苏格拉底是个谦逊的人，尽管所有人都认为他很有知识，他还是爱说自己仅仅知道的东西，就是自己什么也不知道；"而那些人，相反，他们首先不知道的一件事情，就是他们什么也不知道"。随着文学的再生，各处革新了风俗，在日耳曼也是如此。那位日耳曼的"老师"只是慎重地劝告说："你们要勇于求知，学习古代拉丁文，学习希腊的文化"。在纽伦堡，1526 年，人文主义的扩散方向已经明确，无论从意大利，特别是从佛罗伦萨看，它的运动方向朝向欧洲；还是从它的效果看，已经不仅在文学领域，还涉及政治和宗教伦理。他说："实际上，拉丁人在同希腊人竞争的推动下，要革新他们完全腐败的语言。在城市里他们要革新公共法律，并且最后要整顿衰落中的宗教，因为宗教已被修士们的幻想所破坏。"

[69]

1452 年，瓜里诺·达维罗纳（1374—1460）已是一位老人，他从费拉拉给曾对父亲的文雅风格有过某些批评的儿子尼可洛（Niccolò）写过一封信，其中谈到当读到前面引用的拉伯雷的文章时，很难不引起反思。这位 15 世纪初的维罗纳

---

① 苏格拉底（Socrate，前 469—前 399），古希腊著名哲学家。父亲是石匠，他早年继承父亲当石匠，后来研究哲学。曾三次参军，作战英勇。他生活俭朴，广收弟子，被称为开"思想店"，但不收费，常在街头与人辩论道德方面的问题。他只进行口头教育，述而不作，通过对话和诱导提问，激励人们对自身道德的关注。他将知识分为"意见"和"真理"两类，前者是相对的，后者是绝对的。每一事物均有与之相应的"理念"为依据，理念乃绝对真理。这一思想为柏拉图所继承和发展。他善于在辩论中发现逻辑矛盾，从而追究真理的本意，并把这种方法称为辩证法。"认识你自己"、"认识善的目的是为了实行"是他的名言。一生言行大都见于其门徒柏拉图和色诺芬（Xenophon）的著作中。由于他主张由有知识、有道德的少数人治国，攻击激进的民主派，被控告蔑视传统宗教和毒害青年而判死刑。他拒绝被赦免，饮鸩自尽。在欧洲文化史上，他被看作追求真理的圣人，与孔子在中国历史上的地位相似。

的伟大教师，曾直接从拜占庭了解希腊的语言和文学；他使费拉拉成为一个传播人文主义思想的重要中心；把英国人、德国人、波兰人和匈牙利人都吸引到了他的学校里来。他提醒过于自负的儿子，严重的阴霾在数十年前还笼罩在整个教育和文化界上空。一代人终于彻底改变了学习，真正培养出新人。

　　无疑，谁要是把一页用"哥特式字体"写的文字，同用"人文主义斜体字"写的文字作一比较，谁要是用眼睛先看一看按"旧的希腊风格"画的画，再看一下马萨乔（Masaccio）或皮埃罗·德拉·弗兰切斯卡的壁画，他就立刻会看出有质的"跳跃"。或者当注意一下 14 世纪学校用的教科书和教育方式，再看看后来人文主义者采用的方式和编写的书，也会产生同样的断裂感觉。而这样的断裂是激烈的和彻底的，如此迅速和几乎突然来到。开始在意大利发生的现象，在欧洲其他地方，即使地区之间时间上有变化，又再次重复出现。教师杜巴尔·贺绿芬为了让年轻人学习知识，使用的还是中世纪的教材，经过多次传抄，然后在 15 世纪又重印的著名的"八位作家"（"auctores octo"）的著作，但这些现象都主要发生在外围地区，在远离人文主义的发源地。它们是《加东格言集》（Catonis Disticha）、《殉道者小行传》（la Chartula）、《圣德之花》（il Floretus）、《行为教育妙语》（il Facetus）、《特奥多童谣》（il Theodulus）、《托比亚斯教子书》（Thobias）、《伊索寓言》（il Liber Aesopi），要把它们记在心中，并用冗长乏味的语调反复背诵；这种受折磨的单调重复行为，构成一代又一代人的文化传承的共同基础。在《晦涩和讽刺的书信集》（Epistulae obscurorum virorum）中，拉伯雷也无情地嘲笑索邦大学的校长罗贝尔·加甘（Robert Gaguin），鹿特丹的伊拉斯谟，重新 [70]

提起瓜里诺·达维罗纳和列奥·巴蒂斯塔·阿尔贝蒂的批评和指责。在他的梅林·科卡伊 [Merlin Cocai（泰奥菲洛·福伦戈)] 的拉丁语与俗语的混合体诗中，建议把那些信札拿去烧火煮香肠（"fecit scartozzos ac sub prunis salcizza cosivit"）。

但是，重要的是发展的速度很快，在较短的时期内，多少世纪以来一代代的人用来教育学生的老课本，便从甚至最低年级的学校中消失了。新出现的"作者"都是古典的作家，伴随着的都是便于阅读和理解古典著作的教科书。第一本这样的书于 1470 年在法国的索邦大学印出，无论是从它收集的教授西塞罗著作的老师、人文主义学校的著名创建者加斯帕里诺·巴尔齐扎（Gasparino Barzizza）的信件中，还是从介绍巴尔齐扎的《正字法》（Orthographia），以及贝萨里昂的朋友、罗贝尔·加甘的老师纪尧姆·菲谢（Guglielmo Fichet, 1433—1490?）的著作来看，都并非偶然。在信中——前言给加甘（1471 年 1 月 1 日）——菲谢重述文学复兴和它们胜利照亮无知黑暗的原因，以及对印刷术和保障文本正确的"神圣"正字法的颂扬。新的教科书包含新的作者，并带来新的教学方法，出现了新型学校——寄宿学校和同室友谊（contubernium），它很快影响到大学，甚至改变教学的平衡和不同系科之间的关系。

但是，15 世纪的文化革新围绕三个机构运行：自由技艺的新型学校、政府的文书处和宫廷。从艺术家们的作坊中，产生了许多用于装饰资产阶级富人住宅的杰作，技术人员们在君主宫廷和主教堂周围为富人们修建住宅，并让它们连接起来。另一方面，在意大利城市中新文化同政府文书处和宫廷生活联系密切：即与巩固既定资产阶级集团霸权地位的某种政策联系密切。富含着民族论题——但也不乏民族主义论调——的正在产生的人文主义，面向为城市国家培养的未来的统治者，给他们灌输古人的理想，并提供恰当的统治工具：为了说服集会的民众、反驳敌人、动员人民的修辞学技术；组织和革新政府文书处的工作；拟定用于外交谈判的信函和讲话格式；宣传支持政治纲领的思想；以及为了统治和领导人民，介绍必要的政治、经济和道德知识；把培养在道德上与普鲁塔克（Plutarco）①，包括昆体良，所说的英雄们的相似人格，作为新教育学的基础，这些也都并非偶然。值得指出的是，传记作家普鲁塔克在古罗马晚期名声并不大，拉丁中世纪时期完全无人知晓，14世纪末当萨卢塔蒂渴望翻译他的著作时才又重新出现。15世纪初，萨卢塔蒂圈子里的学者雅各布·安杰利·达斯卡尔佩里亚（Jacopo Angeli da Scarperia）和莱奥纳尔多·布鲁尼，争相把他的著作从希腊文翻译成拉丁文；然后还有瓜里诺和弗朗切斯科·菲莱尔福，乔瓦尼·托尔特利（Giovanni Tortelli）和年轻的拉波·达卡斯蒂廖内基奥（Lapo da Castiglionchio il Giovane），奥尼贝内·达洛尼戈（Ognibene da Lonigo）和多纳托·阿恰约利，以及其他不少人也争相翻译。托马斯·诺思（Thomas North）先生在1579年翻译了他的英文版 *The Lives of the Noble Grecians and Romans*，提出了一个值得注意的看泛：在异教徒的作家中，普鲁塔克是最有用的，最适合于文明教育。任何知识实际上对个人来说都是有益的，或者对大学来说

---

① 普鲁塔克（46—120），古希腊传记作家、散文家。他兼取柏拉图、亚里士多德、斯多葛以及毕达哥拉斯等各派的学说，尤其重视伦理道德问题。曾到罗马讲过哲学，著作甚丰，是欧洲传记文学的先驱。传世之作有：《希腊罗马名人传》（*Vite parallele*）和《道德论集》（*Moratia*）。

都是有好处的；普鲁塔克对城市有用。罗杰·阿谢姆（Roger Ascham）在他的 1570 年出版的《教师》（*Schoolmaster*）一书中，虽然形式不同，但还是讲的同一概念，他重复和系统地整理了几乎两个世纪以来那些老人文主义者们提出的纲领、理想和方法。

[72] 　　"私人的知识，更适合于大学而不是城市"：托马斯·诺思的话以象征的意义，表达了人文主义学校和文化面对大学所持的批判态度。即使争论未公开进行，人文主义已渗透到大学中，总是打破大学内部的平衡，在旧的学校中引起尖锐的冲突。实际上正如已注意到的那样，人文主义的中心并不在重要的大学里。大学的组织形式是中世纪留下的。"人文主义研究"更多建立在语言技艺训练的范围内（语法、修辞和辩证法），即使它很快联系到"作者"，并传授算术、地理、天文学方面知识，以及如何阅读希腊的重要著作。人文主义学校采用新的教学方法，利用机会尽量同宫廷和文书处建立联系，而不是同著名的大学联系。因为在那些大学里，它们传统的势力是很强大和古老的，而人文主义出现得更晚，遇到的困难更多。在博洛尼亚或在帕多瓦——其形势同在巴黎或在牛津相比，并无区别——新文化向大学里渗透，比在佛罗伦萨和在费拉拉更困难。在佛罗伦萨，大学成立于 14 世纪，相对晚一些；在费拉拉，当瓜里诺的教育取得成就后，莱奥内洛·德埃斯特（Leonello d'Este）便对大学进行了改革，办得欣欣向荣。在佛罗伦萨，当人文主义进入大学时，设立了新的讲座，教希腊文；学习希腊文和在希腊人中居统治地位的文学。在费拉拉，瓜里诺的教育一直注意把文学和科学联系起来。

　　因为大学不是产生人文主义的地方，人文主义更新的知识在大学里找不到传播的场所，或者说只有在更晚的时候，经过斗争和克服各种困难之后才找到。新型的人文学校以教文学和伦理学为特征的，以全面培养人为方向，并不像大学那样高度专业化和技术化。随着市民和绅士逐渐认同人的广泛基础教育的价值，传授这方面知识的学校也就办得越来越好。在教授语法、修辞、辩证法，还有伦理哲学的学校中，要阅读古代希腊和拉丁作家们的著作，但这种阅读要按照新的方法：学习古代的语言和阅读古代的原著，阅读的范围不仅是文学的，还有科学的。这些学校在那些年代具有特殊的重要性。另一方面需 [73]
要指出的是，从这里也出现了整个知识的更新。正如正确地观察到的那样（见马里埃·博阿斯（Marie Boas）的著作：《科学的文艺复兴》(The Scientific Renaissance，1450—1630，伦敦，第343—346页），正是通过文本中找到的对希腊伟大著作的评论，或者说在学习"文学"的影响下，也开始了科学的革新。"在1450年左右，科学家是，或者说一位研究古典著作的学者，或者说一位近似于危险的巫师。"在16世纪，科学家也被当作是人文主义者；乔治·贝乌尔巴赫（Giorgio Peurbach，1423—1469）和"山里人"乔瓦尼·穆勒（Giovanni Müller，1436—1476），他们教的是文学，而不是数学和天文学。换句话说，科学革命的出现，也是通过阅读古典科学著作，特别是希腊人的著作，在争吵中同中世纪的知识拉开距离后才出现的：在阅读科学著作中，语言学家变成了科学家，并且让科学家脱离对神学的从属地位，而从属于权威，从属于希腊科学得以发展的大自然、经验和理智之间的原始关系。因此，人文主义文化首先创建的就是一种新型的学校，旨在对出生在《自由城市》(Città libera，亚历山德罗·皮科洛米尼〔Alessandro

Piccolomini〕在 1542 年出版的一本广为流传的著作的书名）里的市民进行全面的人的教育，然后又试图在"学园"（研究院）中，或者说试图在学者们自由聚会的地方建立组织，以满足在大学的相应系科中无法回答的研究中的问题。因此，15 世纪以后，带着不同功能和特征的著名学园蓬勃地发展。

　　但是，这并不排除人文主义以各种方式渗透到大学中去。首先，人文主义者实际上在进行一场全面反对大学的争论，认为它在文化上是僵化和傲慢的堡垒。如果说波焦·布拉乔利尼对医生的嘲笑再次与彼特拉克有名的对医生的指责相交织，与多年来的奇闻轶事文学有联系，那么如今已是系统地分析不同[74] 系科的局限性：分析背景的前提，建立在对整个中世纪百科全书式知识的批判上。伴随着对医生们的指责，很快也对准法学家们，洛伦佐·瓦拉用有力的语言，批判他们的野蛮。同医生和法学家一起受到批判的，还有哲学家和神学家，以及旧式的逻辑学家和辩证法家。1518 年，菲力波·梅兰希顿在维滕贝格所作的著名演说《论青年人的改革努力》中，既对人也对系科说："那些托马斯（i Tommasi）、斯科托（gli Scoti）、杜兰多（i Durandi）、塞拉费奇（i Serafici）、凯鲁比奇（i Cherubici）的信徒们，以及卡德梅阿（Cadmea）学者的无数子女"，你们把教育都搞坏了；医学和法学中表现出严重腐败。半个多世纪以前，洛伦佐·瓦拉也讲过几乎同样的话。那位帕多瓦教授在 1433 年反对法学家们时，差点丢掉了终身教席。1457 年 3 月，在他死前不久，被邀请到罗马的圣玛丽娅智慧教堂作一次颂扬圣托马斯（San Tommaso）的演说，他便利用机会对经院学派的亚里士多德主义和神学进行严厉批评，对阿奎纳特（Aquinate）也没有放过。16 世纪的一些重要的指控，从对 1492 年出生在瓦伦察，对生活在巴黎、勒芬、牛津的伊拉斯谟的追随者卢多维科·维夫斯（Ludovico Vives）提出的指控，直到皮埃尔·德拉拉梅猛烈地攻击亚里士多德，他们不仅引用新的"作家"反对老的"作家"，用其他方法反对老的方法；他们还需要创办新的学校，描绘另一种知识树。维夫斯在他的 1520 年的《反对伪辩证法》（*Adversus pseudodialecticcs*）的指控中，认为索邦大学是一个"衰老疯狂的老妇人"，要求面对她时应该另外建立一所革新的大学。那是纪尧姆·比代所渴望的那种大学，它在 1531 年由法兰西斯一世（Francesco I）所建并称为"皇家读者学院"，其中"真正的读者们"阅读用希腊文、希伯来文，并很快也用拉丁文写成的数学、哲学、物理、天文、地理和医学方面的书籍。可以看到伴随着对语言学的重视，科学也获得胜利；而通过文学对人的教育，出现一种新的研究。

　　实际上在 16 世纪已可看到，大学和寄宿学校如雨后春笋般在各处发展起来：在法国的尼姆、波尔多、里昂；在荷兰的勒芬；还有英国、德国和其他地方。1546 年 10 月，皮埃尔·德拉拉梅在普雷斯莱斯学校开始讲课时，严肃地说： [75]

　　我们设想，如果再让这个学校里的一位在一百年前去世的学者复活，他把记得的事情同现在的情况作一比较，当他看到在法国、意大利、英国，文学已同现实的科学结合起来的欣欣向荣的场面，难道他不会惊得目瞪口呆吗？过去，他常常听到人们讲粗话，而今他听到无数的人，不分年龄，用拉丁语说话和写字都那么文雅。对于希腊文，他过去总是听说这是希腊文，不能读；如今他不仅能听到熟练地读希腊文，而且如果需要，还可以听到学者们准确地讲解希腊文。如果同过去黑暗的时代相比较，那时所有的艺术都销声匿迹；随着光明的到来，今天多么灿烂辉煌！在语法学家、诗人、演说家中，他可以知道亚历山德罗·德维拉德伊、法切托（Faceto）、格雷奇斯莫（Grecismo）等；在哲学家中，他可以知道司各脱（Scoto）和伊斯帕诺（Ispano）等；在医生中，他可以知道阿拉伯人；在神学家中，不知道从哪里来的一些人：他将会听到泰伦提乌斯、恺撒、维吉尔、西塞罗、亚里士多德、柏拉图、盖仑（Galeno）、希波克拉底（Ippocrate）、摩西（Mosè）以及预言家们、使徒们和其他真实的福音书的宣讲者们的声音，他将听到他们用他们自己的语言讲话 [《序言、书信、讲演文集》（*Collectaneae praefationes, epistolae, orationes*），巴黎，1577年，第305页]。

一年以前，一位医生，他也是法国人，让·费内尔·达米安（Jean Fernel d'Amiens）在他的著作《论不明事物的原因》（*De abditis rerum causis*）中，也同样描述了新时代取得胜利的特征：世界的环球航行、新大陆的发现、印刷术、热兵器、古代书籍的发现、知识的重建。实际上在费内尔的文章中，最后提到的那点，却是在真实发生的事件中首先出现的。15世纪初，人文主义者们在重新焕发古典著作的光辉中，所开始的文化和教育革新，到16世纪中期已在公众场合得到普遍的颂扬。

正是出生于1374年的瓜里诺·达维罗纳，1403年至1408年间完成了他在君士坦丁堡的希腊文学习，在佛罗伦萨、威尼斯、维罗纳执教之后，又在帕多瓦、博洛尼亚、特兰托、罗维戈居住过，从1429年到去世（1460）一直工作在费拉拉，改变了那里的文化，在莱奥内洛·德埃斯特的赞助下，为"改革"1442年建立的大学作出了贡献。瓜里诺办的学校之所以

[76]

重要，在于以下几方面：优秀的希腊文教师；对科学著作的学习并不少于对文学著作的学习；学习切尔索（Celso）的医学和斯特拉波的地理；并且重视对诗人和哲学家作品的学习。另一方面，尽管对于大学而言，他的学校相对自主——只要想想他在维罗纳的学校和在费拉拉的"学园"——他同埃斯特家族的关系密切，给这座最富文艺复兴特征城市之一的大学打上最初的烙印：这就是在费拉拉。此外，他彻底改变了教学方法，定下了某些标准，由儿子巴蒂斯塔·瓜里尼（Battista Guarini）整理成一篇广泛传播的文章《教学和学习的顺序》（*De ordine docendi et discendi*）。最后，他的学校还闻名于整个欧洲，许多外国人去那里学习，把他的教育思想、方法和文化传播到各地。维托里诺·达费尔特雷就是他在威尼斯的学生。

瓜里诺明显从 15 世纪早期的论文中汲取"文明"的启示；他翻译普鲁塔克的自传，从中得出一种伦理——教育标准；赞扬和评论老彼尔·保罗·韦尔杰里奥（Pier Paolo Vergerio）的著作，1400—1402 年写成的《论青年高尚的品德和自由学科的学习》（*De ingenuis moribus et liberalibus studiis adulescentiae*），这篇文章在佛罗伦萨学者们的气氛中写成，成为一本欧洲经常阅读的教育书，1501 年雅各布·温费林（Jacob Wimpheling）在他的著作《日耳曼》（*Germania*）中认为该书是斯特拉斯堡的权威范本。

作为相信希腊文与希腊文化价值的卓越语言学家，瓜里诺是一位伟大的教育家，他总是把"科学"和"文学"联系在一起。另一方面，他相信新的文化只能在新的学校中实现。在对待传统大学的问题上，虽然他在那里教修辞学，他没有带去任何东西。1427 年，他从维罗纳给他心爱的学生马尔蒂诺·里宗（Martino Rizzon）写过一封信，里宗曾经给 15 世纪的两位有文化的著名女士，诺加罗拉（Nogarola）姐妹当过家庭教师；[77] 瓜里诺对里宗说，学医学和法学不会有多大好处和建树，不建议他去博洛尼亚，而更希望他去罗马。另一方面，瓜里诺着手创建新学校和改造旧学校。当第一篇关于现代教育的专题论文广为流传的时候，这位维罗纳教师和维托里诺·达费尔特雷建立了一种提供膳食和共同生活的寄宿学校（contubernium），用于培养新的国家领导阶层和未来的教师和学者。1408 年，一位修辞学教授（加斯帕里诺·巴尔齐扎），著名的西塞罗研究者，也试图为威尼斯贵族在帕多瓦做点类似的事情。虽然规模不大，但巴尔齐扎一开始便获得人们的好感。瓜里诺于 1420 年开始在维罗纳工作，他接受市政府聘请在公立学校教书，同时又在私人学校兼职，他利用自己的家，用于接待国外和本地来的付费学生。瓜里诺的寄宿学校床位有限，并且收费很高；他的妻子、儿女和国外的合作者都帮助他。学校是家庭似的，充满欢乐；学生都是朋友。这些学生熟悉以后，便成为了他的合作者。他们进行体育锻炼、散步、游泳、打猎、跳舞，学科交换进行。渐进的学习（基础、语法、修辞）计划是有机的和准确的。瓜里诺上午"读"一位拉丁作家的著作，晚上"读"一位希腊作家的著作。学生的语言逐渐趋于完美，知道的作家和专题论文也越来越多，直到学习一些柏拉图和亚里士多德的重要著作。

无疑，引人注目的是在瓜里诺的学校中，不仅接待大家族的子女（他最亲爱的学生是莱奥内洛·德埃斯特），但也招收普通家庭出身的子女，让他们将来成为教师，或政府官员，或神职人员。但是，首先明确的一点是：任何专业学习的准备，都必须建立在共同人性教育的基础上。大学是用于培养专门人才的学校：医生、法官、神学家。而文科高中（il ginnasio umanistco）却相反用于唤醒所有人的人性（hominibus humanitatem——这是瓜里诺使用的语言）。学习古代的语言， [78] 异教徒的经典著作，以及学习与"共同生活"的"社会"有关，与身体的和谐练习有关的重要思想和科学著作，这些是学习任何专业的前提。它们构成人性的本质，以及市民生活和世俗工作必需的共同基础。在这种含义下，正是选择了这种先于基督教启示和先于任何宗教分歧之前的古代"异教"著作作为课本，是有意义的。谁要是注意观察瓜里诺对学习方法提出的忠告，即那种深入到单科专业学习之前，先着重培育和增强人的整体精神的做法，就会很快明白他的忧虑所在。

维托里诺·达费尔特雷，绰号又叫布鲁托·代·朗巴尔多尼（Bruto dei Rambaldoni）先生，出生于1378年，逝世于1446年，他办的学校取名为"欢乐之家"（"la casa dei giuochi"），在曼托瓦侯爵詹弗朗切斯科·贡扎加（Gianfrancesco Gonzaga）对这位大师的赞助下，学校于1423年建成。学校的教学方法是"带着欢乐"在"自由"中进行，既招收有钱人的孩子，也招收穷人家的孩子（用富裕家庭交的钱来资助穷孩子）。教他们学习古典著作，坚持身体锻炼和实践活动，组织游戏和比赛，让孩子们生活在温暖的家庭气氛中。维托里诺在教育中首先重视对"人"的关注："omnis humanitatis pater"（"人性之父"），这是刻在皮萨内洛（Pisanello）为表现这位大师容貌而制作的纪念章背面的铭文。他的一位学生，也是写他的传记的作者写道："人类就是他的家庭"。这里也许不仅是修辞学方面的影响，在展示关于人的普遍教育的理想中，更好地表达了文艺复兴时期人文主义的意义。

从另一方面看，这种人文高中和由人文主义者组织的寄宿学校的兴起，必然也将对大学产生影响。瓜里诺和他的学生莱奥内洛促进了费拉拉大学的"革新"，也非偶然，使那所大学在 16 世纪名声远播。新的教材，新的教学方法，越来越明显地改变着系科之间的关系，和系科内教材之间的关系。随着克里索洛拉执教，克服重重困难，终于进入佛罗伦萨大学的希腊文，如今已在全欧洲占据越来越大的分量，它作为一种工具，不仅对研究语言学和历史需要，而且对探索哲学——科学的主要源泉，也是必不可少的手段。希伯来文能引起自由研究的学者们，如贾诺佐·马内蒂或乔瓦尼·皮科·德拉米朗多拉的兴趣，表明它在研究圣经、讨论神学问题和关于宗教的争论中，具有决定性的重要意义。从这个含义上讲，乔瓦尼·罗伊希林（1455—1522）的著作是正确的和优秀的，罗伊希林提出的问题（1510—1520）是他看到人文主义者们同科隆的神学系和学者们发生了冲突（关于销毁希伯来文书籍），这件事不仅表明对形势的不安，而首先要看到的是对语言学和历史的研究和革新，已经提升到宗教层面。

与此同时，"现实的"学科：数学和天文学已超出了狭隘的"四科"技艺（算术、几何、天文、音乐）范围，占据了突出的地位；而如像瓦拉和波利齐亚诺那样的"语法学家们"和"历史学家们"的研究工作，则无疑已在法学领域显得更为突出。15 世纪可以看到学校机构同科学发展之间不适应时的冲突，过时的科学分类，以及在活跃的研究中总是伴随着激烈的争吵，目的在于希望改变和重建知识的百科全书。16 和 17 世纪是文艺复兴在欧洲的扩展时期，调整大学院校的努力，建立新的，革新老的；当在谈到某一类型的人、市民、学者时，其相貌已发生了深刻的变化。

毫无疑问，赋予16—18世纪欧洲特征的人文主义学交，15世纪在意大利就已形成，这种情况从伦理—政治专题论文，同新教师实践行动之间的一致性中，就可以看出。这样的学校需要满足城市国家在发展道路上的需要和理想；并且在发挥自己作用的过程中，正好体现那些需要和理想。维罗纳的瓜里诺在他的许多信中，特别是在给费拉拉的君主莱奥内洛·德埃斯特的信中，明确教育人的职责：那就是教育人在成为专业者之前，要让他成为有能力为公共管理作出贡献的市民，无论处于顺利或恶劣的环境中，都具有必要的领导和保卫祖国的能力。使人想起洛克（Locke）说的话，瓜里诺坚持在教人任何技能或学科知识之前，先要教如何做人。 [80]

换句话说，全部这种教育都建立在与15至17世纪之间的市民概念相联系的"人文学科"基础之上的。对于国家来讲，最大的利益就是培养训练有素的青年人，让他们除了从事各种职业外，还能为公共的事务工作。这也是韦尔杰里奥用了不少篇幅想表达的思想；这种思想与一些著名的论文作家，如列奥·巴蒂斯塔·阿尔贝蒂的观点相同。这不仅涉及培养未来的君主和他们的子女，还有属于领导集团，能进行行政管理的人士。这种教育方式不能不考虑到15世纪意大利城市国家中对文明生活的看法，其中包含显贵家庭对社会和政治所发挥的作用。喜爱谈论亚里士多德和西塞罗的人是政治人士，生来不是仅仅为了自己，而是为了祖国和人们的共同利益，为了"公共的事情"（"res publica"）。学校应该准备这些人才，而且首先要完成这个任务；培养阅读古典著作的习惯，正是为此目的：在学习伟大的榜样中，通过用道德的力量塑造和滋养某种范例的社会，以此来发展人的社会性。同时，如果说这种教育也面向任何人，并且具有普世价值的话，但在具体实行中，却首先针对那些将要担负政府责任的人。列奥·巴蒂斯塔·阿尔贝蒂（1404—1472）在《论家庭》（*Della famiglia*）那篇对话的序言中，雄辩地论述了"家庭"的作用，认为它是国家结构中的基础细胞。"在和平或战争中，是家庭捍卫了祖国的自由与权威；极其平凡、谨慎和充满力量的家庭，可以使敌人害怕，让朋友感到可敬和可爱"。阿尔贝蒂在文艺复兴的人才辈出的时期写道：应当全面培养人，即不仅让人有能力可以做一切事情，而且尽可能地让他可以成为他想成为的人：对任何人都不放弃他的可塑性；作为市民，但同时他也是科学家、艺术家、技术员、世俗的人。人文主义教育应当瞄准这样全面培养人的目标。但后来情况发生了变化：那种强调全面性的教育，一方面遭到需要更大技术化的反对；另一方面在上流社会的风气中，全面性的教育也日益削弱。阿尔贝蒂认为，教育应当使人和市民成为任何他想成为的人；而巴尔达萨雷·卡斯蒂廖内则认为应当让"廷臣"，即世俗人士，有文雅的举止，适合于某种更确定，但也更有限制、更特定的政治结构。这样，阿尔贝蒂所指望万能的人的全面性与和谐，到了卡斯蒂廖内那里便成为优美和唯美主义的文雅。

不难看出，阿尔贝蒂的《论家庭》（1433—1443）是与城市国家生命的衰落和意大利最后的城市共和国的繁荣相联系的，而巴尔达萨雷·卡斯蒂廖内的《廷臣论》（*Il libro del Cortegiano*, 1513—1518）则反映欧洲政治生活中继续的一段

[81]

时期，即无论在任何地方，包括意大利在内，君主制已经确立。佛罗伦萨"民主的文明"（"civis democratica"）已经消失，代之而起的是君主和宫廷人士；或者说一方面是政治学手册，另一方面是为宫廷职业准备的良好风尚的论文，以满足其多方面的需要：从贵妇人的炫耀，到行为的文雅和在大使馆中的外交能力。因此，阿尔贝蒂的那部书尽管有丰富的文学价值和伦理教育方面的启示，仍未得到出版，多少世纪以来几乎不知道它；而卡斯蒂廖内的著作则被翻译成了西班牙语、法语和英语，得到广泛的传播，同其他一些不太重要的类似的作品——意大利的和非意大利的——在 16 世纪都相当走运。但是，其种科学和技术一旦成为君主的艺术之后，"宫廷"文化如同人 [82] 文主义文化一样，就不能不削弱它在培养良好行为、诚实风尚、优美风格方面的作用，以及削弱秘书、文书处、公文和爱情文学作者，作为提高文雅素质手段的作用。绅士的优美、适度和文雅，代替了人的"道德（virtù）"：道德应该是高昂的斗志、力量、聪明和实际的能力。做一个廷臣（"Le courtisan"，"le parfait courtisan"，"the courtier"）代表着世俗人士的理想，这样的人不再是自由共和国的市民，而是服务于君主宫廷的人士或君主的合作者，他能够在那样的环境中说话得体，行为完美，做事令人钦佩。为了自己更好的政治前途和完成君主委派的军事使命，或为了能在新生的宫廷中生活，出人头地，得到贵妇人青睐；文化都是珍贵的手段。"文学"越来越改变了自己的本质成分，成为特定的社会集团中为某些明确的公共需求服务的工具。一方面，它表现为旨在培养未来君主的学校中教师们的一种职业；另一方面，它已从教育人的手段变成了习俗的装饰品。

这样，与人文主义呈抛物线下降有关的两种新人物形象就开始产生和扩散开来：文学和语法上的腐儒和"有礼貌和令人喜爱的"人，对于这样的人来说，教育首先就是教学生懂得"礼貌"。这样，像卡斯蒂廖内的《廷臣论》那样的书，就成为在宫廷里工作和生活的人的"技术"教科书，教他如何按一定的方式表现和做事，以及需要具备的某些才能。乔瓦尼·德拉卡萨（Giovanni Della Casa）主教的《礼貌》（*Galateo*）一书如今更关心的已不再是道德，而是"表现近似于道德"的东西，或者说礼貌、外表的态度和"形式"。当炫耀知识渊博代替文化，模仿成为重复，对古典著作的学习滑向迂腐的时候，"人文主义者"的理想便堕落为"诚实的装模作样"（"dissimulazione onesta"）。也许没有谁比米歇尔德·蒙田（1533—1592）能更

[83] 好地指出人文主义教育的危机点和它退化的根源了，他指出正是由于"书呆子气"的特征，把过去同伟大古人的对话，变成令人窒息的背诵练习，取消了我们任何主动性的原创，让我们把担任某种可笑的"教师爷"，当作人生的理想。这里，他反复强调的主题是同世界、同事物、同活生生的人的直接接触。"死人们"，即使他们很伟大，又是古代的；"古代的废墟"，即使它们很著名和受人景仰，似乎已丧失了他们的中介作用。而整个欧洲已在流行"文明的谈话"（"civile conversaziioine"）手册，例如斯特法诺·瓜佐（Stefano Guazzo）的名著，这些手册甚至让美洲的殖民者们都随身携带，蒙田认为，如果能"恰当表述"，不一定非要引用某人说的才起重要作用。

他还说，如果说懂得希腊文和拉丁文是件好事的话，那么同样真实的是，这需要付出很大的辛苦，而学好我们自己的语言和我们邻居们的语言，却很有必要，因为我们很有可能同他

们对话。

蒙田如今已超越人文主义经验；是个不满足于自己愤怒的孩子。小的时候，他的父亲曾把他交给一位德国教师教育，这位德国教师不懂法语，只会拉丁语。在家里父亲、母亲、佣人、清洁工，一律必须用拉丁语讲话，孩子也就只能结结巴巴地跟着说。后来——蒙田回忆说——周围乡下的邻居们也都被拉丁化了，在他们的方言中夹杂着一些日常生活用的拉丁语词汇。这样一来，孩子在成长过程中对自己的母语，如同对阿拉伯语一样，一无所知，甚至到了后来否定经典著作的教育作用；用经典著作进行教育，从不意味着要用古典著作代替现代著作，而仅仅要求现代人在同古代人进行比较中认识自己。

尽管在 16 世纪的喜剧中，迂腐使"教师爷"成为典型的可笑人物，但毋庸置疑的是新的教育改变了整个欧洲国家内掌权的社会集团里男人和女人的举止和态度。一种生活习惯、一 [84] 种新型的人、一种文化和理想的共同社会，曾改变人的生存状态和行为。如今在社会上立足，接受通过被称为"人文学科"的关于古典模式的教育，已必不可少。1531 年，托马斯·埃利奥特（Thomas Elyot）先生在伦敦发表的著作《被称为统治者的书》（*The Boke named the Governour*）中，清楚地描绘了当时的形势。所有那些想让自己的孩子们成为"统治者"，或以某种方式行使公共职能、为国家利益服务的人，都需要使用新教育中规定的方法和新的教师来教育他们。只有这样，年轻人才会获得权威地位、荣誉和尊严。埃利奥特的话概括了一个现实：人文主义教育在欧洲教育体制中将注定取得胜利，并持续了数个世纪，它如今已是针对那些对国家产生越来越大影响的人的教育。而在"研究院"（"accademie"）中已种下一些"新"

科学的根，这些新科学既可以利用古人的智慧，也可以利用多少世纪以来，通过手工技艺的努力所取得的成果；把提高"绅士"素质的任务交给了"人"的文化，让他有能力应对历史形势的变化以及人际关系中、他们在对待世界的态度中所正在发生的深刻演变。

九　政治思考的题目和问题：现实的
##　　城市和理想的城市

　　读过尼科洛·马基雅维里的《君主论》(*Il Principe*)，又继续读完巴尔达萨雷·卡斯蒂廖内的《廷臣论》的人，不能不产生一种巨大差距的感觉。这两本书都成书于同一时期，《君主论》在1513年7月至12月之间，《廷臣论》在1513年以后（直到1518年，但对它的修改直到1528年的初版问世)，并且都是在同一文化环境和相同政治事件背景下产生的。这两本书初看起来，似乎来自两个不同的星球。在卡斯蒂廖内的著作里，文艺复兴的宫廷环境培育了它的新的崇高理想，和确定下它的新的模式。卡斯蒂廖内天资聪明，出生于慷慨家庭，身材俊美，仪表堂堂，身着军装，善于言谈，文学渊博，为人实际，这样的"绅士"当时应该也是音乐家和画家，诗人和哲学家，士兵和政治家。这使人想起马泰奥·马里亚·博亚尔多（Matteo Maria Boiardo）给卢多维科·阿廖斯托（Ludovico Ariosto）写的骑士诗，在那里怀念黄金时代神话中优美和彬彬有礼的"骑士"形象，说他已重回大地："他们一起来了——

博亚尔多唱道——兴高采烈 / 朱庇特（Jove）^① 和库忒瑞亚（Citerea）^② 相会 / 当理想天神出现的时候 / 给大地带来美好的思想"。现在，终于"回到那条老路 / 从效果看，其名为黄金之路"。

在博亚尔多的诗中，不难听到一大堆柏拉图主义者喜欢听到的言论。《廷臣论》的结尾部分直接唱起了对柏拉图的颂歌：那样的柏拉图主义，并非偶然，构成 15 和 16 世纪之间文艺复兴文明中相当部分的特殊内涵。那本书的构思和前提，就是柏拉图主义的，卡斯蒂廖内曾明确地引用"包含和埋藏在心灵中的美德种子"，"好的农夫"应当让它发芽和结果。作品以对爱，对世界上闪烁的精神美的歌颂结束。它构成此书的统一原则和隐秘的含义。几乎立刻与对美的歌颂相呼应的是，在位于乌尔比诺宫中的那场蒙泰费尔特罗宫廷对话结束时的场景：天空出现黎明，谈话者们"打开窗户"，瞭望"高高的卡特里山峰"，清晰地沉浸在"一片美丽的玫瑰色晨曦中"，所有的星星已经隐去，"只有温柔的太白金星统治着天空"。这是自然界和人的世界，和谐和美丽之间的共鸣，它会聚成一首优美和爱的赞美诗，给人一种高贵和礼貌的感觉，远离马基雅维里所描述的"不公正的宫廷"，完全与前面所说的要把技术——实践教育，作为文艺复兴教育的特征无关。

这里某些历史学家企图对卡斯蒂廖内和马基雅维里二人的

[86]

---

① 朱庇特（Jove，Jupiter，亦译为丘比特），罗马的天神，相当于希腊神中的宙斯，被认为是天的主宰，是光明之神，还主管雷、雨，决定农业是否丰收。罗马人用 sub Jove 表示"在光天化日之下"。

② 库忒瑞亚，即阿佛洛狄忒，或维纳斯的别名。是宙斯和大洋女神狄俄涅的女儿。司爱情和丰饶，美女的同义词。

对立形象进行分析，认为前者是天真的、梦幻般的理想主义者；而后者是冷酷的政治现实主义者。《君主论》完全从政治任务出发，用清醒的眼睛观察"人性"和"实际的"现实，观察现实的力量和它们的消长情况，仅仅关注把人类社会最近的进程控制在宇宙秩序之内的必要规律。

如像天文学家懂得星球运行的规律以后，就可能推论出明智的行为一样（"智者统治星星"），政治家经过对古代帝国进程的兴衰变化，和对不变人性的思考，也会得出对统治国家的智慧认识。马基雅维里更容易把人的具体经验，同渴望一种对政治现实的理智看法结合起来。几乎不难看到这种国家科 [87]学，同以所有国家原型和模式的古代共和国史的相互渗透。马基雅维里的某些政治观点，如周而复始、事件的循环、自然法则的有效性，都处于对事物最严格的科学观察范围之内；同时指出把罗马史作为一种类型的历史，"永恒的思想史"，它充分包含着人文主义遗产中的突出议题。人是生活在社会中的，但这些社会又在它们的产生、发展和消亡中，在它们的相互冲突和依存的关系中，是受规律调节的，通过理智和经验可以认识这些规律，统治者们可以利用这些规律来制定理智的政策。人性如像政治体的结构，如像完整的宇宙，它的运行也有严格的节奏，即使是在难以预见的、"命运的"领域，也是可以操控的，它为明智的统治者留下思考的余地。当教皇亚历山大六世（Alessandro VI）生病、去世，瓦伦蒂诺（Valentino）也会生病，并且突然变得脆弱不堪，这种偶然性和必然性的结合，决定了切萨雷·波儿亚（Cesare Borgia）的命运。在事件的进程中，命运是盲目的，但总是存在着开放处；对于人，对于人的理智和人的决定来讲，不仅要预见到它，而且应该通过自己的努力寻求它的价值，把它转变为自由的胜利。

可以看到，在马基雅维里的著作中，他极力对政治和历史保持一种理智的看法，在此基础上确定行为的准则，通过这些行为准则，使人的自由创议获得成功。除此以外，所有其他的行为准则，都应当服从于调节政治集团的自然法则，服从于他们的愿望和他们的更迭。在做对宗教的无偏见的分析，和一般考虑所有的道德原则时，都应带着明确的目的，要维护"君主"统治的国家和"公共的事务"（"res publica"）。在道德和政治、宗教和政治的冲突中，对马基雅维里来说，最重要的就是社会化的人的行为基础和目的，在于保持和维护"公共事务"的繁荣。一切行为规范都应以此为准；在国家的生活中，特别是在它的变革和革新的过程中，"公共事务"的意志就变成"君主"，这几乎成为对一切行为恰当性的解释。

[88]

马基雅维里一贯坚持的最后结论是，世俗的和人的价值化，是文艺复兴新文明诞生的特征。在这样的尘世背景下，理解一切价值；它们从天上下降到地上，并按照"共同利益"的尺度进行衡量；宗教不仅不再是最高的和超凡脱俗的尺度，它本身也从属于地上城市的需要。但是，在中世纪的思想危机中，"公共事务"似乎又同君主发生了冲突；君主，虽然是自由"市民"共同愿望所表现的国家象征和肉身化，但却带着暴力和为所欲为的意大利君主国的君主面孔。他们已不再是中世纪陷于内外交困中的"自由"城市的君主；但也还不是为了公共利益而组织起来的作为公共权力的国家代表；而仅仅是某个雇佣兵队长、某个特殊人物、某种"自然形成的力量"；某个君主是狡诈的或善良的并不太重要，某个人由于自己的"能力"战胜了"命运"，终于成为那片土地上，或那个城里的"上帝"。

他并非是一个保障每个"市民"自由，要其承诺表现"文明"，从而向他表示尊重的机构或法官，而是如同天上万能的上帝一样，是一位地上万能的上帝。在他的面前，与他相对应的人，就是执行他的命令的"廷臣"；"廷臣"的从属关系是隐晦的，他并不从属于某种规定，而是从属于利用权威，渴望控制和驾驭某种现实事物的人的意志。

《君主论》和《廷臣论》在政治理论和政治生活的展于中是互补的。马基雅维里看到的是"刚刚"（或者说突然）诞生 [89] 的"新的"君主国，"还没有长胡子"（或者说根还不深）和"彼此间还不适应"，或者说还没有适应适当的环境（《君主论》第7章）。他知道中世纪的秩序已经结束，其思想意识基础、价值——道德的和宗教的——已经消亡，已经没有意义而被他拒绝。马基雅维里力图在人性中，在与日常经验相联系的古代历史中，寻找新的价值，但面对这些新的价值，他本人似乎已感到有些害怕。

> 我想写点有益的东西给理解它的人看，我感到最好是描述事物实际的真实情况，而不是描述事物的现象。许多想象中的共和国和君主国并不存在，也从未知道它们真实地存在过。因为一个人实际怎样生活和应该怎样生活，相距十分遥远。放下手边正在做的事，去从事应该做的事的人，很可能学到的是毁坏自己，而不是保护自己：因为一个如果想在所有方面都表现得很好的人，就会在许多不好的人中间倒霉。因此，作为一位君主需要做的，如果想维护自己的统治，就要学会能够不当好人，并且根据需要决定是否

这样做。(《君主论》第15章)

马基雅维里看到在意大利和欧洲发生的政治变化，意识到所有古代词汇的含义都荡然无存：美德和恶习，好和坏，失去了传统的价值，在他面前一个变化的世界中，也改变着价值的标准。参照点不存在了，所有的标准消失了，关系颠倒；由于与之建立星球运动关系的中心的移动，明天日心说体系将推翻天体计算。此前还有，在道德领域把人的尘世行为作为参照点的中心，现在已将其含义归结为事件和行动。这里，马基雅维里的问题是，如果价值体系都转移到了地上的城市里和"公共事务"中，那么"邪恶"也可以意外变成"美德"。实际上他有时似乎把"邪恶"和"美德"的含义混淆了起来。当然，"杀死他的市民，背叛朋友，没有信仰，没有同情心，没有宗教，不能称之为美德"，但所有这些还可以用来夺取和保持权力。其中的邪恶和残酷，仍然值得重视；实际上"（如果允许把坏说成好的话），可以把它说成是为了安全的需要，善于利用它，然后不执着于其中，而是尽可能地转变为有利于臣民"。在马基雅维里眼里，这种类型的"邪恶"在"上帝和人们面前"都可以自我表白（《君主论》第8章）。这样，"君主"就需要更残忍，而不是更仁慈（"因此，一个君主为了让自己的臣民团结和忠诚，就不要担心残忍的坏名声"），因而对于马基雅维里来说，价值标准已被系统地翻转了。

[90]

马基雅维里的悲观主义观点是闻名的：人是"忘恩负义的、反复无常的、装模作样的、爱掩饰的、逃避危险的、贪得无厌的"；人性总是恶的，而不是善的。人性（"如像天空、太阳、元素"）是不变的；而历史是变化的，"因为时间可以带走

一切，随着时间消逝的事物，无所谓好坏"。那么，他的著作
正是写于体制发生变动的时期，他注意到这种情况，并把过渡
的面貌表现出来。城市共和国的最后"文明生活"，在内外冲
突中消耗殆尽，在共和国独立期间形成的制度和理想，都无法
挽救它。"暴君们"企图建立一种新的秩序。马基雅维里已超
越人文主义者模仿古代共和国，而注视着新的"暴君们"，收
集他们活动的积极方面，并把他们表现为历史的必然。同时，
这里也是他的更为伟大之处，在于对中世纪世界的危机和对某
种现实概念的终极的危机，从伦理—政治的角度进行了深入的
总结。在大约写于 1513—1517 年间的《论李维的前十卷书》
（*Discorsi sulla prima deca di Tito Livio*）中，讨论了"罗马人
的宗教"（I，11—13），马基雅维里毫不犹豫地指出，宗教和
它具有的价值和保障，被统治者们作为"理想的"工具，用来
教育和引导市民，和用来让他们注意遵守有利于保护国家的原 [91]
则。16 世纪的意大利，由于罗马教廷的错误，"丧失了一切虔
诚和一切信仰"以及区别一切好坏的能力。政治败坏，道德危
机和宗教，紧密地相互交织在一起。新的国家，如果要建成和
保持的话，就必须建立一种与"一切真理之父"的时代相似的
秩序。那就是某种众所周知的人性的秩序，人性是恶的，倾向
于混乱和滥用自由："正如所有思考文明生活的人所表明的那
样，正如所有历史都充满的例子那样，管理共和国和其中秩序
的人，应当设想所有的人都是坏人，他们一旦有自由的机会，
都会表现出他们心中的恶意。"新的国家，如果要保持下去，
就应当采取与这种经过实验分析的人性相应的手段；这样的手
段就是体制，价值标准和理想。

　　那么，处于中世纪世界同新时代断裂点上的"君主"，正

因为他还满身带着意大利"暴君"的个人主义血迹，他未能
在"市民"中，而是在"廷臣"中找到自己的补充；他不再是
新的仍带结构的"公共事务"的体现，辩证关系不存在于"公
共事务"同"市民"之间，而存在于"君主"同"廷臣"之
间。另一方面，他对人的现实和自然现实的清醒认识，也让他
不安和渴望秩序与理想的和谐。当"君主们"的政策严酷地体
现现实主义的时候，柏拉图哲学便成为一种时髦和习俗。当
城市国家保持住它们的自由时，理想似乎能与现实完美相吻
合；一旦城市国家在内部斗争中痛苦地走向衰落时，同时遇到
越来越频繁的灾荒和战乱，这时与政治上作出科学的痛苦分析
并立的，便是越来越多地看到脱离任何现实的对完美城市的描
[92] 述。这些描述与其说是一些纲领，还不如说是表达一种似乎无
法在现实中找到答案的渴望。与尼科洛·马基雅维里令人心碎
的悲观主义相对立的，与弗朗切斯科·圭恰尔迪尼（Francesco
Guicciardini）① 清醒的现实主义相对立的，与战争、不宽容和
一切古代价值丧失相对立的，是大约与《君主论》在同一时期
同时起草和发表的著作：托马斯·莫尔的《乌托邦》（Utopia）。

早些年，伊拉斯谟曾送给他一本《愚人颂》（Encomium
Moriae），在那本书中除批判一切和埋葬一个世界外，还希望
建立另外一个不再疯狂，而是安静与和平的世界，那里的君主

① 圭恰尔迪尼（1483—1540），意大利著名史学家。出生于佛罗伦萨一贵族家
庭。早年学习法律，当过法律教授。1512 年出任佛罗伦萨驻西班牙大使。1516
年起先后任教皇国驻摩德纳、罗马涅和博洛尼亚总督。著有《意大利史》（Storia
d'Italia），该书始于 1494 年意大利战争爆发，止于 1534 年教皇保罗三世即位，分
析精辟，打破邦国界线，勾勒出当时整个意大利的概貌，在 16 世纪就多次再版，
并译成多种文字，成为最流行的历史著作。此外，他的著作还有：《佛罗伦萨史》
（Storia fiorentina）、《格言》（Avvertimenti）等。

和人民和谐地生活，禁止战争，理解和宽容蔚然成风。1517
年，伊拉斯谟把《和平怨诉》（*Querela Pacis*）那本书送给乌
得勒支的主教菲利普·迪博尔戈尼亚（Filippo di Borgogna）；
而1516年，他把《基督徒君主指南》（*Institutio christiani
principis*）献给了未来的查理五世（Carlo V），在那本书中伊
拉斯谟明确用基督教君主反对暴君（"暴君用暴力、奸诈和最
背信弃义的方式统治国家；只关心个人的利益。真正的国王从
聪明、理智和仁慈中获得启示，只关心国家的利益"）。并非偶
然，这本书也想提醒世界上有权有势的人要维护正义，并把它
置于柏拉图的标志之下，为此大段引用了15世纪初人文主义
者们喜欢听的柏拉图的话，瓜里诺·达维罗纳回忆了当时的情
况，并向费拉拉的君主莱奥内洛·德埃斯特提出他的建议。

> 柏拉图唯一要从事的，就是培养共和国的管
> 理人；他认为那些人比其他人优秀的地方不在于财
> 富……而在于智慧。他说只要哲学家没有成为统治
> 者，或者统治者不喜爱哲学，国家就决不会治理好；
> 需要理解，这种哲学并非要对原理、最初物质、运动
> 和无限进行争论，而是要让心灵从粗野人群的偏见
> 中，从有害的主张中解放出来，按照永恒神圣的模式
> 表现良好的统治。[Opus epistolarum, ed. 艾伦(Allen),
> n. 393]

那个年代正是马基雅维里在奥里切拉里别墅议论并起草
《言论集》（*Discorsi*）的时期；他注视着——正如维科（Vico）
所说——罗慕洛的废墟。他观察过去，罗马历史的残酷现实；　[93]

115

在当时形势中，他更注意的不是洛伦佐·德美第奇，而是切萨雷·波几亚：更关注的是人的可怜，而不是人的伟大。经验向他展示的是狐狸和狮子。伊拉斯谟忠实于人文主义的诉求和人在自由选择中的信仰。马基雅维里在《君主论》的著名的第18章中说，由于在人身上总是存在着兽性，"对于一位君主来说，必须懂得使用兽性和人性"，他向君主们建议使用"绳套"和狼的残忍。1523 年，马丁·路德（Martin Lutero）① 把他的著作《论世俗权力》（*Von Welltlicher Uberkeytt*）献给萨克森的约翰（Giovanni di Sassonia），其中谈到上帝把人民置于君主们的刀剑之下，对他们也应当使用"绳套"和链条，如像对待凶猛的野兽一样，不能让他们按照他们的本性伤人。马基雅维里和路德看到在欧洲蔓延的战争。马基雅维里发现，"跟随教会和神甫"，基督教徒们都"变得不信教和坏了"，在古代价值标准崩溃和在其上面建立的体制倒塌时，需要采用一切手段建立新

---

① 马丁·路德（1483—1546），16 世纪德国宗教改革运动的倡导者。出生于德国埃斯勒本一天主教家庭，父亲原是一贫苦农民，后来成为小铁厂厂主。路德童年在贫困中度过。1501 年进入莱比锡大学学习。1507 年成为教士。1508 年在爱尔福特大学教哲学。1512 年获神学博士学位，并任维滕堡大学神学教授。1517 年他在维滕堡教堂的门上贴出题为《关于赎罪券效能的辩论》的 95 条论纲，成为宗教改革的导火线。他主要认为：教士不是人与上帝之间的中介，教徒只凭信仰灵魂就可以得救，而不必通过教士主持的各种宗教仪式；强调《圣经》的权威，轻视教皇的敕令。认为教皇无权干预世俗政权。提倡廉洁教会，废除教阶制和繁文缛节。教皇利奥十世于 1520 年 10 月宣布开除他的教籍，他于 12 月 10 日公开烧毁教皇通谕表示对抗。当时神圣罗马帝国皇帝查理五世为了在政治上与法国抗衡，希望得到教皇的支持，也反对路德的改革，要逮捕他。但路德得到萨克森选侯的保护，隐居瓦特堡，并着手将《新约全书》译为萨克森方言，为德语的发展作出贡献。1525 年与当过修女的凯萨琳结婚，开创了改革神甫独身的先例。他一生著作甚丰，有论文、圣诗以及同门徒的对话《讲道集》等。（参阅《世界历史辞典》，上海辞书出版社 1985 年版）

的秩序。路德则认为，人性是盲目的和犯罪的，在人性之上应当无限地使用刀剑的权力。

15 世纪有许多文章反对伊拉斯谟所继承的乐观的人文主义观点。面对马基雅维里所分析的残酷的现实，伊拉斯谟把希望寄托在一种人的品质上，一种不亚于古代的新的价值中。在勒芬出版的托马斯·莫尔的《乌托邦》，后来又被伊拉斯谟再版，不是任何其他地方，而正是描写的那个幸福城市，吸引亚美利哥·韦斯普奇（Amerigo Vespucci）写出他的旅行报告。从哥伦布（Colombo）和韦斯普奇经历过的地方，可以看到在乌托邦岛上实现自由和正义的理想；柏拉图主义的梦想，在一度几乎成为意大利城市——国家中的可行计划之后，现在却变成遥远的期盼，一个经过深刻危机后的希望实现的目标。并非偶然，莫尔的著作以呼吁一种精神的和平和共同的生活而结束。在乌托邦岛上有各种宗教，但这些宗教都会聚于崇拜高于人的智慧和分布在整个宇宙中的某种神性为目的。但是，居民 [94] 们听到基督讲话，接受他的吸引人的思想，主要因为耶稣赞成人类的共享（"quod Christo communem suorum victum audierant placuisse"）。

当对一个分裂和磨难的社会，感觉越深刻和越强烈时，希望回到和平、安宁城市中生活的愿望，也就变得越活跃和越高昂。早期人文主义者所喜爱的，现实的城市和理想的城市可能相吻合的幻想，已成过去；但并不因此，一个现实的城市就停止参照另一个的理想。它们构成 16 世纪悲剧事件中，普遍存在的紧张关系的两极。总之，可以肯定的是在乌托邦中，这位罗马教会未来的圣徒，不仅提出了一个罕见的智慧计划，而且描绘出人文主义道德的突出特征：它相信人，需要和平、平等、兄弟般友爱、人类的共享。乌托邦并未在任何地方实现；而似乎在每个地方取得胜利的都是马基雅维里的狐狸、狼和狮子。然而希望在新时代仍然存在，例如在 16 世纪幸运的城市中，继续存在对人的新教育。1534 年，巴尔托洛梅奥·拉托姆斯（Bartolomeo Latomus）在法国寄宿学校的一次讲话中说，他相信在即将来临的新时代中，将出现普遍的再生，能够为各民族带来和谐，为各国带来秩序，为宗教带来和平，为愉快的生活带来幸福，各方面都充满繁荣。一年以后，1535 年 7 月 6日，托马斯·莫尔走了上断头台。

> 托马斯·莫尔伟人
> 走上断头台接受死亡：
> 下面是一个暴君，所有聪明人
> 等待同样命运。

　　国家结构的变化，宗教冲突，战争，各种矛盾，16 世纪的特征所呈现出的是马基雅维里式的悲剧性的现实，而不是伊拉斯谟式的人文主义社会。

> 啊，法国真遗憾！啊，血腥的土地！
> 不是土地，而是灰烬。

[95]　　阿格里帕·欧比涅（1552—1630）的《悲歌集》（*Les Tragiques*）似乎带着死亡的味道，带着巴洛克的装饰，真正结束了文艺复兴的悲剧。

这里，一棵树用它根上的新枝，
攀爬在活的主干上，敞开胸怀。
那里，浑浊的水在沸腾，然后散开，
露出带发的清醒的头，
如像游泳者从水深处浮上来。
已摆脱死亡，如同一场梦。

十　宗教批判和革新的原因

这里有弗朗切斯科·圭恰尔迪尼回忆中最有名和最富于特征的一段话，它对于罗马教廷和它的枢机主教们来说，可说是警钟长鸣：

> 我不知道有谁比我更讨厌教士们的贪婪、吝啬和奢侈：由于每一种这样的毛病都招人憎恨，而且每一种和全部这些毛病都不太适合于表现在献身于上帝的人身上……但我有幸同多位教皇在一起，由于我的特殊工作，我必须景仰他们的伟大；如果不是出于这种尊敬，我宁愿爱马丁·路德甚于我自己：这并非是我想不遵循共同所理解的基督教奉行的教规，而是想看到这些邪恶之徒得到恰当的处理，即是说或者让他们继续留下来，去掉那些毛病，或者让他们失去权威。
> (Ricordi, ed. *R. Spongano*, Firenze 1951, n.28)

弗朗切斯科·圭恰尔迪尼（1483—1540）曾经服务于美第奇家族的两位教皇：利奥十世（Leone X, 1513—1521）和教皇克力门七世（Clemente VII, 1523—1534）；但是，他对罗马教会的评价，与我们在马基雅维里的《言论集》中看到的并无不同。马基雅维里也认为教会与教士们使意大利人"不信教和变坏"；而在政治上，由于教会的罪过，使意大利处于分裂状态。这两位历史学家明确地把基督教同罗马教会区别开来，把宗教感情、道德危机，同政治上的致命行为区别开来。在理解文艺复兴中心问题之一，即宗教问题上，我们需要认真考虑它的不同方面，因为如果说在神职人员，特别是正规神职人员的作风方面，争论比较明显的话，那么更重要的症结还在其他地方：在注释学和历史的领域；体制的等级方面（最高权力属于教皇，还是主教会议［Conciglio］?）；同其他宗教的关系；世俗权力问题；以及最后，需要回到基督语言的真实性上的问题。 [97]

相反，倒是需要初步梳理一下所谓文艺复兴中"异教"的戏剧性，古代众神的回归或残存的问题。实际上人们经常谈到人文主义的异教化，新异教的文艺复兴，需要指出的是，这里反映出的不仅是文学爱好，还有所谓的宗教仪式和可能的兄弟会慈善组织。在日常生活的习惯中，这种倾向总体来看已大大超越了个人的时髦或怪僻。异教的神性不仅表现在木板画和壁画上；还表现在神庙和崇拜者身上。基督教不仅在一个地方被取代；伴随着基督教人文主义的，还有或明或暗地表现出来的异教人文主义，它为作为盛期文艺复兴特征的自然主义表现，作好了准备。由西吉斯蒙多·马拉泰斯特为表示对渎神的伊索塔（Isotta）的爱，在里米尼修建的神庙，就具有象征性意义。

说真的，如果离开了某种对文学、艺术的爱好，新异教形式不仅在信仰、仪式中，而且在风俗习惯和鉴赏力中，都不会表现得特别引人注目。古代的众神回到了诗歌和艺术中，其实他们也从未从中消失过。不过，他们是回到了经过修复和历史化的，古代神话的真正美当中：不再是可怕的魔鬼们，而是古代希腊罗马世界中的年青的众神。作家们有意识地提出古代的宗教问题，除了寓言中的人物形象以外，他们还想展示一下全人类共同希望的宗教：用信仰中不难看出人类根本一致性的理智神学，去代替古代神话叙述中原始的"诗的神学"。

[98]　　　至于在占星术和巫术的实施中所说的星星上的神，只不过是中世纪传统的延续，这方面也发生了变化，通过阅读经典著作，马尼利奥（Manilio）、费尔米科·马泰尔诺（Firmico Materno）、托勒密都在外衣下发现了它们。但在文艺复兴时期，巫术和占星术至少还是有所不同：在哲学和科学方面，无疑也有某些事例和倾向，对于它们也许可以正确地称之为新异教主义；但是，它们在文学上的例子是零星的，没有许多跟随者，或是表达一些不同含义需要的简单方式。也许在这方面表现更为明显的，是那位著名的乔治·杰米斯托·普勒托，他是拜占庭学者，为了教会的统一到佛罗伦萨来参加主教会议，他在那里宣扬回到新柏拉图主义。他是梦想通过恢复古代众神，回到伟大古典时代的希腊全国流派的成员，在米斯特拉的摩里亚君主国里组织了一批追随者。沿着柏拉图的足迹，杰米斯托描绘出一个带有"文明"宗教的"共产主义"社会。认为在即将宣布的其他宗教"谎言"破灭之后，希腊众神将会重新回来统治。他除了是研究柏拉图、新柏拉图主义的学者之外，还研究朱利亚诺（Giuliano）皇帝；似乎还懂得希伯来神秘学；阅读和评论隐晦的神谕，但他的立场观点非常复杂。从被他的主要反对者乔治·斯库拉里奥斯当作亵渎神灵而被销毁的他的重要著作《法律》（Le leggi）的残篇来看，他除了拯救国家的梦想

之外，他的宗教主要是从崇拜自然、天空、星星和太阳中吸取力量。可以想到拜占庭人米凯莱·马鲁洛（Michele Marullo）的著作《歌颂自然》（*Hymni naturales*）高昂的和得到启示的主题，马鲁洛是一位诗人和战士，1500 年死于意大利。

　　总之，即使杰米斯托的理论在某些生活在意大利、相信神秘柏拉图主义的希腊人中产生了某些影响，以及在以马尔西利奥·费奇诺教士为大师和预言家的柏拉图时髦圈子里有某些 [99] 吸引力，也不能说他的言论赢得了广泛的追随者。但对于他同罗马的学术界，或者说同 15 世纪下半叶聚集在罗马的朱利奥·蓬波尼奥·莱托（Giulio Pomponio Leto，1428—1498）周围的那些文人们之间的某些联系，却很难做出推断。此人即使在文化上的分量不太重要，但他大概是 15 世纪"异教"问题上最明显的例子。蓬波尼奥·莱托是 15 世纪上半叶罗马的桑塞韦里诺（Sanseverino）贵族的非婚后裔，他热爱古代遗留下来的东西，经常在古罗马废墟中转悠，有时被人当作鬼魂。他是大学教授，在他的周围聚集了一批热情的年轻人，其中有两人引人注目：菲利普·博纳科尔西·达圣季米涅亚诺（Filippo Bonaccorsi da San Gimignano）和巴尔托罗梅奥·萨基·达克雷莫纳（Bartolomeo Sacchi da Cremona），或者说按照当时的习惯，使自己的名字富于古典的味道，称他们为体验者卡利马科（Callimaco）和普拉蒂纳（Platina）。在教皇保罗二世 [彼得罗·巴尔博（Pietro Barbo，1464—1471）] 当政时，很不满意他的前任们在教廷里使用的文人，普拉蒂纳看到他曾经在教皇庇护二世时，私下购买的教皇宫廷里容易获利的职位被剥夺，十分愤慨，便同教皇发生了冲突，教皇一怒之下便把他关进了监狱。另一位，博纳科尔西，是个十分活跃和有主见的人，他后来的行为都证明了这一点，他同所有的宗教都拉开了距离。而莱托本人也不满意，因为没有付给他大学教授的工资。"罗马学园"（Accademia romana）的情况就是这样：一批由穷困、不安和迷恋过去的学者们所组成，他们对过去的向往，更多是出于迷恋古代的建筑，而不是考虑政治方面的问题。他们给那些建筑标上古代的名称，并非如后人所说憎恨洗礼的命名，而实际上是追随流行的时尚。如科拉·迪里恩佐当时在罗马废墟之间怀念共和国的自由，或较近年代的斯特法诺·波尔卡里（Stefano Porcari）那样，他是一位能言善辩的骑士，是佛罗伦萨文人们的朋友，曾在那里当过保民官，受到莱奥纳尔多·布鲁尼和波焦·布拉乔利尼文化的影响。波尔卡

[100] 里是一位坚定的共和主义战士，曾阴谋反对最富有人文主义思想的教皇尼可洛五世（Niccolò V），1453 年 1 月 9 日被吊死。他的案子并非罕见的知识分子阴谋案例之一，他们阅读萨卢斯蒂奥（Sallustio）和恺撒的著作，在某种敌对势力秘密煽动下，有时虽然杀掉一个"暴君"，但迅速又出现另一个替代的暴君，阴谋者一旦被捕，常常被送上绞刑架，但他们临死时更多想到的是布鲁图（Bruto）①，而不是基督［如佛罗伦萨的彼得罗保罗·博斯科利（Pietropaolo Boscoli）在那不幸的 1513 年 2 月 23 日黎明］。

在蓬波尼奥·莱托周围的罗马学者们，习惯于说教士们的坏话；他们中至少有部分人放荡不羁，缺乏信仰，因此便获得了唯物主义者和伊壁鸠鲁主义者的名声［从博纳科尔西

① 马可斯·尤尼乌斯·布鲁图斯（Marcus Junius Brutus，前 85—前 42），罗马共和国元老院议员，共和主义者，参与了对恺撒的谋杀，志在恢复共和。事后逃往希腊，准备抵抗恺撒的继承者，在与屋大维和安东尼的联军作战失败后自杀。

124

（Bonaccorsi）的著作看，似乎只有他是真正的"唯物主义者"]。
他们有些古怪的癖好，如到地下坟场里去走动，在墙壁上刻下
铭文，如像罗马人那样让它们保留下来。不能说他们真正举行
过什么异教徒的仪式，但是他们喜欢庆祝罗马历史上的一些有
名的节日。但是，他们中间的坚定分子如威尼托人马尔科·孔
杜尔梅尔（Marco Condulmer），学者们中有格拉乌科（Glauco）、
卡利马科和普拉蒂纳，他们为了推翻教廷政府，策划在 1468
年的"圣灰星期三"① 某个时刻谋害教皇。虽然经过精心策划，
但是由于密谋者在谈话间粗心大意，走漏了风声，这样负责人
便轻易地遭到了逮捕。卡利马科和格拉乌科作为最大的嫌犯从
罗马逃往波兰，稍后博纳科尔西在那里做了一项重要的政治和
文化活动。教皇保罗二世开始时很强硬，后来就让这桩严亘的
案件不了了之，最后密谋者们都获得了自由。莱托以有众多学
生的知名教授而结束一生；普拉蒂纳在得到保罗二世的后继者
赦免之后，回来成了梵蒂冈图书馆的优秀管理员，并编写了第
一部从耶稣到他的时代的教皇史，其中对他憎恨的那位教皇，
被他描绘成一副凶恶的形象。

　　总之，在古典著作影响的背景下，在企图用武力推翻罗马
教皇统治方面，这是我们所掌握的最主要的具体材料。如像西 [101]
塞罗反对喀提林所作的修辞学演说那样，带着无视宗教的"唯
物主义"观点的案例，很难找到。虽然也有一些人的零星的奇
怪行为，他们企图从仪式上解读古代文献，从中吸取强烈的

---

① "圣灰星期三"，基督教节期大斋节的第一日。在棕枝主日前 40 天（星期三）
举行。从即日起开始守斋。当天教会举行涂灰礼，把祝圣过的棕枝烧成灰，涂在
教徒额上，表示思罪和忏悔。

宗教启示：特别是有关赫尔墨斯神秘主义（ermetismo）[①] 的论题。马尔西利奥·费奇诺编写的富于梅尔库里奥·特里斯梅季斯托（Mercurio Trismegisto）寓言特征的"神学"小册子成为时髦，首先在爱好神秘感的文化圈子里流传，那些人希望找到神秘的教导，能够揭开存在的神秘面纱，更好地得到那些伟大的宗教书，通过简单、直率的"道德"说教，所难以达到的目的。实际上与占星术和巫术关系密切的赫尔墨斯神秘主义神学，在中世纪已普遍存在，除了拉坦齐奥（Lattanzio）引用它之外，在《阿斯克勒庇俄斯》（Asclepius）中也有所叙述，认为它是由阿普莱伊奥（Apuleio）翻译的。1460 年左右，一位名叫莱奥纳尔多·达皮斯托亚（Leonardo da Pistoia）的修士，从马其顿来，给科西莫·德·美第奇带来了一本赫尔墨斯神秘主义的书，希腊文的《文集》（Corpus，现在的圣洛伦佐手稿 71、33），科西莫把它给了费奇诺，让他翻译。以后很快又由费奇诺的追随者托马索·本奇（Tommaso Benci）把它翻译成了俗语，拉丁文本于 1471 年在特雷维索出版，受到很大欢迎，不断传抄和重印。那是一本混合编排得很好的书，既有理论，又有插图和对愿望的表示，充满巫术—占星术幻想、神秘主义和东方神秘的爱。这些毫不费力地便同一些阿拉伯著名的仪式巫术和招魂术论文联系在一起，那些论文在中世纪后期被

---

① 赫尔墨斯神秘主义（ermetismo）来源于古代希腊神话中的人物 Ermete Trismegisto，赫尔墨斯（Ermete）是宙斯的使者，亡灵接引神，Trismegisto 是"三倍极其伟大"的意思。他与埃及的陶特神（Thot）的作用相似，罗马神话中称他为墨丘利（Mercurius），掌管商业、畜牧、竞技和演说，认为他是神的意志的泄露者和神与人之间的联系人，既有语言文化又会巫术，是 *Corpus hermeticum* 一书的作者，占星术和炼金术的庇护人。

126

翻译成西班牙文和拉丁文并广为流传，如费奇诺在他的《论生命》(*De Vita*) 第三本书中多次引用"魔鬼的"《皮卡特里克斯》(*Picatrix*, Ghāyat alhakīm dello pseudo-al-Majrītī)①。稍后，又同希伯来神秘哲学交织在一起：混杂着拉伊蒙多·卢禄 (Raimondo Lullo)② 的文章或他自己写的文章，这样便形成了一道神秘的光环。响起了超自然力量认可的声音，非同寻常的启示，如此等等。一些人被它们的魅力的吸引，如红衣主 [102] 教库萨的尼古拉、马尔西利奥·费奇诺、乔瓦尼·皮科·德拉米朗多拉，以及后来法国的一些人，如16世纪上半叶的查尔斯·德博韦莱斯 (Charles de Bovelles)、勒菲弗·德塔普莱斯 (Lefèvre d'Etaples, 约1455—1536)、让·桑福里安·尚皮耶，更不用说还有点像怀疑论者的"巫师"科尔内利奥·阿格里帕·迪内特斯海姆 (Cornelio Agrippa di Netteshein)。在这样具有首创精神的气氛中，有时不仅培育出"学园"，即那些主要以研究为目的的知识分子群，而且也可能培育出某些组织上更为稳定的"团体"，相同志趣的人在一起，怀着革新宗教的意图。我们可以从16世纪的书信集中找到这方面的反映，例如在1515年阿格里帕的信里，谈到他在帕维亚授课的情况，此外他还讲授了由费奇诺翻译成拉丁文的特里斯梅季斯托 (Ermete Trismegisto) 的著作。(Oratio habita Papiae

---

① 《皮卡特里克斯》：古代阿拉伯的星象魔法书，用阿拉伯语写成于11世纪。全书包括了丰富的天文学理论知识，认为星体运动能够对人产生影响，并有许多从星体运动中获取力量的咒语。

② 拉伊蒙多·卢禄（约1235—1315），中世纪西班牙经院哲学家，曾在巴黎任教多年，坚持奥古斯丁主义，认为哲学依附神学，理性依附信仰，反对阿威罗伊的双重真理说，认为把哲学和神学截然分离是荒谬的。(参阅《外国哲学大辞典》，上海辞书出版社2008年版)

in praelectione Hermetis Trismegisti,"de potestate et sapientia Dei", Anno MDXV, in Opera, II, p. 1089 e sgg）不过，似乎这些例子都没有超越文化领域的界限。

1484 年 4 月 11 日，在罗马有一次奇怪的赫尔墨斯神秘主义布道仪式，主角是 15 世纪末的乔瓦尼·梅尔库里奥·达柯勒乔（Giovanni Mercurio da Correggio），他被逮捕并在博洛尼亚和佛罗伦萨接受宗教法庭的审判，但后来又活跃在法国。他也是许多"新世纪"的宣布者之一，但这次是与赫尔墨斯神秘主义有关，尽管后面没有跟随着"群众"，却与意大利和法国的学者们有联系。即使他们的文章先在意大利，后又在欧洲传播，以及由于当时的气氛，并未被人们所忽视，但对于这样的零星事件也不必过于重视。而值得注意的是，它们的重要性并不在人民所信奉的宗教生活方面，而在艺术领域和一般知识界的反应中：在造型艺术、哲学思想、伦理学的辩论中，在复兴科学、反对巫术的浮夸和占星术的梦想中。如果从这个角度看，赫尔墨斯神秘主义就值得高度重视，并且它的重要性会越来越明显——首先通过弗朗西斯·耶茨（Frances Yates）[①] 坚持深入的研究——将成为在现代意识的形成中突出的成分之一：一种模糊对话的参与者之一，它不时支持矛盾的双方：人的能力和非理性的胜利。此外，一个如此重要的主题，它从《古老神学》（*prisca theologia*），即从一种极其古老的共同启示中，获得营养和从中得到力量，颂扬"神圣的人"：啊，伟大的阿

[103]

---

① 　弗朗西斯·耶茨（1899—1981），英国女历史学家，毕业于伦敦大学，她专注于文艺复兴时期的研究。自学意大利语，主要探讨文艺复兴时期赫尔墨斯神秘主义与现代科学之间的关系。著作有 *Giordano Bruno and the Hermetic Tradition* 和 *The Art of Memory* 等。

斯克勒庇俄斯，人真是奇迹（Magnum, o Asclepi, miraculum est homo）。

实际上新文化对宗教的影响，主要在于说明过去多少世纪以来，遵循的伟大经验已经枯竭。世俗生活的乐趣和它的好处，本质上是"渎神的"，如果说人们已改变了对死亡的恐惧和看法，从总体上讲是不利于宗教的。最近一次大的人民运动，即 1399 年的"白党"（Bianchi）表示虔诚的活动，从德尔菲纳托（Delfinato）①发展到意大利，形成一个大规模的忏悔性的朝圣行动，一位编年史家乔瓦尼·塞尔坎比（Giovanni Sercambi）说，它的产生正是因为如今"君主们、高级教士们、贤哲们"的不作为。文艺复兴的"新时代"，并没有带来新的宗教、虔诚或崇拜，也没有新的异教；新时代以致力于启蒙和批判为特征，尽可能提升道德或内心世界方面的改革。因此，它的重点在于反对教士们的腐败，反对教会对世俗权力的贪婪，渴望内心对宗教的信仰、主张不同宗教信仰之间的和平、相互理解和宽容。人们并不害怕即将发生什么事；尽管土耳其在扩张，成千基督徒遇害，教皇庇护二世对建立十字军的号召还是无人响应，对"反基督"的言论也漠不关心。这里可以举一个 15 世纪最活跃的布道者为例，圣贝尔纳尔迪诺·德利·阿尔比泽斯基·达锡耶纳（Bernardino degli Albizzeschi da Siena，1380—1444），他受大众欢迎在于他的简单的道德言论，和对日常生活现实问题的敏感，以及说话时对听众彬彬有礼，使得人们爱听他讲话。

批判神职人员的腐败和伪善，特别是行乞教派的腐败和伪

---

①　德尔菲纳托，即多菲内省（Dauphiné），为法国东南部一地区的历史名字。

[104] 善，是所有人文主义者的共同论题。他们把先前俗语文学提供的奇闻轶事和概述，进行整理、组合、深化和扩展作为题材。教会的分裂、主教会议和教会内部的斗争，加剧了信徒们对形势动荡的忧虑。人文主义者们对教会腐败的批判，更是毫不留情；14世纪末，科卢乔·萨卢塔蒂便嘲笑布道们白费力气，他们使用的修辞学词汇都是落后的，装腔作势地寻求妇女们的掌声。莱奥纳尔多·布鲁尼在他的著作《反伪善者》（*Contra hypocritas*）中痛骂修士们的故意做作和贪婪。波焦·布拉乔利尼赞扬季罗拉莫·达布拉格（Girolamo da Praga）如古代英雄一样，有面对火刑的勇气，同时谴责僧侣们道德上的腐败。在《论贪婪》（*de avaritia*）中，认为他们的行乞、无所事事和懒惰都是傲慢的表现，并对其他人带来伤害。无疑这些人文主义者中，不少是虔诚的基督教徒：萨卢塔蒂和布鲁尼都是这样的人。所有人都愤愤不平地指责教会的腐败和行乞教派的伪善和贪婪。他们撰写文章、书信和对话，为后来的改革家们在争论中提供材料。所有人都怀念最初的纯洁，所有人都怒不可遏地呵斥某些修士们宣扬苦行和高尚行为，而背地里却受贿、行贿、无所事事和堕落；他们鄙视尘世的财富，却剥削他人劳动所得；他们颂扬贞洁，却迷恋于无节制的淫荡生活。

埃内亚·西尔维奥·皮科洛米尼担任教皇后用的名字是庇护二世，年轻时在巴塞尔主教会议上曾激烈反对"保皇"党，勇敢地捍卫主教会议，认为它应享有最高的权力，1440年他把教会内部的矛盾比作一个聚满水、快到崩溃程度的水坝。人文主义文化随着尼可洛五世的任职走上了讲台，他原本是庇护二世执政时教廷的重要成员之一，他为宗教生活带来革新和激烈的争论。在经院神学中，他看到伪造的基督启示的人性；在行乞教派里他看到无知、迷信和伪善；在贪恋世俗权力上他不仅看到腐败，还看到那是信徒们产生分裂的根源。为了反对这些，他祈求如使徒时代那样正本清源和信仰的内在性。洛伦佐·瓦拉（1407—1457）是 15 世纪人文主义者中最杰出的人物之一，他表现出能够把新文化最重要的特征同该世纪宗教方面最深刻的需要结合起来。他是一位真诚的基督教徒，在他的一本著名的书《论真正的善》（De vero bono）中捍卫愉快和欢乐所带来的尘世生活的神圣，反对无益的苦行、不生育，和僧侣们常常表现出的虚伪的贞洁，以及其他一切贬低生活和世界美的看法。他在一篇极富争论的特殊文章《论宗教职业》（De professione religiosorum）中，用"伊壁鸠鲁"一词的深刻含意，带着强烈的讽刺，系统地驳斥僧侣们的矫饰。

这位杰出的历史学家和语言学家，在 1440 年写的著名著作《讲演录》（Declamatio）中，说明所谓君士坦丁赠礼的虚伪性（De falso credita et ementita Constantini donatione），讨论了教会世俗权力的法律基础。他的朋友库萨的尼古拉在他之前就这样做过了，继他之后还有埃内亚·西尔维奥·皮科洛米尼。但是，在瓦拉身上不仅有娴熟的历史和语言学知识；而且渴望人们精神上的统一，反对由于占有欲造成的贪婪而带来的分裂；呼吁基督教的和平，盼望宗教成为内在的表现，并体现为人们之间的兄弟情谊。他的一部哲学著作《论自由意志》（De libero arbitrio），深受莱布尼茨欣赏，曾大段引用。而他拒绝经院神学，赞扬信仰是灵魂同上帝之间的关系，是人类理智所不可触摸的。洛伦佐·瓦拉作为反亚里士多德、反托马斯、反经院哲学的学者，通过他的著作《校对》（Collationes）开辟了一条对圣经文本的批判道路，他把《新约全书》（Nuovo

Testamento）的俗语文本同希腊文本进行对比研究：此项革新工作的重要性引起伊拉斯谟的高度重视。

[106]　　洛伦佐·瓦拉尽管受到来自各方面的指责，并威胁要审判他，但是无疑他还是比任何人更好地阐明了新文化在对待基督教问题上的价值。虽然他对教会的欺骗行为持激烈的批评态度，但他感觉到作为精神上十分虔诚的宗教徒，正应该拒绝把基督教的经历同亚里士多德的逻辑学和物理学混为一谈。他是辩证法的革新者，同库萨的尼古拉一致主张避免由于对世俗权力奢望而引起战争，祈求信徒们的团结，信仰的和平（"pax fidei"），以及人们之间的和谐相处。如果假设他对君士坦丁赠礼文件的否定，使乌尔里希·冯·胡滕（Ulrich von Hutten）高兴的话，他在宗教问题上所采取的立场也使卢多维科·维夫斯，特别是使鹿特丹的伊拉斯谟感到喜欢。他的名字和他的著作将长期保留在整个欧洲文化中，他的传播很广的作品《典雅》（*Elegantiae*），不仅把拉丁文的优美风格，而且把法学和神学中重大革新的内容介绍到了各处。

　　洛伦佐·瓦拉、埃内亚·西尔维奥·皮科洛米尼、红衣主教库萨的尼古拉，都生活在教会分裂和主教会议之间，而当基督教会处于痛苦和分裂状态时，土耳其的威胁又日益逼近。1439年，在佛罗伦萨召开主教会议，企图把基督徒联合起来，但徒劳无益。1453年5月29日黎明，君士坦丁堡陷落，罗马帝国失去了最后的疆土，似乎真正结束了一个时代。在这个最强烈的悲惨危机时刻，人们听到人性的共同声音，痛苦地提出在理论、宗教和信仰方面的多元化问题。意见是多种多样的，但本质上只有一个：超越仪式、象征物、语言的多样性，人类应找到某种一致与和谐之处，因为宗教在本质上是人与上帝的内在关系，表面上不同，但实质上是一样的。在这样的背景下，不仅可以解释瓦拉伤心地祈求和平，而且可以解释教皇庇护二世致苏丹的信，或库萨的尼古拉的《论信仰的和平》（*De Pace fidei*）那样罕见的文章。瓦拉、库萨的尼古拉、庇护二世，都在同一个文化环境里活动，他们的作品之间的相互影响是很明显的。这样，庇护二世可以邀请苏丹批判地审视自己的信仰，皈依基督教，革新腐败的基督教会，治疗人类分裂的创伤。库萨的尼古拉的《论信仰的和平》超越争论和当时的宣传，发出人文主义文化深切渴望的声音：重建人类精神上的团结，使人们超越宗教仪式上的差别，实现和平，协调他们之间和他们同上帝之间的关系。该著作写于 1453 年君士坦丁堡陷落之时，库萨的尼古拉的文章充满对和解的殷切期望，通过微妙的哲学辩论，为了最终实现"在理智的天空中宗教的和谐"（"in caelo rationis concordia religionum"）清晰地表达出来。[107]

也许这个主题中引人注目的最重要的一部分成就，是鹿特丹的伊拉斯谟（1469—1536）的著作，他用罕见的直率把洛伦佐·瓦拉的尖锐批判和人文主义的革新热情结合起来。1517 年 10 月，他从巴塞尔写信给方济各会修士乔瓦尼·加奇 [Giovanni Gacy, *Opus epistolarum*, ed. 艾伦（Allen），n. 1891]，雄辩地表明了自己立场的某些特点，并引用他的著作中某些突出的部分；由于它特殊的作用，为了理解它，也许最好先不在这里展开谈。面对神学上的相互憎恨和放肆的争吵，他首先声明，即使愿意，他也不能恨任何具有真诚信仰的人（"viros in quibus relucet syncera pietas, etiam si velim, odisse non possum"）。至于他的信仰，难道他的语言学没有把基督教教义的源泉和《新律》（*Nuova Legge*）本身的戒律，先修复和清洗干净吗？

> 难道不是我还给你们可怜的腐败了的圣季罗拉莫（San Girolamo）？给你们比过去更腐败得多的圣安布罗焦（Sant'Ambrogio）？向你们提供经过无限辛苦洗干净的圣伊拉里奥（Sant'Ilario）？并且难道不是我使伊雷内奥（Ireneo）和阿尔诺比奥（Arnobio）重见光明？难道我没有献给你们克里索斯托莫（Crisostomo）和阿塔纳西奥（Atanasio）的许多页著作？最后，难道不是我再给你们还原、解释首先是基督教哲学的源泉，即《新约全书》？

[108] 　　当然，他并不喜欢基督教修会、规则、服装方面的几乎无限制的多样性；相反，他要把沦为吹毛求疵玩意的神学，重新恢复到原始的纯真状态。他恢复教会圣师们原始的美；他使基督教文献成为"好文献"；他对革新语言的学习作出了贡献；他唤醒世界聆听更为纯正的基督教教义。（"theologiam nimium ad sophisticas argutias delapsam, ad fontes ac priscam simplicitatem revocare conatus sum. Sacros Ecclesiae doctores [……] suo nitori reddere studuimus. Bonas litteras, ante propemodum paganas, docui sonare Christum. Linguis reflorescentibus adfui, pro mea quidem virili"）

　　他使基督教文献成为"好文献"：在方济各会修士乔瓦尼·加奇的激烈攻击面前，伊拉斯谟认为这是他自己的功劳。实际上他更是瓦拉的学生，而不是在他国内流行的"现代虔诚"派的追随者；如果说没有淡忘那种洋溢在"文德尔斯海姆红衣主教会议"（Congregazione di Windelsheim）上和"共生兄弟会"（Fratelli della vita comune）里的爱的话，在代芬特尔通过亚历山大·范·黑克（Alexander van Heek），黑吉乌斯（Hegius，1433—1498）在鲁道夫·胡斯曼（Rudolf Husman）身上感到如此鲜活的意大利影响，阿格里科拉（Agricola，1444—1485）是瓜里尼学校的学生，与黑吉乌斯有联系，在他的著作《论辩证法的发现》（de Inventione dialectica）中传播了瓦拉某些最重要的思想和对经院哲学的批判。《典雅》（Elegantiae）和《辩证法》（Dialecticae）在荷兰都是很神秘的，当伊拉斯谟在 1492 年 4 月 25 日接受圣职时，他应该已知道这些著作。在巴黎，已不再是蒙太居寄宿学校里让·施坦东克（Jean Standonck）的枯燥乏味的禁欲主义，而对反对三位一体的冷军罗贝尔·加甘的人类之爱更感兴趣，而此人既是马尔西利奥·费奇诺的朋友，也是乔瓦尼·皮科·德拉米朗多拉的朋友。在 15 世纪末那段时期，他的巴黎是勒菲弗·德塔普莱斯的巴黎，1492 年他从意大利回去时充满费奇诺的柏拉图思想，对隐秘难懂的书籍感兴趣，希望在尼可洛·库萨的尼古拉的著作中找到伪狄奥尼修斯（Pseudo-Dionigi）的神秘主义，并在 1514 年编辑出版。

巴黎之后，是托马斯·莫尔和约翰·科利特（John Colet，1467-1519）的英国（1499—1500）；或者说批判的人文主义的传播，但其中也包含着柏拉图背景下乔瓦尼·皮科和萨伏那洛拉的"爱"。在莫尔和科利特身上，在威廉·格罗辛（William Grocyn，约 1446—1519）和托马斯·利纳克雷（Thomas Linacre，1460—1524）身上，伊拉斯谟看到从神学到科学的各个方面，新文化的部分更为坚实。英国那里结出的 [109]

果实是，除了学习希腊文以外，与其说是在文学方面，还不如说是在伦理和宗教方面，第一个成果就是《基督徒战士手册》（*Enchiridion militis christiani*），其中皮科所喜爱的论题"精神武器"被确切地理解为呼吁对内心世界的关注，再次谴责修士的迷信，召唤精神的内省，反对仪式的外在性。宗教并不存在于仪式中，这是伊拉斯谟想表明的；他想说——科利特回忆道——"矫揉造作是个遗憾"，正如某些人为其他科学做的那样。约翰·赫伊津哈（Johan Huizinga）不可避免地在《手册》和《模仿基督》（*Imitation Christi*）之间进行了比较："宗教的艺术！如果伊拉斯谟知道还有一篇论文：60 年前由荷兰另一位奥古斯丁会修士托马斯·达肯皮斯（Tommaso da Kempis）写的《模仿基督》，他将会感到惊讶，也许他会向世界讲更多更深刻的话，而不会满足于他的那本小册子。"但是，也许正是在比较中更好地了解新教的论调，才能更好地认识伊拉斯谟的人文主义，以及把《手册》同《愚人颂》联系起来的对和平的呼吁、对新约全书的批评等，还有文艺复兴的许多部分。正如赫伊津哈所认为，在"优秀文学"中是他的老师的瓦拉，也成了"在神学批判领域里他的向导和先行者"，这并非偶然。"优秀文学"在人类生活的重要问题上，必须要有批判的精神。

　　1504 年夏天，伊拉斯谟在勒芬附近的一个帕尔克修道院的图书馆里，找到一部瓦拉对《新约全书》注释的未发表的手稿，并很快将其出版（1505 年 4 月 13 日在巴黎出版，用的是约瑟·巴德和让·珀蒂字体），并题词献给英国人克里斯托福罗·费希尔（Cristoforo Fisher），在那个时候这是为未来他从事整个圣经研究工作的一种宣言和辩护词。伊拉斯谟很清楚，瓦拉已被怀疑在进行破坏性批判，他不可能不为他的勇敢行为而受到谴责，他是一个卑微的语法学家，竟然靠近作为各门学科的女王——神学。虽然神学——伊拉斯谟接着严肃而幽默地说——也属于只研究小问题的语法学范围，但没有小问题，大事情也办不了。这里再次提到的问题，不仅瓦拉提到过，而且安杰洛·波利齐亚诺和其他所有重要的人文主义者都提到过，他们有时也把这一思想应用于法学、哲学和科学。所有的学科都在"语法"的面前受到审视，如今语法已作为新的批判意识，企图建立一个新的知识体系。伊拉斯谟在瓦拉之后，面临一个更为棘手的领域：神学；这样他便计划根据《新约全书》希腊文的原始版本，提供一个更为忠实可靠的"俗语"译本和一篇评论。不久，他在经过一段时期旅行和在意大利居住之后，将实现他的计划。《新约全书》直到 1516 年在巴塞尔的弗罗本那里才出版。经过类似的道路和方式，1509 年以后勒菲弗在评论圣保罗时，并未回避教会的腐败，和指出基督教团结面临进一步破裂的危险。但是勒菲弗把意大利的影响，利用在酒神狄俄尼索斯（Dionisio）和库萨的尼古拉的神秘主义方面；1514 年，在出版了卢布鲁克（Ruysbroeck）和宾根的希尔德加德（Hildegard di Bingen）的著作以后，又从事规模宏大的库萨的尼古拉著作的出版。伊拉斯谟忠实于新文化的批判精神，虽然水平不同，但主题还是同瓦拉一致的。像瓦拉在关于自由意志的对话中那样，他提出"基督的哲学"并不要求在人类悟性中，解决宗教的经验问题，指出宗教经验的价值是内在的和精神上的。如同瓦拉一样，他敢于讨论教会的体制和习惯问题，注意观察教会在各国人民生活中对待世俗和政治问题的态度所产生的影响。

　　1517 年他的《和平怨诉》，不仅更新了瓦拉关于反对修

[111] 会的争论（"有多少宗派，就有多少修会"），他使用的比喻如同瓦拉使用的一样，是宗派破坏了信徒们的团结。他一贯呼吁精神上的和平，使人想起乔瓦尼·皮科对和平的颂扬，同样反对分裂和用武力解决宗教冲突。伊拉斯谟大声疾呼、旗帜鲜明和不留余地地谴责一切战争，和一切人们之间的暴力冲突：对普遍的和平，抱有巨大的乌托邦幻想。在《和平怨诉》中，也许更强烈地在《格言3001》（*Adagium 3001*,Dulce bellum inexpertis）中，控诉诉诸武力，反对用暴力取代兄弟之间的爱，这在一切时代关于和平的文学中，调子是最高的，然而也就在那时，天空乌云密布，由于新火器的发明，大规模的屠杀正在降临，战争的噩梦蹂躏着欧洲，威胁着人类的生存。基督徒之间的战争，发展到自相残杀的极限并拒绝献身于基督，伊拉斯谟不能不注视着武装起来的教皇尤利乌斯二世（Giulio II），率领基督徒进行一场反对基督徒的战争［在英国出现一篇反对他的对话《上天拒绝尤利乌斯》（*Julius exclusus e caelis*），英国拒绝臣属于教皇，该文章出自伊拉斯谟之手的情况，如今已为W.K.弗格森所证实］。

"Summus Pontifex Iulius belligeratur, vincit, triumphat, planeque Iulium [Caesarem] agit."［教皇尤里乌斯陛下参加整场比赛，他赢了，胜利了，但明显是（恺撒的）行为。］人们痛苦地看到教士们跟在军队后面——伊拉斯谟继续说。主教们和他们的随从离开了教堂，为战争服务。但更坏的是，那是一场产生教士的战争，是一场产生主教的战争。是制造红衣主教的战争。如果说他的批判和他的语言学，在对待当时出现的新的自然科学趋于严厉的话，那么他的伦理学——他和所有的人文主义者，首先都是伦理学家——和他的宗教，则继承了 15 世纪思想史中关于教育和改革的遗产。这样，1517 年以后，伊拉斯谟主义便在整个欧洲、在法国、西班牙、英国、德国、意大利广为流传；教皇利奥十世，即洛伦左·德美第奇的儿子对此并不反对。他想成为费奇诺和皮科圈子里的意大利哲学家们所说的"神圣哲学家"；但他也想听听瓦拉所进行的严厉的批判。他希望奉行真正的基督教教义，这样的教义引向的源头，是引向对普遍兄弟之爱的最高诉求；因此，需要谴责教会的滥用职权和腐败，教会应成为道德革新的一个有效工具。 [112]

伊拉斯谟的活动还想建立一个涵盖广泛的学者"社会"，按照人文主义者们的兴趣，通过信函往来，相互联系，反映某种带普遍性的要求：需要实现某种知识分子关心的"公共事务"（"res publica"），它致力于改革基督教世界、基督教欧洲的风俗，使其不仅能抵御土耳其，还能拯救人类大家庭里的所有的人。教皇庇护二世在致苏丹的信中还利用了库萨的尼古拉的著作《细读古兰经》（*Cribratio Alchorani*），强烈反驳伊斯兰主义；但同时也祈求一个新的东方君士坦丁皈依，即使使用刀剑，也要把人类重新联合在基督的法令之下。教皇皮科洛米尼最终徒劳地鼓吹十字军而结束他的活动，并非偶然。伊拉斯谟已超越君士坦丁教会；他的文艺复兴的信仰在于相信人和相信文化，通过精神上的革新，超越分歧，这种文化能把全人类从精神上联合起来。他似乎更接近皮科·德拉米朗多拉的梦想，1489 年左右他就决意在世界上宣扬哲学和信仰的普遍和谐，即实现统一是文艺复兴思考的持续论题之一，直至托马斯·康帕内拉（Tommaso Campanella）① 的著作《回忆录》（*quod*

---

① 康帕内拉（1568—1639），意大利文艺复兴时期的空想社会主义者和哲学家。

reminiscentur）向世界上所有的君主和人民发出信息。

世界公民：正如乌尔里希·茨温利（Ulridh Zwingli）在1522 年 9 月在巴塞尔所写的那样，伊拉斯谟想成为世界公民，那时已爆发了路德的反抗："我想成为世界公民"（Ego mundi civis esse cupio）。他的革新了的智者们的社会是光明的与和平的，应该属于新的"教士阶层"，它让从彼特拉克到费奇诺的 [113] "人文主义者们"追求的梦想臻于完善。15 世纪的意大利很好地展现了它的"慈爱"面貌，使它代替更彻底、更深刻的宗教和道德革新选择，它不仅向学者们开放，而且向所有"失望者"开放。对乔瓦尼·皮科·德拉米朗多拉（1463—1494）的早逝，伊拉斯谟多次表示惋惜，托马斯·莫尔也喜爱他（1510年曾翻译了他的自传：Lyfe of Johan Picus, Erle of Myrandula, a greate Lord of Italy）。皮科如同科利特和加甘一样，在文化层面上宣扬精神上的和平之后，便坚决地站在了被称为"失望者们的预言家"的季罗拉莫·萨伏那洛拉一边，萨伏那洛拉尽管与文艺复兴有多方面的联系，但却不相信通过知识分子小集团的文化途径，能实现教会和社会的革新。从理性的费拉拉到洛

出生于意大利南部卡拉布里亚的一农民家庭。1582 年成为多明我会修士，并在修道院中研究哲学和神学。他酷爱学习，博览群书。主张根据感觉和经验来认识世界，反对经院哲学的权威，遭到宗教裁判所逮捕。获释后又密谋反对当时统治意大利南部的西班牙哈布斯堡王朝。1599 年又被判处终身监禁。他一生坎坷，在监狱中度过 33 年，受过多次酷刑。但他并未意志消沉，决心在死神到来之前，把自己长期探索的理想留传给后世，于是开始写他的光辉著作《太阳城》（Città del Sole）。他在书中认为，私有财产是万恶之源，在太阳城里没有私有财产，人人劳动，生活日用品按需分配，每人每天工作 4 小时，其余时间用于读书、娱乐。那里没有富贵贫贱之分，没有家庭，实行"共妻"。他利用教皇同西班牙之间的矛盾，教皇于 1628 年释放了他。1634 年他流亡法国，最后死在巴黎。其他著作还有《感官哲学》（De sensu rerum et magia）等。

伦佐·德美第奇的豪华的佛罗伦萨，萨伏那洛拉看到文艺复兴进一步加剧了教会的道德危机和宗教的衰落。占星术家们称天空居住着古代的众神，画家们用画和诗人们用诗把他们表现出来，对于萨伏那洛拉来说都是敏感的迷信的危险表现。相信人文主义的教皇们要把他们"画在墙上"和放进图书馆里，似乎忘记了基督的教导。聚集在各个宫廷周围的文学家、艺术家、哲学家，在萨伏那洛拉看来只不过是新暴政的工具。在他那个时代，他对常规的手段已丧失信心，而寄希望于特殊的干预。他感到意大利和欧洲正面临苦难的危机，并成为灾难的预言家。他还宣称，在大灾难之后，将是教会和社会的革新，但他并不认为那将是文化进步的胜利：在灾难之后，将是末日的审判。

事件的发展似乎使他有理由认为：接近城市国家道德文明和宗教严肃性的精神，似乎并不与他所处时代的学者们相联系；他首先反对的是文艺复兴时期的修辞学和廷臣现象。从人文主义者们的争论中，他得到咒骂罗马和一般教士阶层腐败的材料。即使他中断了同美第奇家族周围的人的联系，在他身边仍有不少著名的知识界人士。但是，他不是佛罗伦萨的加尔文（Calvino），佛罗伦萨也不是意大利的日内瓦。即使这位多明我会会士已看到意大利危机的某些根源，但他的活动所使用的工具常常太陈旧了，在他同教皇亚历山大六世（Alessandro VI）发生冲突，遭到失败并葬身火刑之后，除了某些零星呼吁革新道德之外，他的布道言论便无后继者。在某些"爱啼哭的"人群中，道德革新还同各种要求联系在一起，其中也不排除某些库萨的尼古拉的"有学问的无知"的民间变异。萨伏那洛拉对宗教普遍表示不安，并非文艺复兴中少见的中世纪现

[114]

象；没有文艺复兴，他的争论也难以想象；没有萨伏那洛拉，米开朗基罗也不可能发出某些高亢的悲愤感叹。这样，他就不同于圣贝尔纳迪诺·达锡耶纳（Bernardino da Siena）那样的人民布道者，萨伏那洛拉插入了一个 15 世纪人文主义者们对宗教思考的深刻悲剧性标志：那个标志，我们通过乔瓦尼·皮科·德拉米朗多拉，在托马斯·莫尔和约翰·科利特身上又找到。在一段时间段里，从某些教皇们对新文化的低俗方面的共同爱好，从乐于"模仿"古代某些最堕落的习俗，到莫尔和科利特在道德上的严厉谴责，萨伏那洛拉的活动占据了一个突出的位置。他的某些遗产在 16 世纪的异端历史中找到，并非偶然。即使整个 16 世纪意大利的异端分子们都在向欧洲迁徙，他们还是常常携带着瓦拉提出的批判的书，以及柏拉图喜爱的对内心世界关注的著作。在此基础上，理解与和平之花将绽放，这样的要求得到乔瓦尼·皮科等人肯定，并定会在其它地方、其它时间，在宽容的理想中具体实现。

十一　新的哲学：对人和自然的颂扬

1509 年在托马斯·莫尔的家里，刚结束意大利之旅的伊拉斯谟，一气呵成他的最有名、也许是最满意的著作《愚人颂》，通过"愚夫人"（Stultitia）之口，让她自己赞扬自己。在一篇闪光的散文中认为，人类行为的动力存在于某种愚蠢中，即存在于某种自发的行为中，存在于生命的冲动中，存在于不顾理智的激情和感情的支配中：生儿育女，维持家庭、城市和人民，导致产生英雄行为，创造伟大和优美的事物。如果没有疯狂，将不可能有社会，不会有令人满意的和持久的联合；没有愚蠢，人民就不会忍受君主，主人就不会忍受奴隶，贵妇人就不会忍受女佣，老师就不会忍受学生，朋友们就不会忍受某个朋友，丈夫就不会忍受妻子。没有某种相互欺骗的玩意儿，就不可能忍受任何约束、任何关系（Encomium, cap. 21）。没有疯狂的姐妹——自爱（Philautia），人类的任何行为都将是不可能的。首先，没有疯狂就不会有智慧。

约翰·赫伊津哈对这本著作给予高度的评价："有许多幻想的财富，它与线条、色彩的适度，和十分谨慎联系在一起，由此产生一幅完美和谐的画，构成文艺复兴时期的本质特征。"

[116] 　在艺术完善方面，赫伊津哈把这本著作比作拉伯雷的著作《愚人颂》——伊拉斯谟称拉伯雷为他的老师——并在其中找到在马基雅维里著作里最大胆和最冷酷的东西，和找到在蒙田著作里最无偏见的东西。把这本书比作先于它没有多少年的塞巴斯蒂安·布兰特（Sebastian Brant）的《愚人船》（Narrenschiff），但那是教育用的和沉闷的，而《愚人颂》则相反，充满着琉善式的优美讽刺和深刻剖析。这是一篇有力的文章，它从新角度观察和评价愚蠢、欢乐与苦涩。

　　1509年，伊拉斯谟从意大利回去；使他想起另一位人物的高贵精神，他也欣赏、模仿琉善和他的苦涩的玩笑对话，并已为阿廖斯托所熟知，其中某些篇章在16世纪和17世纪上半叶以匿名的形式流传，并且同琉善的作品和伊拉斯谟的著作一起印刷。列奥·巴蒂斯塔·阿尔贝蒂是一位伦理学家、艺术家、建筑师、数学家和物理学家，在他的著作《莫墨斯》（Momus）中，赞扬幻想、愚蠢和略带疯狂与胡思乱想，超越正常和按规定的生活。在一幅大型的以古怪神话为题材的壁画中，描绘的形象奢侈放纵，阿尔贝蒂把神和人都放在一个带讽刺性的伦理神话中，这是可以想象到的违反常规的事情。在异乎寻常的著作《晚餐阅读小品》（Intercoenales），在《莫墨斯》式的琉善的拉丁对话中，阿尔贝蒂夸张地描述了他的这个关于人处于痛苦和荒谬之间的观点，人可以同时生活在幻想与现实、伟大与可怜、智慧与疯狂中：几乎像一个神，同时又像一头比狼更残忍的野兽。

　　谁要是想一想密什勒和布克哈特的公式，文艺复兴就是人和世界的发现，也许会在文字上拒绝这种不确定的和略带修辞学的定义。但从文艺复兴中产生了人和世界的新形象，或者说关于生活的新概念，对自然的新看法，提出新的道德观念、新的哲学理论、新的科学含义方面的理解，也会承认以上说法的有效性。伊拉斯谟的"愚夫人"正确地指出，这样做不仅要同习惯决裂，而且还必然讽刺性地展现出生活的诸多矛盾，出现感情同理智之间的永恒冲突，难以预见不断出现的新经验，以及导致智慧和愚蠢之间形成永恒的辩证关系。愚蠢是生活、学校、社会的"真理"。愚蠢既不能被赶走，也不能"分离"。真理的反面便是愚蠢，当一种更高愚蠢能达到更高真理的时候，就会讽刺性地明白，智慧和愚蠢是不可分地联系着，而且它们之间存在着相互依存的辩证关系。对立的一致，《对立的艺术》（*Ars oppositorum*），从库萨的尼古拉到布埃勒斯（Bovelles），到焦尔达诺·布鲁诺，无处不在，这有助于了解统治整个现实的荒谬游戏的逻辑基础。

[117]

伊拉斯谟是个伦理学家，如像彼特拉克和15、16世纪的其他大师们一样。哲学那时还处于原始阶段，更多是构建形而上学的体系，作为学校——中世纪思想家们的"理想大讲台"——上课时用于对政治与道德、逻辑与辩证法以及美学进行思考的教材和论文。传授方式更多采用对话、书信、灵活和简短的讲话、优美和明确的文章，面向既不是哲学的专业人士，也不是大学生的更广泛的公众。写这方面文章的人，总是处于文学创作的边沿，一般并不是专业工作者，而是一位文化人士、一位艺术家、一位政治家，他仅是反映对个人经验的思考，他把经验同阅读和思考联系起来，从中汲取教益，不再存在学校旧的争论的隔膜，所说的观点都是当下的和新鲜的。哲学写作面向的公众改变了，作者组成改变了，观点和对形势的看法也变了。但这样说，并不意味着经院哲学突然消失，它还继续存在，不过有时并不起作用，成为讽刺和斥责对象，几乎仅为自身生存下去。因为 17 世纪新的伟大体系创建者，如弗朗西斯·培根（Francis Bacon）①和勒内·笛卡尔（René Descartes）②，或托马斯·霍布斯（Thomas Hobbes）、约翰·洛克（John Locke）和斯宾诺莎（Spinoza）或莱布尼茨（Leibniz），他们都不是大学教师，也没有为学校写论文，而且他们常常认为经院哲学已经一去不复返了。

[118]　　新的哲学思考与"人文学科"，即与古典学科的复兴联系着，因此首先关心的是人的问题，伦理—政治问题、逻辑—修辞问题，它们研究的"作者"与统治中世纪学校的作者们已有所不同；首先是柏拉图和如西塞罗那样的作家，代替了亚里士多德和他的阿拉伯注释者们：柏拉图不仅是辩证法，或宇宙学

---

①　弗朗西斯·培根（1561—1626），英国唯物主义哲学家。早年学法律，后曾担任掌玺大臣和大法官。1621 年以受贿罪下狱，同年获释后免官。其哲学思想与经院哲学相对立，肯定世界是物质的；提出只有归纳、分析、比较、观察和实验才是科学的认识方法；认为感性认识和理性认识相结合才能得到科学的认识；强调发展自然科学的重要性，提出"知识就是力量"的口号。代表作有：《新工具》（*Novum Organum*）和《学术的进步》（*De dignitate et augmentis scientiarum*）。

②　笛卡尔（1596—1650），法国哲学家和数学家，二元论和唯理论者。出身贵族家庭，早年在教会学校学习哲学，后到欧洲游历和参军。1629 年定居荷兰达 20 年，从事研究工作。1649 年应瑞典女王邀请，迁居斯德哥尔摩，次年在该地病逝。著有关于生理学、心理学、光学、流星学、代数学和解析几何学的论文和专著，发明笛卡尔坐标和笛卡尔曲线，被认为是解析几何学的奠基人。他认为感性经验是不可靠的，对它过分信赖就会上当，只有理性认识才是最可靠的，是"唯理论"创始人。认为只有自己十分清楚明白的东西才是"真的"。他的名言是："我思故我在。"在肯定世界是物质的和运动造成物质多样性的同时，又认为上帝是物质世界的终极原因；物质和心灵是两个独立互不依赖的实体。代表作有：《论方法》（*Discours de la Méthode*）、《形而上学的沉思》（*Meditationes de Prima Philosophia*）、《哲学原理》（*Principiae Philosophiae*）。

和《蒂迈欧篇》（Timeo）物理学的伟大对话作者，还是苏格拉底的招魂人。阅读柏拉图和西塞罗，通过西塞罗找到卢克莱修，和在第欧根尼·拉尔修的《哲学家言行录》第十卷中的伊壁鸠鲁，还有斯多噶学派（stoico）①、怀疑论者。但是，从古代著作中汲取灵感，从不窒息再次创作的原创性：如果有时可以谈论伊壁鸠鲁、斯多噶主义、怀疑论的话，决不要忘记新篇章的原创性印记。

如果说这是柏拉图的回归，那么要了解在文艺复兴中，经过两个多世纪，柏拉图主义为何作为革新者并占据优势地位，并非易事。首先，尽管如今已能直接阅读全部的柏拉图著作，或者阅读最好的拉丁文翻本，但需要理解柏拉图是与一个广泛而复杂的思潮联系着的，其中不仅包含普罗提诺和普罗克，而且还有后来的神秘主义传统中的著作。其次，不要忘记，柏拉图的回归与其说是思想方向的确定，还不如说是带来一种气氛，一种对哲学问题的理解方式，一种让它渗透到不同文化领域的方法。柏拉图主义常常意味着与其说是特定的理论，还不如说是一种语言，一种兴趣。最后，如果可以这样说的话，

————————

① 斯多噶学派：约公元前 3 世纪产生于古希腊并一直存在到公元 6 世纪的一个哲学流派。它的名称来源于希腊文 stoà（柱廊），因它的创始人芝诺（Zenone，约公元前 366—前 264）曾在那里讲学。该学派将哲学分为三部分：逻辑学、物理学和伦理学，并以伦理学为中心，逻辑学和物理学只是为伦理学提供基础。他们认为：只有个别事物才是真实存在的，认识来源于对个别事物的感觉；人出生时心灵犹如尚未写字的白纸，只有外界事物作用于它，才能引起感觉；世界既是物质的，又是运动的。这些思想都具有唯物主义倾向。但他们又认为，物质是被动的本原，而神是主动的本原，世界上的一切都严格地受到神和必然性的支配，因此又主张听天由命、逆来顺受、恬淡寡欲、放弃一切为实现个人利益的努力，宣扬宿命论和禁欲主义。（参阅《欧洲哲学辞典》，河南大学出版社 1986 年版；《简明哲学辞典》，生活·读书·新知三联书店 1973 年版）

柏拉图主义是一种时髦，通过各种途径，渗透到各处：在文学中，在造型艺术中，在科学中，在风俗习惯中。例如，谁要想完整地描绘一下它在欧洲传播的图像，如果离开了"活动"、表演、戏剧、节日、庆祝胜利、舞蹈，将会冒严重遗漏的风险，绘出的新文化扩散的图像将是不完整的，更不用说会忽视有时游行队伍中的人物，或"面具"展示的政治权力。本·琼森（Ben Jonson）为埃塞克斯（Essex）伯爵同萨福克（Suffolk）伯爵女儿的婚礼（1606 年 1 月 5 日）写的著作《许墨奈俄斯》（*Hymenaei*）[①] 和《面具》（*Masque*），只不过是忠实地传达了毕达哥拉斯（Pitagora）和柏拉图的概念而已。"在爱情中白头偕老的婚姻的结合，是人类社会和人性和谐安排的理想范例：它来自于对理智的顺从。这是完美的。人——以及构成人的因素——既不能同自然界分开，也不能同地球上的人分离，微观世界不能同宏观世界分离。在微观世界和宏观世界中，正确的秩序是由'神圣的理智'确定的；当同意和接受人和神的理智引导之后，就能实现和保持完美。圆圈是永恒、完美、上帝。范围是地球、天空、永恒。圆圈也是爱神维纳斯（Venere）的腰带：婚姻通过爱而联接。维纳斯不仅是连接情人们互爱的力量，而且她还控制繁殖；维纳斯在'神的智慧下'，还作为《世界灵魂》（*Anima Mundi*）的力量，赋予创造物以生命、形式和一致性。"（D.J.Gordon, *L'immagine e la parola*, trad.it., Milano 1987, pp.309-310）

　　这里即使确定柏拉图主义的形象还有困难，但也可以看出

[119]

---

① 许墨奈俄斯，希腊人和罗马人的婚姻之神。传说他是一位少年，饰有花串，手执火炬。海盗抢走了许多姑娘，他救了她们，并和其中一人结了婚。（见《神话辞典》，商务印书馆 1985 年版）

它的特殊重要性。中世纪，或者说直到几乎整个 14 世纪的西方文化，都很少知道柏拉图，而且即使知道，对他的认识也是片面的。大约在 15 世纪左右，由一位谜一般的人物卡尔奇迪奥（Calcidio），翻译和注释的《蒂迈欧篇》的一部分广为流传。与卡尔奇迪奥的译本一起流行的还有马克罗比奥（Macrobio）在《西庇阿之梦》（*Somnium Scipionis*）中的评论，它们的传播歪曲了柏拉图主义的形象并使之复杂化。12 世纪下半叶（1154—1160 年之间），由卡塔尼亚副主教恩里科·阿里斯蒂波（Enrico Aristippo）从希腊文翻译成拉丁文的《美诺篇》（*Menone*）和《裴洞篇》（*Fedone*），直到彼特拉克和库萨的尼古拉的时代，或者说直到人文主义的柏拉图主义复兴以前，都很少流传。

弗朗切斯科·彼特拉克指出，柏拉图对于亚里士多德来 [120] 说，是"另一个"哲学家，他寻求更直接回答人的问题，是更"人性"类型的代表。对于讲话可能是真理的优秀"哲学家"亚里士多德来说，柏拉图不是诸多作者中的作者，而是唯一的作者，通过援引柏拉图，便出现与之相对立的体系、观点的多元化和哲学的多样性。呼唤柏拉图，不仅意味着某种霸权地位的终结，而且意味着一个研究形象的破裂，和发现思想史内部的某种辩证关系，获得能导致进步的展开某种积极辩论的意识。

15 世纪初，《共和国》（*Repubblica*）一书首次由马努埃莱·克里索洛拉和乌贝托·德琴布里奥（Uberto Decembrio）翻译过来；然后又在 1441 年从伦敦，为了感谢格罗切斯特公爵（Duca di Gloucester），作为十分期待的礼物，由皮耶尔·坎迪多·德琴布里奥（Pier Candido Decembrio）再次翻译。第三

次翻译是由安东尼奥·卡萨里诺（Antonio Cassarino）大约在
1438—1447年间完成的。第四次翻译是由马尔西利奥·费奇
诺进行的，他把全部柏拉图的著作，全部普罗提诺的著作，以
及波菲利（Porfirio）、普罗克、詹布里科（Giamblico）的著作
和大部分柏拉图哲学的传统文本，都翻译成了拉丁文。在费奇
诺之前，已有一些人争先恐后地把柏拉图的对话翻译成了拉丁
文，其中包括莱奥纳尔多·布鲁尼、弗朗切斯科·菲莱尔福、
里努奇奥·阿雷蒂诺（Rinuccio Aretino）、乔治·达特雷比松
达（Giorgio da Trebisonda）、鲁道夫·阿格里科拉，这些仅仅
是最早的一些人。柏拉图启发式的散文，苏格拉底的形象，充
满着那个世纪。对柏拉图的爱好，引起人们在意大利寻找"新
风格"的诗人。柏拉图关于美和爱的理论，越来越同彼特拉克
的诗在欧洲更广泛地传播交织起来；同时，一种对自然界看法
的世界观也传播开来，认为自然界如同一面镜子，它反映出的
永恒模式，就是所有事物的理智。自然界本身被看作是有生命
的，它受内部力量的驱动，使它运转、充满生气和不断发展。

　　处于理智和诗歌边沿上的柏拉图神话，把哲学变成了一种
诗歌神学，它构成古代复苏的共同背景。另一方面，爱以及对
[121]　事物透露出来的感觉美与精神美之间的关系问题的题目，又孕
育着一种宇宙的美学观，由此而认为神性存在于一切事物之
中，因而一切事物都有理性，并坚持认为现实的存在物之间，
有链条一样的相互连接和循环的关系。

　　　　大自然之神用他神圣的思想，

　　　　使自然界变得如此优美；

　　　　在他的美德指引下，

我也要做一件令人惊叹的事。

这是莫里斯·塞夫（Maurice Scève）的诗《德莉》（*Délie*，1544）中的诗句，传说他在 1533 年找到了劳拉（Laura）①的坟墓。彼特拉克和柏拉图，马尔西利奥·费奇诺和莱昂内·埃布雷奥（Leone Ebreo，1460—1530？），这里只说几个最重要的名字，在 16 世纪的意大利文学和法国文学中，留下了不少印记，然后又通过人们的普遍爱好，传播到其它地方。玛格丽塔·迪纳瓦拉（Margherita di Navarra）雄辩地谈到照亮苏格拉底的光，使他接受从毒芹中提炼出的毒液，他相信灵魂的不死；并指出那种光就来自柏拉图的著作，那是唯一在他们和我们之间谈到的一种精神，这种精神一旦显示，其它理论都将变得无用：

> 但对他们讲话中，只有一位神灵，
> 他的话，在我看来如此善良，
> 让我的心完全从书堆中解脱出来。

蒙田嘲笑费奇诺和莱昂内·埃布雷奥推行的时髦，和许多有关爱的论文，并以人的单纯的自发感与之相对立："我的书

---

① 劳拉是著名意大利诗人彼特拉克所钟爱和歌颂的女人，传统上认为她就是 Laura de Noves（出生于 Caumont），与 Ugo de Sade 结婚，1348 年 4 月 6 日去世。（见 *Enciclopedia Garzanti*，1962）1327 年，诗人在法国阿维尼翁的一个教堂里见到了她，便引发无限的思念，认为优雅的仪容象征崇高的美德。诗人通过《诗集》第一次详细描述"爱的情绪"和鲜活的女性形象，在中世纪基督教统治下，具有开拓性意义。（见刘明翰主编：《欧洲文艺复兴史》文学卷，人民出版社 2010 年版）

产生爱和希望。费奇诺和莱昂内·埃布雷奥读了议论书中的思想，但他们什么也不知道。"当然，柏拉图主义不是一种为人民提出的理论，而是为宫廷服务的；它在学园里，在艺术家和文学家之间，在文化界流行，比一种时髦的哲学更为丰富的理论：是一种新的感觉方式，一种对事物和自然的接近，一种对世界的看法，人们在其中渴望神性和神性在世界上的存在。没有这种柏拉图主义，就不能理解文艺复兴——这里说的是柏拉图主义（platonismo），不是柏拉图或普罗提诺或普罗克，而是一种"神的"哲学，一种虔诚的哲学，一种"永恒的哲学"，它由直觉、启示、灵感和隐喻组成。它的最重要的成员无疑是马尔西利奥·费奇诺（1433—1499），他受美第奇家族保护，是一位能熟练使用拉丁文和俗语写作的作家，但首先是一位柏拉图主义的传播者，他促进柏拉图主义在欧洲知识界流行，并直到 17 世纪晚期。他的"柏拉图神学"认为人的灵魂不死，现实是有等级秩序的，现实的和谐与美是每个个体内在精神透露的表现。费奇诺在对柏拉图的《会饮篇》（*Convito*）的评论中勾画出的爱的哲学，在莱昂内·埃布雷奥的《爱的对话》（*Dialoghi d'amore*）中表现为，直到斯宾诺莎为止，在神的节奏中的全部自然哲学。但是，在费奇诺思想中还有其它东西：认为古典哲学传统中具有深刻的一致性，和它同基督教教义之间存在连续性，而这种连续性从各种理论之间又存在深刻和谐的观点看，还将趋向于进一步扩大。

[122]

但是很难把该世纪最吸引人的意大利思想家乔瓦尼·皮科·德拉米朗多拉（1463—1494），归纳到柏拉图主义范畴，即使他同柏拉图主义有各种联系。虽然他的成长大部分在博洛尼亚、帕多瓦、巴黎接受传统教育，但内心总是充满新的想法。他不能容忍人文主义修辞学中迂腐的教育方式，在同威尼托贵族埃尔莫拉奥·巴尔巴罗的争论中认为，在哲学中最重要的不是言词的优美，而是思想的本质。他学习东方语言，是这方面的先行者之一，他为犹太（希伯来）的神秘主义传统所吸引，企图证明在所有表面看来相互矛盾的各种理论之间，存在着深刻的一致性，相信能够实现"哲学的和平"（pax philosophiae）。沿着这个方向，他还想实践自己的愿望，准备在 1486 年采取一项值得纪念的行动：他要自费在罗马召集学者们开会，通过公开的讨论，超越一切分歧。后来教皇禁止召开那次会议；他的某些论点也受到了谴责。他自己从意大利出逃后，在法国又被捕入狱，后来回到佛罗伦萨，过着闲居的生活，最初受到洛伦佐·德美第奇保护，以后同萨伏那洛拉非常接近。他的思想中较好地表达时代特征的著名论点，都集中在关于人的看法，和对自然科学的批判和革新上。对于前面的一个话题，他留下了一本本来会引起罗马教会争论的优秀著作：那是一篇没有标题的讲话，在他死后出版时被冠上了《论人的尊严》（De hominis dignitate）的标题。这并非是一个新的论题；在 15 世纪许多人都写过它；贾诺佐·马内蒂曾献给阿拉贡的阿方索（Alfonso d'Aragona）一篇这方面的论文（145?—1452：《论人的尊严和卓越》），他在其中驳斥了中世纪的作家们认为人类处境可怜的观点。但是，皮科作品的区别在于他的原创性，他离开通过教父们很容易回溯到古典源泉的古代修辞学传统，而指出人的意义在于他的自由；人在自然界中是唯一不受类别和品质限制的生物。人就是他的所作所为，就是他的工件和选择的结果。因此，也仅仅因此，人在宇宙中占有特殊的地位。15 世纪和 16 世纪有许多文章讨论了"道德"（virtù），

[123]

或者说个人的自由活动，和他统治自然力量的能力（capacità）与"命运"（fortuna），或者说超出人的掌控、难以预见的事件的自然限制之间的关系。从列奥·巴蒂斯塔·阿尔贝蒂到尼科洛·马基雅维里，这里只提两位大作家的名字，道德同命运之间的冲突常常是悲剧性的，它虽然反映一个时代的杰出个人的主要经历，但也可以看到他们的事业在难以预见和不可战胜的事件面前被打碎。现在皮科为人对事件的统治，人高于现实的其他一切存在物，打下形而上学的基础。在这点上，他的理论引起广泛的反响。只要想想法国最富柏拉图思想特征之一的作家查尔斯·德·博韦莱斯，在他的优秀著作《智慧之书》中，阐述和引用了皮科关于人的中心地位、人的特权的观点，虽然皮科强调自由的自主决定，博韦莱斯还是指出需要认识和"知识"。皮科理论中还有另一个并非不重要的观点：在他的著作中对巫术和占星术的讨论，由于他的去世未继续下去。在他的著作中关于人的尊严问题，皮科描绘人的形象在于人的创造性活动和对自然界的征服。怎么征服自然界？巫术和占星术使自然界充满着隐蔽的力量和影响，只有通过仪式和神秘的"精神"力量才能驾驭和征服它。人处于星球宿命论统治的环境中，而天空和地上都充满着精灵，人的行为动机中既有驱魔，也不断掺杂着幻想。为了在理智和行为上实现对事物的有效控制，皮科一方面表现出巫术和占星术混合的思想特征，另一方面也想寻找出现象的"真正原因"。这里就出现需要不断甄别"真的"巫术和招魂术、"真的"天文学和占星术，或者一般来讲，要把科学和巫术区分开来。

皮科的作品具有罕见的魅力：他对犹太语，特别是希伯来语的研究对乔瓦尼·罗伊希林（Capnio：1455—1522）那样的人产生影响，后者两次来到佛罗伦萨（1482，1490）；他的世界观同费奇诺的相契合，对法国的查尔斯·德·博韦莱斯（约1479—1567）和勒菲弗·德塔普莱斯一些人也有影响，这里只举几人作为例子。正如所见，通过莫尔和科利特那样的人，他的影响还延伸到英国。与神秘主义（occultismo）沾边的人，如在科尔内利奥·阿格里帕·迪内特斯海姆（1486—1535）那样人的身上，也有影响。16世纪费奇诺和皮科的思想，同15世纪最大的哲学家库萨的尼古拉的影响有不少联系，即使库萨的尼古拉的思想在许多方面同日耳曼的神秘主义，而不是同意大利的人文主义环境联系着，但他同后者的关系还是密切的和不断的。尼科洛·克雷布斯（Nicolò Krebs 即库萨的尼古拉，1401—1464）出生在摩塞尔河畔的库萨（Cues），受教育在代芬特尔的一所"共同生活兄弟会"的学校里，在帕多瓦他接触 [125] 了许多意大利人，其中有红衣主教切萨里尼（Cesarini），特别是同一位大科学家，佛罗伦萨人保罗·德尔波佐·托斯卡内利（Paolo Del Pozzo Toscanelli）有接触。他在去参加教皇庇护二世的十字军时，死在托迪（Todi），在他临终的床边有托斯卡内利和葡萄牙人费迪南多·马丁斯（Ferdinando Martins），马丁斯和托斯卡内利一样，都同克里斯托弗罗·哥伦布的航海旅行往事有关。要把神秘主义者库萨的尼古拉的名字排除在新科学之外，是很困难的。实际上他的哲学对自然科学作出了很大的贡献，尽管他在最初的思考中似乎同自然科学相距甚远。但是他坚持认为，人和上帝之间是无法比较的，因此不可能通过某种积极的神学，用人的范畴去理解上帝，从而把思想从处于物理学和神学之间的经院哲学的含混和模棱两可的状态中解放出来。"有学问的无知"表明经院哲学企图通过认识世界的办法，来认识上帝的"逻辑"失败。同时，世界同上帝的关系，又通过无限的概念联系着，并赋予数学以"象征"意义的价值，这样便更新了"物理学"，也即一切科学的可能认识的基础。如果说托斯卡内利认为库萨的尼古拉的数学公式不太科学是真的话，库萨的尼古拉在世界和上帝的关系中使用有限和无限的概念，并为这种使用和数学的意义所作的说明，从而在世界观上带来真正的革命性影响，也是真的。它不仅使亚里士多德的"物理学"陷入了深刻的危机，而且使宇宙的一切量度和比例都只具有相对性。把无限的思想运用于世界，即使形而上学地这样做，托勒密体系就失去了意义，第一次粉碎和推倒——正如焦尔达诺·布鲁诺所说——世界的墙，打破了天和地的对立，使地球中心说陷入危机中；换句话说，废除了古典的宇宙观。

[126] 这里，便表现出某些人在理论方面取得某些一致看法的现象：费奇诺的柏拉图主义颂扬光和太阳，把它作为世界理念的中心，活的上帝形象；它在世界上看到"神性"艺术和谐表现的同时，还通过对美的直接感觉产生爱，从而认识宇宙统一的力量；皮科的人类中心主义，把作为建设者的人置于现实的理想中心，同时要求建立一种为"真正事业"（cause vere）服务的理智科学；库萨的尼古拉关于无限的辩证法，不仅颠覆了地球中心说，还革新了逻辑学和科学的基础，并且同托斯卡内利一起，指出数学的价值。同时，这些人和他们的朋友们还为一种调和的理想而斗争，他们想要"哲学的和平"（pax philosophica）和"信仰的和平"（pax fidei）。在人类的组织方面，要求城市的和谐与团结。同时，可以这样说，为"新世界"的发现祝福。有时，他们之间的一些会晤给人留下深刻印象。

库萨的尼古拉是谷登堡（Gutenberg）的朋友，对最早在罗马和苏比亚科（Subiaco）建立意大利的印刷厂作出过贡献；他也是瓦拉和托斯卡内利的朋友，托斯卡内利的地图可能与克里斯托弗罗·哥伦布的首次航海有关。在他临终的床边，托斯卡内利和那位马丁斯相遇，马丁斯可能是这位佛罗伦萨的科学家同那位热那亚航海家之间的中介。在哥伦布引用的书中还有庇护二世的地理著作，此人也是库萨的尼古拉的朋友。所有这些人都有同一个愿望，要人们从精神上联合起来；即使他们之间对形势的看法各不相同，但都对人和世界有一个需要进行深刻革新的想法。在不长的数年中，在一个不大的思想家圈子里，已感觉到多少世纪以来形成的人类思想旧的樊篱正在瓦解，并为新的文明开辟了意想不到的道路。菲奇诺、皮科、库萨的尼古拉的遗产相互掺和在一起，并融化在下个世纪最初几十年法国人的圈子中，并非偶然；一方面列奥那多·达·芬奇的名字，和另一方面尼科洛·哥白尼的名字，经常同那些思想遗产联系在一起，也并非偶然。

同时，随着对我们之外的宇宙研究的展开，这些思想家们的思想成果，爆炸式地反映在人类学的研究上；如果说库萨的尼古拉首先指出，宇宙的无限像上帝的一面无限大的镜子，皮科则强调人的能力的无限可能性。我们内心的无限，似乎与我们外部的无限相对应；人类学的研究与宇宙学的研究相对应，例如胡安·路易斯·斐维斯（Juan Luis Vives，1492—1540）对灵魂和生命的分析，或米歇尔德·蒙田对人内心世界的不断探索，或尼科洛·马基雅维里对人类社会的清醒认识。但是，人类学研究的更新，不仅发生在伦理学家和政治家中，也发生在自然哲学家和医生中。新的文化氛围，打破了古老的

[127]

思维模式，改变了习惯的态度。大学里教授亚里士多德课程的教师们，看到气候已发生了变化，在讨论方法问题时，指出亚里士多德模式的局限性，甚至否定它。例如帕多瓦和博洛尼亚的教师彼得罗·蓬波纳齐（1462—1525），他的优秀著作《论灵魂不死》（*De immortalitate animae*）在 17 世纪曾引起轰动，他在其中认为亚里士多德对灵魂的定义，是把它当作有生命力的有机体形式或行为，而一旦它离开了物质，它的存在与否就成了问题。另一方面，从认识的更高层面上看，如果离开从属于身体的感觉或形象因素，灵魂也不能发挥作用。因此，灵魂不死是一种需要和渴望，而摆脱死后被传唤去接受阴曹地府审判生前灵魂是否有道德，就可以获得生命的完全自主。这是对于现实而言，人的内在价值，只要人愿意这样做，就能实现。蓬波纳齐的激进主义的论点，在该世纪的哲学界引起强烈的争论，标志着思想方向的改变。其实蓬波纳齐并不激进，他只是想表现出对奇迹和某些特殊的事件的"自然"理解（《论某种原因或自然魔法的效果》*De naturalium effectuum causis sive de incantationibus*），而整个 16 世纪，由于自然科学的迅猛发展，帕多瓦的亚里士多德主义者们，即使是以传统的形式，都在独创和无偏见地应对由于逻辑学，特别是方法论方面的新进展所带来的迫切问题。流传在欧洲，特别是在德国的雅各博·扎巴雷拉（Jacobo Zabarella, 1533—1589）的著作，指出了伽利略讨论和分析过的方法问题。同时，对一般修辞学技术的关注，首先是对司法领域里的讲话，由于数学和物理学的理性鉴别的介入，导致有说服力的方法的确立。这方面，皮埃尔·德拉拉梅的有关辩证法著作，继承了瓦拉和阿格里科拉（Agricola）在 15 世纪的研究，除了在法国、英国和德国外，甚至在北美

[128]

158

都有广泛的传播。

但在与历史有紧密联系的纯政治领域，马基雅维里的影响，在一定程度上还有圭恰尔迪尼，引起世纪性的热烈讨论。另一方面，对人类事件、事件进程和国家结构的方法论的研究，既助长了对历史循环论问题的探讨，又促进了与西塞罗、斯多噶主义、人性内在自然规律相联系的思想的传播；而人性内在的自然规律，又先于历史上任何个别和不同的积极立法，因此它具有优先于随时间和国家不同而变化的价值。总之，像让·博丁（Jean Bodin，约 1530—1596）、阿尔贝里科·真蒂利（Alberico Gentili, 1552—1608）或乌戈·格罗齐奥（Ugo Grozio, 1583—1645）那些人，如今已把我们引向，至少在某些方面，不仅超越编年史，而且超越通常所说的文艺复兴时期的界限。宗教运动、"宗教改革"、罗马的反抗粉碎了调和的计划；现在已是异教徒们在宣扬和平。"神圣哲学"的梦，显示出的只不过是一个梦。在审判、迫害、火刑、谴责、禁书的气氛中，科学和哲学如今却不断宣称研究的独立自主，不仅独立于亚里士多德和其他任何作者的权威，也独立于任何非理性的权威。

十二　新的科学：对人和世界的认识

当哲学家们为摧毁古老的世界观，和持续了多少世纪的知识有机体系，做出贡献的时候，在科学的特定领域却展开了对认识和行为的特殊和自主的研究。中世纪的百科全书式的知识，长期以来已处于危机之中，不仅它的庞大的结构遭到破坏，而且它的某些单个领域已被颠覆。现在，正是在这些领域，已提供了可以进行新的概括的研究手段。

在知识领域中，代表 13 世纪巨大力量的亚里士多德的逻辑学和物理学，到 14 世纪受到质疑。物理学家如布里达诺（Buridano），敏锐的逻辑学家和物理学家如阿尔贝托·迪萨索尼亚（Alberto di Sassonia）或马尔西利奥·迪英根（Marsilio di Inghen），他们研究了极速运动、初始运动和运载工具同运动之间的关系后，指出亚里士多德关于运动理论方面的严重问题。运动的开始和结束，加速和减速，原动力和运载工具之间的关系，揭示出亚里士多德理论中难以消除的困惑。关于"冲动"（impetus）的论文，标志着一种理论的终结。牛津的英国逻辑学家们，莫顿学院（Merton College）的"计算家们"说明需要用其它的逻辑工具来反映现实。对"比例"

（proportiones）的研究再次引起对数学的注意，把它当作理解物理现象的手段。通过所有这些，通过他们的敏锐观察，亚里士多德的逻辑学和物理学似乎进入一个死胡同，"现代人"并非在建设它们，而是在破坏它们。在科学研究的其它领域，情况也可能大致相似；这样，巫术和神秘主义也谈起"实验"（experimenta）来，但不时搀和着想象的直觉，呼唤着隐藏的和魔鬼的力量。 [130]

　　15世纪和16世纪，为摆脱这种形势，汇集的不少因素都为此做出了贡献，从人文主义引起的对形势看法和思想的三大变化中，让新的处理问题的方式取得胜利，把问题都提出来，同时提出不同的解决方法。这样，在许多不同因素的汇集下，促进了现代科学的产生。首先，人文主义者们参与了合作，用他们所掌握的希腊语进行翻译、注释，使古代重要的科学著作得以广泛流传，这些著作多少世纪以来无人知晓，或鲜为人知，或通过阿拉伯文化的过滤，西方略知一二。其次，手工业者或工匠们——机械工匠——所作的技术贡献，在城市变化和习俗改变的过程中，他们研发有用技艺或美术方面的重要性越来越大：他们建设教堂、城堡，设计作战装备，装饰节日庆典，兴修水利，布料染色，发明绘画技术。但在这种变化中起决定性因素的，也许是一种文明的繁荣，它支持任何有需求和有报酬的工作和劳务，给予那些被认为并非纯粹"思想"的低贱机械"技艺"，包含手工和物质在内的劳动以尊严。正如商业的需要，促进了旅游业，而旅游又促进了对世界的了解，这样便刺激了富人们的消费欲望，"装饰墙壁"，订购绘画和雕像，促进了艺术的繁荣和对艺术家的尊重。像达·芬奇或米开朗基罗那样的工程师、建筑师、城市规划者，以及画家、雕塑

[131] 家，在城市里获得了新的地位和崇高的声誉。阿尔贝蒂在《莫墨斯》中认为，怎样建设世界，最好是去问建筑师，而不是去问神学家。菲拉雷特在一篇关于城市建设的论文中说，君主居住的城市是由城市建筑师设计和修建的。

终于诞生了新的世界观，允许构建新的思想蓝图和前景，以促进调查和发现。至于前面讲的第一点，即人文主义者们对了解古代科学遗产所作的贡献，无疑是一个非常普遍的现象，在每一个领域都存在。迅速流传的过去从未知晓的文献，如切尔索·科尔内利奥的《论医学》（De medicina），在中世纪无人知晓，开始由瓜里诺在 1426 年发现，后来又由乔瓦尼·拉莫拉（Giovanni Lamola）发现，这部著作被广泛流传和研究，并为列奥那多·达·芬奇引用。希波克拉底（Ippocrate）关于希腊医生的著作《文集》（Corpus）和盖仑（Galeno）的著作再次被翻译、注释和出版。在对盖仑的研究者中，有法国人桑福里安·尚皮耶（1471—1537/9）和拉伯雷，有英国人托马斯·利纳克雷，有意大利人尼科洛·莱奥尼切诺（Niccolò Leoniceno, 1428—1524）和乔瓦尼·马纳尔迪（Giovanni Manardi, 1462—1536），此外还有盖仑的著名《目录》（Indice）编辑者安东尼奥·布拉萨沃拉（Antonio Brasavola, 1500—1570）。在植物学、药物学、一般自然史领域，从出版、翻译成俗语，对第奥斯科里德和普林尼（Plinio）的研究，这些方面所作出的贡献，将难以统计。在数学领域，最重要的事情是知道了阿基米德，在圣托马斯时代就由古列尔莫·迪默贝克（Guglielmo di Moerbeke）把他的著作翻译成了拉丁文（手稿：Ottoboniano lat.1850 della Vaticana），但并未发挥作用。他的希腊文本在 15 世纪初开始流行，到该世纪中期被翻译出版

162

和产生影响，到 1543 年在威尼斯出版了由尼科洛·塔尔塔利亚（Niccolò Tartaglia）编辑的拉丁文本：那位阿基米德对伽利略来说，是他的关键性起点。类似的情况还有欧几里得、阿波罗尼奥斯、埃罗内（Erone）、斯特拉波、托勒密、帕波的著作。无疑，在整个 16 世纪，常常"学习几何学就是学习欧几里得，制作地图册就是出版托勒密的著作；一个医生并没有用多少时间学医，而是在学习希波克拉底和盖仑的著作。"（George Sarton, *The Appreciation of Ancient and Medieval Science during the Renaissance*, Philadelphia 1955, p.171）。但是，在分析、注释和确定古代文本时，本身就是一个重要和有效的技术进步：数学家们、植物学家们、医生们、天文学家们，通过古代的文字把对遥远过去的尊重，同寻找新的发现的真正需要结合起来。"欧洲学者们希望找到希腊作者们在书中说过的东西，逐渐发现自然界中事物的真实情况。"（Marie Boss, *The Scientific Renaissance*, p.49）。

[132]

　　与此同时，在同样的情况下对机械、机器工艺，手工业活动，农业，航海，进行了重新评价。伊拉斯谟和莫尔的朋友、人文主义者斐维斯在 1531 年写了一篇题为《论工艺败坏的原因》（*De causis corruptarum artium*）的文章，呼吁学者们到工厂去。对自然界的认识——他说——用不着去找哲学家和辩证法论者；农民和手工业者常常比他们知道得更多。（"melius agricolae et fabri norunt quam ipsi tanti philosophi"）。十 多 年后，在 1543 年，安德烈亚·韦萨利奥（Andrea Vesalio）在一部关于新科学的重要著作《论人体七书》（*De humani corporis fabrica libri septem*）的序言中，感叹过去解剖师同理论家，操作者同医生之间的分离。

> 那种令人惋惜的医疗技艺的分离——韦萨利奥
> 说——导致在学校中推行一种令人厌烦的制度：一个
> 人从事人体解剖，而另一个人在旁边作记录。这第二
> 个人就像栖息在树上的乌鸦，傲慢地在高高的讲台上
> 侃侃而谈，他的知识并非直接得来的，而是从别人的
> 书上抄来的。

从事解剖的人相反既不知道说，也不知道讲解。如今，在
文艺复兴中这种情况开始改变：要把理智和经验结合起来。列
奥那多·达·芬奇在著名的著作中，既嘲笑没有经验的"科
学谎言"，又认为已获得理性认识的人，就没有必要再去重复
经验。

[133]　　科学革命从工匠们（手工业者们）与学者们的聚会中，获
得决定性的动力，我们在 15 世纪上半叶可以找到许多这方面
的例子。菲利波·布鲁内莱斯基 1420—1436 年之间，在佛罗
伦萨修建罕见的宏伟建筑——圣母玛丽亚百花大教堂圆顶，他
是一位建筑师、雕塑家、城堡建筑师、水利工程师、光学和比
例理论专家，"虽然没有文化"①，他还是当时最伟大的科学家
之一，保罗·托斯卡内利学习数学和几何学，"他把理论同实
践经验结合得如此完美，以致许多时候难以把它们区分开来。"
列奥·巴蒂斯塔·阿尔贝蒂是他们二人的朋友，人文主义者，
拉丁文和意大利文的著名作家，还是数学家，写过有关艺术的
多方面（建筑、绘画、雕塑）论文，做过重要的光学试验。保
罗·托斯卡内利（1397—1482）是库萨的尼古拉、贝乌尔巴

----

① 　请参阅第 47 页"布鲁内莱斯基"注。

赫、雷焦蒙塔诺（Regiomontano, 乔瓦尼·穆勒的笔名）的朋友，他本人是天文学家（以对彗星的计算而闻名）、地理学家、大数学家和医生，他的名字同克里斯托弗罗·哥伦布的名字联系在一起。技术员、艺术家和科学家之间，思想上不断交流；要了解这方面的情况，只需浏览一下重要艺术家们的论文，从洛伦佐·基培尔蒂的《评注》（*Commentarii*），到皮埃罗·德拉弗兰切斯卡的《论绘画透视》（*De perspectiva pingendi*），或者是罗伯托·瓦尔图里奥（Roberto Valturio）在 1472 年发表的《论军事》（*De re militari*），列奥那多·达·芬奇在俗语著作《拉姆西奥》（*Ramusio*，1483 年发表的有关军事规则的著作）中曾引用它。

　　另一位人文主义者是达尼埃莱·巴尔巴罗（Daniele Barbaro），他曾对维特鲁威的著作进行过评论（1556），他的活动记录下这方面的丰富联系。一方面，巴尔巴罗同巴拉迪奥（Palladio）合作；另一方面，巴尔巴罗又使用了丢勒关于比例和定向仪的论文，和佩德罗·德梅迪纳（Pedro de Medina）的《航海技术》（*Arte del navegar*），以及塞巴斯蒂亚诺·蒙斯特尔（Sebastiano Münster）的《钟表结构》（*Compositio horologiorum*）。又如伽利略所做的那样，他经常到威尼斯船厂去征求在那里劳动的人的意见。科学同技术之间的交流，催生了 1540 年出版的万诺乔·比林古乔（Vannoccio Biringuccio）的著作《火法技艺》（*Pirotechnia*）；如同乔治·阿格里科拉 [Giorgio Agricola, 即乔治·鲍尔（Giorgio Bauer）] 的著作《矿冶全书》（*De re metallica*）一样，在作者死后一年，[134] 1556 年出版。《火法技艺》是第一部直接建立在经验之上的冶金学论文；受伊拉斯谟和梅兰希顿敬重的那位学者写的《矿冶全书》，两个世纪以来都是采矿技术的基础读物。在波托西，教士们在祭坛上指责他，因为矿工们由于需要看这本书，又经常到教堂去。这种把技艺、科学思考和哲学模式结合在一起的杰出例子之一，无疑是列奥那多·达·芬奇（1452—1519）。这位既是工程师和技术员的伟大艺术家，首先是现实的各个领域的非凡探索者，总是把对现象的分析同用图解方式得到的实验性观察结合起来，并通过它进行概括，企图深入到研究对象的各个方面。留下他的注释的上千页张纸，永远展现出他把素描同语言联系起来的习惯。另一方面，也不难看出在达·芬奇涉猎过的大量资料中，他一直把一种新的百科全书式的知识，同普遍存在的"绘画科学"和谐地联系起来。总之，应当肯定的是：在他的作品中可以看到对光的论述和观察，广泛和仔细地研究机械，把它当作有机和无机世界物理力学研究的基础，以及他对植物和宇宙的观察。不用说达·芬奇还留下了著名的《解剖图》（*quaderni d'anatomia*），对机械特别是对各种机器设计的思考，甚至对鸟类飞行的诠释，以及显示要为人类制造飞行器的企图。

即使不谈对这位艺术家和作家的评价，不考虑这位天才涉猎所有学科发展的形象，列奥那多·达·芬奇也许是一位最典型的想知道一切，成为一切，甚至要创造微观宇宙的人。他并没有受过高等教育，正如他爱说"没有文化的人"（omo senza lettere）那样，他有一种永不满足的好奇心，和某些天才的直觉；他既强调经验和观察的价值，但又坚持理性认识的科学性；在机械领域，在当时的讨论中他指出运动和它的"规律"的重要性，并且认为在物理学的作用中，数学是必需的。他对机器制造的研究，以及在对现象了解基础上的应用，都是

[135]

留下的非同寻常的财富；他对人体结构和驱动肌体运行的精神"力量"的观察，不能不给人留下深刻的印象，并且常常认为精神只不过是身体的力量而已。"精神是与身体联结的一种力量——有一次他说——如果说它与身体无关，它就是空虚的，对空虚的东西就无法确定它的性质。"《大西洋手稿》（Codice Atlantico）上还有一段关于灵魂的有趣言论，他简单地把灵魂比作机器的驱动力："鸟是数学规律的实施工具，这种工具象人那样，能做所有的活动，但它的潜能不大。"因此，人的飞行完全是个动力问题："那么，我们说为人制作这样的工具，它就必须有鸟的灵魂，人的灵魂应当模仿鸟的灵魂。"

列奥那多·达·芬奇对科学实际进步的贡献，也许在他那个时代并不大。但是，他的形象的象征性价值被保留了下来，并在艺术中充分展现出他的伟大。他的形象见证了一种态度：独立于任何哲学和宗教权威；相信理智；相信直接与大自然接触的经验；相信人所制造的机器；相信科学不能同技术分开，而且还要同现实的普遍概念结合在一起，这种普遍概念就是与必要"理智"相联系的"自然"。

也许正是这种新文化和对中世纪观念的无偏见批判，是造成 15 世纪和 16 世纪之间改变人类习惯判断的两大"革命"的根源：这两大"革命"就是"新世界"的发现和哥白尼的假说。克里斯托弗罗·哥伦布（1450/1—1506）的航行，是一系列航海家们所从事的围绕地球的地理探索和计算事业之一，此外还与想在实践中检验那种大胆的假设有关。除所产生的实际影响以外，通过在新土地上进行的观察，对自然界的看法发生了深刻的变化，提出了各种需要解决的问题，甚至有关圣经中"大洪水"（Diluvio）的重大神学问题。 [136]

也许伴随着哥伦布的航行，作为与过去传统决裂的力量，还应当提到尼科洛·哥白尼（1473—1543）的日心说假说，这位出生在托伦的波兰人是佛伦堡牧师会的神职人员，此前曾在意大利学习，直到大学毕业。1543 年发表的《天体运行论》（*De revolutionibus orbium caelestium*）除了是一本严密的科学著作以外，我们觉得也是对马尔西利奥·费奇诺学派喜爱的 15 世纪太阳神秘主义的回应。使人产生的印象是，他在沿着库萨的尼古拉划出的路线前进，并具有他喜爱的诗人马尔切洛·帕林杰尼奥·斯特拉托（Marcello Palingenio Stellato）那样的世界观，而后者是 1534 年在威尼斯出版的卢克莱修式著作《生命黄道带》（*Zodiacus vitae*）的作者。在哥白尼的著作中，包括他的计算和严密的观察，也能找到某种太阳崇拜的遥远回音。把那盏照亮世界的灯，如果不是把它放在世界中心的话，又放在什么地方呢？难道赫尔墨斯·特里斯梅季斯托（Ermete Trismegisto）不是把太阳称为看得见的上帝吗？太阳，如果不是从中心区，又能从什么地方统治众星的移动队列呢？这种开始于哥白尼的庄严假说，其思想并不是新的，正如他自己回忆说，希腊人已经提到过。但是这种思想所带来的革新，对于宇宙人类中心说和地球特殊地位的家庭式的、平静的形象而言，其影响是难以估计的。哥白尼引用了埃拉克利德（Eraclide）、埃克凡托（Ecfanto）、菲略拉奥（Filolao）和阿里斯塔克斯·迪萨莫的话；所有这些使他的这本书，在一个完全改变了的、准备接受它的世界中，几乎构成一个对全景看法发生颠覆性变化的确认。

[137]　　实际上以上情况还伴随着一场哲学革命，伴随着焦尔达诺·布鲁诺（1548—1600）著作中令人深切不安的价值转移，

这位出生在诺拉的不幸哲学家，也是一位最雄辩的理论家。伟大的科学史家亚历山大·柯瓦雷（Alexandre Koyré），在1957年不无根据地写道，布鲁诺作品里的许多东西也是陈旧的，在把卢克莱修和库萨的尼古拉的论题复杂地掺和在一起之后，编织出巫术的因素。但柯瓦雷继续说："他的看法是如此强烈、有预见、理智和富有诗意，使我们不得不表示赞赏。他的思想……对科学和现代哲学产生了深刻的影响，我们不能不在人类知识史中给布鲁诺一个非常重要的地位。"（*From the Closed World to the Infinite Universe*, New York 1958, p.54）

焦尔达诺·布鲁诺明白，并且生动地表达了他的看法，新的天文学假说所要求的并非是对个别科学领域作某些特殊的改正，而是整个彻底改变对世界的看法。如果说他还留恋于新柏拉图主义，还在讲他的巫术，还相信宇宙的和谐和世界的灵魂，还在利用卢禄和记忆法的话，这些并不重要。他理解宇宙是无限的，世界的数目是无限的，亚里士多德——托勒密的天体栅栏已经破裂，存在物之间的关系已经移动，价值标准已经改变。他感到新的宇宙观和它赋予人的位置，会在道德和宗教方面产生令人震惊的影响。因此，他激烈反对那些想缩小和歪曲哥白尼著作意义的人（例如神学家安德雷斯·奥西昂德尔［Andreas Osiander］，认为哥白尼的著作仅仅是一种数学假设），反对那些不认为一个新世界的时代已经开始的人。从这里，他失望地和悲剧性地捍卫知识和思想自由的自主权。富于灵感的、诗一般的、强烈的布鲁诺对无限宇宙的歌颂，《论宇宙无限和多个世界》（*De l'infinito universo e mondi*），当然还不是科学，大概也不是哲学；但也许是某种更重要的东西：意识到了新科学的革命范畴。同样的看法，在贝尔纳尔迪诺·特勒肖（Bernardino Telesio，1509—1588）的著作《物性论》（*De natura rerum iuxta propria principia*）中也可以找到，弗朗西斯·培根对此很赞赏，正因为他在呼唤自然，寻求自然界中起作用的力量，通过能够感知的经验，呼吁需要认识这些力量本身；为了认识，而不是同上帝竞赛建设多个世界的形象。

[138]

　　特勒肖、布鲁诺和后来的托马斯·康帕内拉，以及弗朗西斯·培根的一部分哲学，都表现出努力阐述与新的调查和发现相联系的现实观念，制定构建和判断它的必要方法：这就是新时代的批判意识。同时，也是一个艰苦的解放过程，要从残存的神秘主义和巫术的主题中解放出来，那些主题同神圣大自然的概念联系在一起，认为大自然是有灵魂的和有生命的，自身就具有调节发展节奏的力量。要把科学从巫术、天文学从占星术、数学从数字神秘主义和占卜术摆脱出来的意图，是一直存在的，甚至常常是对立的。从早期文艺复兴开始，就希望把作为真正科学的研究星球运动的天文学，同被理解为用来预测未来事件的占星术分开来，后者认为未来事件都是在具有神性的星球，有意或无意的影响下发生的。同样，几乎接近于利用自然科学的自然巫术，与仪式巫术和招魂术，或者说利用隐藏在事物中的魔鬼力量，它们之间的区别也由来已久。但是，解放并非一蹴而就的事，必须经过长期艰苦努力，即使思想敏锐的人也往往陷入困惑中。如果说像对知识所有领域都感兴趣的吉罗拉莫·弗拉卡斯托罗（Girolamo Fracastoro，1478—1553）那样的医生，也反对巫术和占星术（批判时期的理论）题材渗透到他关注的学科中去的话，一位具有帕拉切尔索（Paracelso）天才的学者特奥夫拉斯图斯·邦巴斯特·范霍恩海姆（Theophrastus Bombast von Hohenheim，1493—1541），却把重要的直觉同古老传统的观察混淆起来，同季罗拉莫·卡尔达诺（Girolamo Cardano，1501—1576）或詹巴蒂斯塔·德拉波尔塔（Giambattista della Porta，1535—1615）并无区别。然而，科学和哲学的发展，却是在过程严格和研究手段的理性 [139] 化中实现的，它拒绝了柏拉图主义、赫尔墨斯主义和希伯来哲学中所携带的大量巫术和神秘主义的残余。当然，解放并非容易的事情，正如布鲁诺和康帕内拉对巫术表现出宽容，或者说培根（后来还有牛顿）对炼金术表现出留恋一样。争论的高峰期和这个过程的关键时刻，是约翰尼斯·开普勒（Johannes Kepler，1571—1630）和英国医生、哲学家、"玫瑰十字会"的罗伯特·弗卢德（Robert Fludd, 1574—1637）之间发生的冲突。那是一次值得记住的冲突，参加的人士中有马里诺·梅森（Marino Mersenne, 1588—1648）和皮埃尔·伽桑狄（Pierre Gassendi, 1592—1655）。开普勒反对神秘主义、赫尔墨斯主义，反对热衷于谜语、数字、隐喻和神秘的东西，他写下了令人难以忘怀的新科学的铭文。

开普勒谈到弗卢德时说：

　　他非常喜爱事物的晦暗，谜一般的方面；而我总是力求把笼罩在神秘中的事物置于智慧的阳光下。那个方法适合于化学家、赫尔墨斯神秘主义者和帕拉切尔索那样的人；而这个方法是数学家们的……当他和我探讨同一个问题时，我们之间是有区别的：他从古代作家那里寻找我从大自然得来，并且建立在自身基础上的东西。他支持的事物，由于意见不同，是混乱的和不确切的；而我按照自然的次序进行，让一切都符合自然规律，避免混乱。

开普勒用严密的数学来反对对隐喻、象征和形象的宠爱。

即使这样，当伽利略不赞成他在否认星球隐蔽力量影响，甚至包含潮汐与月相联系的理论时，开普勒还是难以避免永不掉进天体智慧的陷阱。总之，这并非个例，在许多方面，在那个年代里人类的知识都突飞猛进，好像在古人的图书馆里找到了力量，可以无偏见地观察自然、观察它的"结构"和"规律"。15世纪的哲学满腔热情地鼓励人们探索自然和人；它常常并非以理智，而是以赞美诗的形式庆贺宏观世界与微观世界的一致；它引用维吉尔的话，谈到世界"精神"和人的自由能力。库萨的尼古拉和皮科·德拉米朗多拉赞扬了我们内心的和外部世界的无限。列奥那多·达芬奇研究了"人体机器"，以及人和世界在"物理学"上的对应。16世纪的发现之旅，旨在继续对人和世界的秘密进行深入的探索，而且探索的是物理的人和物理的世界，在它们之中和之内并无"灵魂""精灵"那些隐蔽的力量，而是理性的规律，或者说是行为和节奏的一致性，这是理性可以运用它的逻辑——数学工具进行解释和翻译的。几乎与韦萨利奥和哥白尼的著作相对应的，后来一方面是由雷亚尔多·科隆博（Realdo Colombo，1520—1559）和安德烈亚·切萨尔皮诺（Andrea Cesalpino, 1519—1603）发表的解剖学著作，和法布里齐·达夸彭登特(Fabrizi d'Acquapendente, 约1533—1619）和威廉·哈维（William Harvey, 1578—1657）对血液循环的研究；另一方面是威廉·吉尔伯特（William Gilbert, 1540—1603）对地磁学的研究，和第谷·布拉厄（Tycho Brahe, 1546—1601）对天文的观察。开普勒主张用"天

[140]

体物理学"代替亚里士多德的"神学"，想以他和以具有吸引力的思想，使哥白尼的假说成为真正解释星球运动的"物理学"。现代科学产生于文艺复兴最初直觉的逐渐"世俗化"，通过对微观——宏观世界关系的自然和合理的解释，在寻求现实进程的"中庸"语言中实现的。从一定意义上讲，这是一个不断摧毁巫术、"神灵"，而支持理性、自然和机械的过程。

　　结论大概应当到伽利略的著作中去寻找；了解其意义可以 [141] 从双重比较中获益：从特勒肖到布鲁诺、到康帕内拉的自然主义哲学；弗朗西斯·培根的方法和调查。托马斯·康帕内拉（1568—1639）、培根（1561—1626）、伽利略（1564—1642）都是同时代人，康帕内拉是伽利略思想的热心捍卫者，要求哲学家们去学习大自然那本大书。但是伽利略同布鲁诺的巫术、同他的宇宙活力、同他的诗的形而上学，相去甚远。伽利略赞扬"超人的"阿基米德大师和与他相近的开普勒，1597年他感谢开普勒从格拉茨寄给他的文章《神秘的宇宙结构》（*Mysterium cosmographicum*）时，视其为"寻求真理的伙伴"。他感到开普勒在同他一起反对"哲学思考的邪恶方式"；而开普勒则在几个月以后回信给伽利略说，很高兴同他一起成为"哥白尼的异端"。从另一方面看，如果说伽利略收获了文艺复兴研究者们的成熟果实，那么如今他已超越了他们的紧张、疑虑，和他们艰难的摇摆不定。在他看来所有大的问题如今已很清楚、严密呈现出它们的本质，已经从像修辞学消遣的模棱两可中摆脱出来。他以娴熟的文笔完成的伟大著作 [《星际使者》（*Sydereus Nuncius*，1610）；《试金者》（*Saggiatore*，1623）；《关于两大世界体系的对话》（*Dialogo sopra i due massimi sistemi del mondo*, 1632）；《关于两门新科学的谈话和数学论证》

173

(*Discorsi e dimostrazioni matematiche sopra due nuove scienze*，1638）］是他的光辉思想的证明。他达到了使用工具（望远镜），发现（木星的卫星、太阳黑子）和理论建树之间的平衡；通过他可以清楚地了解到，数学在认识物理学中的重要作用，和理解经验与理性之间的关系。只要想一想令康德（Kant）感到震惊的那种高雅，它彻底超越了关于"冲动"的争论，和围绕在运载工具中活动的物体是否会运动的伪命题，认为对物体运动的研究应当排除所有被他称为的"偶然因素"，即重量、速度、形状，因为"它们的表现方式是变化无穷的，不能产生真正的科学"。这样便把运载工具的运动和变化视为干扰，而非原因，应按照运动的规律在纯几何意义的欧几里得范围内来理解运动，当物体处于静止或运动状态时，只有在受到外力的情况下，才能改变它的"现状"。

[142]

　　从这里，可以看到他成熟的物理学世界观，通过对它的规律和质量的思考，现实的结构是可以认识的。从这里，也可以认识到科学调查本身的局限，平静地评估他彻底铲除，但对他仍存在巨大意义的亚里士多德主义。这里，他平静而明确地肯定，在宗教面前科学是自主的；他满腔热情地捍卫理性的权利，在理性的领域，除了自身以外没有别的裁判。面对特兰托公会议（Concilio di Trento）① 之后的罗马教廷，他的悲剧只能说明他的著作中谨慎的和谐。即便如此，伽利略还是"赢了"。

---

① 　特兰托公会议，天主教会的 19 次公会议，1545 年 12 月 13 日在奥地利特兰托召开。因受西班牙和法国之间战争影响，会议时断时续，至 1563 年始告结束，历时 18 年。主旨在于反对宗教改革运动，并提出要在天主教内部进行改革。增设修院，培训神职人员，确认教皇在一般主教之上。（参阅《基督教辞典》，上海辞书出版社 2006 年版）

　　他敏锐地指出经验和理性之间的关系，培根的新逻辑学不能不表现出它的局限性，特别是很少考虑到数学工具。培根在有试金石作用的实际研究方面的匮乏，使他同伽利略的伟大综合拉开了距离。但这并不排除他的批判活动的意义，不排除他的方法在组织新百科全书体系中所发挥的珍贵组织作用，特别是他的丰富的思想，他非常清楚地说明了新科学的积极、建设性和实用性的特征，这是在人类新社会建设中完成决定性任务时直接感觉到的。正因为如此，17世纪作为革命的世纪，值得称为培根的世纪。

十三 人文主义文化和民族文学

　　文艺复兴时期文学的突出特点之一，无疑是有许多非同一般的人士想按照自己的看法，塑造由哲学家们理论化了的万能人的形象。无所不知、无所不为、无所不能、无所不是的人——在一个微观世界里概括地表现了宏观世界——这并非一个短暂的理想：他不断地肉身化为非凡的人物。列奥·巴蒂斯塔·阿尔贝蒂既是数学家，又是作家、建筑家；列奥那多·达·芬奇既是技术员和艺术家，又是哲学家、科学家、作家；洛伦佐·德美第奇既是天才的君主和能干的政治家，也是著名的诗人；米开朗基罗既是雕塑家，也是画家、杰出的建筑家，还写下令人难以忘怀的诗句。因此，很难把这些人进行分类，他们会不断越出给他们设定的习惯框架。但是，在这种文明中最好的表现方式也许是艺术。如果说文艺复兴意味着在欧洲历史中一次决定性的全景和风俗的变化，那么同样真实的是，在艺术中它也表现出不可混淆的个性特征，并达到了相当的高度：这里谈到的首先是绘画、雕刻和建筑，但是文学的革新也构成新文明的标志，它通过回顾古典世界，给新文明增添了内容和实质。

也许正因为如此，15 世纪一般来说并非诗歌最繁荣的世纪。如果我们以运动的发源地意大利为例，我们在那里找到伦理学家、论文作家、旅行叙述者、回忆录作者；我们没有找到但丁（Dante）①、薄卡丘、彼特拉克，但我们也真的找到有风格且优美的诗人。在语言方面，既有在学习古典著作基础上改造过的漂亮拉丁文，同时也还有俗语，而且结构的形式也越来越讲究，在不少情况下并不掩饰其不断模仿拉丁文的技能，有时达到镶嵌的地步。中世纪的拉丁文并非"野蛮的"，但不是西塞罗的拉丁文。常常表现为一种矫揉造作的语言，它要兼顾古典的和教父们使用的语言，而教父们喜爱使用偏僻的词和结构上难以理解的句子，多少世纪以来他们就希望从文学中找到拉丁文的几乎完美的"理想"。通过"语法的"理性中介，正如克里斯托福罗·兰迪诺（1424—1498）所说，从复杂的矫饰中产生了新的俗语。15 世纪的文学既要忙于学习"古典"的拉丁文，又要兼顾革新了的俗语，所以在意大利产生的更多是学术性论文，而不是艺术性的散文和诗；但如果说在君主们的宫

[144]

①　但丁（Dante Alighieri, 1265—1321），意大利伟大诗人。出生在佛罗伦萨一没落的贵族家庭。早年积极参加新兴市民阶级反对封建贵族的斗争。1300 年当选为佛罗伦萨共和国执政官之一。当时佛罗伦萨内部的党派斗争分为白党和黑党，白党主张依靠皇帝实现意大利统一。他是白党领导人之一，主张政教分离，反对教皇干涉政治。1302 年代表教皇势力的黑党得势，以反对教皇罪判处他终生流放。1321 年但丁客死拉韦纳。但丁的代表作是《神曲》（Divina Commedia），书中他让古罗马诗人维吉尔作为向导，带领他游历地狱和炼狱，让他青年时代的恋人贝娅特丽齐带领他游历天堂，通过遇到的不同著名人物的谈话，严厉谴责教会的贪婪专横，透露出人文主义的曙光，这部著作带有"百科全书"性质，充分反映出中世纪文化领域的成就。他的其他著作还有《新生》（Vita Nuova）、《雄宴》（Convivio）、《论俗语》（De Vulgari eloquentia）和《帝制论》（De Monarchia）。恩格斯称但丁为"中世纪的最后一位诗人，同时又是新时代的最初一位诗人"。

廷里，出现难得的高雅文学的繁荣的话，并不因此人民的缪斯就沉默无声，而是出现了一些骑士诗和讽刺诗。

在人文主义方面，最突出的诗人应当是安杰洛·安布罗季尼·达蒙泰普尔恰诺（Angelo Ambrogini da Montepulciano），即波利齐亚诺（1454—1494），他受洛伦佐·德美第奇保护，在意大利北方生活的那段时期曾和贡扎加家族发生过冲突。他是佛罗伦萨大学教授，杰出的语言学家、法学家和历史学家，能够用漂亮的希腊文、拉丁文和意大利文写作。他写的诗水晶般地洁净（《比武篇》，*Stanze per la giostra*, 1475—1478），表现出他有描写大自然美景的非凡能力，使人间世界的场景完美无瑕，任何时间、任何季节都春意盎然，永远散发着青春的气息。

> 永恒的花园中的树冠，
> 从没有薄霜或白雪；
> 那里没有冬天的结冰，
> 草木不受风的摧残；
> 那里一年四季，景色如春，
> 欢乐之神从不离去；
> [145] 她的金色长卷发在微风中摇曳，
> 如像连接的无数小花环。

这是《比武篇》中的描写，而《俄耳甫斯》（*Favola d'Orfeo*, 1480）童话在曼托瓦的宫廷里写成，那是在民间宗教演出中插入一个异教神话的首次演出。但不因此在洋溢着人文主义文化气氛的佛罗伦萨，俗语诗就会沉默：理发师布尔基耶洛

（Burchiello）即多梅尼科·迪乔瓦尼（Domenico di Giovanni，1404—1449）的奇怪和幻想的作品，与路易·浦尔奇（Luigi Pulci，1432—1484）的《摩尔干提》（*Morgante*，1461—1483）相遇，后者是一位生活动荡、讽刺辛辣的诗人，既对当代社会不满，又对美第奇宫廷的柏拉图气氛持敌视态度，并尖锐地批评宗教方面的偏见。他的八行体诗用中世纪诗歌的表现形式，由巨人、半巨人和神学中的魔鬼组成离奇的故事情节，在他们难以置信的冒险中，展示出中世纪骑士的古怪传统和流浪故事的题材。在浦尔奇的作品中，佛罗伦萨人擅长的幽默感已变成宫廷式的人文主义文雅；马泰奥·马里亚·博亚尔多（1441—1494）是雷焦·艾米利亚地区的斯坎迪亚诺伯爵，他写的哀歌体诗《热恋的罗兰》（*Orlando innamorato*），把骑士们的世界，变成一会儿是忧伤，一会儿是讽刺的爱的普遍胜利，充分展示了人文主义理想。卢多维科·阿廖斯托（1474—1533）也生活在费拉拉的文艺复兴环境中，他的著作《疯狂的罗兰》（*Orlando furioso*，1506—1516）表现了古典的文雅、庄严宏伟和讽刺，是 16 世纪最有意义的作品之一，它以童话形式出现的单纯风格，充满无限的幻想，像一面令人惊奇的镜子，反映出极其广泛和各种各样的文学见解，以及深刻压抑的生活经历。在八行诗体的形式中，人民语言和贵族语言和谐统一，通过骑士童话 [146] 展现古代文化和对整个现实问题的看法，表明新的文明已趋成熟，但又意识到面临的危机。

　　另一方面在意大利，人文主义——文艺复兴文学的历史，是一部与它的城市、它的宫廷相联系的历史，即使并非必然是宫廷史，它包含着人民同君主之间的斗争与会晤，交织着俗语与拉丁语、诗歌与智慧散文以及矫揉造作作品之间

的和谐与冲突。那不勒斯的阿拉贡宫廷接待焦万尼·蓬塔诺
(Giovanni Pontano, 1426—1503)，是出于人文主义目的，赞
赏他的优美的拉丁文，他用这样的拉丁文写一些关于占星术
和歌颂爱情与家庭欢乐的诗歌，以及道德对话的散文。他介
绍了安东尼奥·贝卡戴利 [Antonio Beccadelli，即帕诺尔米塔
(Panormita)，1394—1471]，此人是色情作家，《海尔马弗罗
迪图斯》(*Ermaphroditus*) 讽刺诗的作者。希腊人米凯莱·马
鲁洛（1453—1500）在那里住过一段时间，他是一位骑士和
歌颂大自然的诗人。雅各博·桑纳扎罗 (Jacopo Sannazzaro,
1456—1530) 出生和工作都在那里，他用意大利语写的田园
"小说"《阿卡迪亚》(*Arcadia*)，包含 12 首牧歌和 12 篇散文，
充满对古典作家 [特奥克里托、维吉尔、奥维德 (Ovidio)]
著作的回忆，在整个欧洲形成一种时髦。

谁要是沿那不勒斯北上，就会到达罗马。罗马在 15 世纪
的人文主义者，或者说在 16 世纪的艺术保护人教皇们统治之
下，然后继续前行就会到乌尔比诺、里米尼、费拉拉、帕多
瓦、威尼斯、曼托瓦和米兰，会在那些地方看见蒙泰费尔特罗
家族、马拉泰斯特家族、埃斯特家族、达卡拉拉 (Carrara) 家
族、威尼斯执政官家族、威尼斯贵族家族、贡扎加家族、维斯
孔蒂家族和斯福尔扎家族，在每个城市中都有诗人、学者、艺
术家；有宫殿、寺庙、城堡，按照合理的设计更新了的城市，
例如在费拉拉，由菲拉雷特或列奥那多·达·芬奇设计的理想
城市。在佛罗伦萨城中心，在共和国和君主国的更迭中，经过
早期人文主义文书长们的黄金时代，豪华者洛伦佐 (Magnifico
Lorenzo) 的宫廷光辉之后，可以看到尼科洛·马基雅维里和
弗朗切斯科·圭恰尔迪尼的伟大俗语著作，他们的历史，他们

的政治论文，以及马基雅维里的喜剧和令人难以忘记的《曼陀罗花》（Mandragola，1520）。人，生活在大自然力量的作用下，生活在政治生活的需要和法律的范围内，受感情和尘世环境残酷现实的制约；各个国家都在兴衰更迭；历史处于变与不变中：这一切都受到科学家的冷静分析和描绘，同时又带着伦理学家的激情，和清醒的旁观者和观察者的愤世嫉俗，这就是马基雅维里；与他时隔不远的圭恰尔迪尼也带着自己具体的"特殊"感觉。人文主义文化培养出对生活的无情的描述，符合并几乎与列奥那多·达芬·奇对自然界的研究相对应。16 世纪的意大利，当艺术出现巨大繁荣的时候，俗语诗和散文的创作也如雨后春笋。威尼斯的彼得罗·本博（1470—1547）在佛罗伦萨人的柏拉图理论氛围中成长，担任过教皇和红衣主教们的秘书，是一位大学者，善于阐述柏拉图关于爱和美的观念（见《阿苏拉尼》，Asolani），同时也是一位语言学家（见《俗语散文》，Prose della volgar lingua），模仿彼特拉克写诗。传播亚里士多德的《诗学》（Poetica），讨论柏拉图关于艺术和美的理论和贺拉斯的《诗艺》（Ars poetica）；经常在同西塞罗和昆体良的对比中，学习亚里士多德的《修辞学》（Retorica），这些活动充满那个世纪，人们想弄明白什么是一般的艺术，以及掌握艺术的技术和规则，并要对新的和古代的文学体裁下定义；希望有各种模式。经常出现一些关于语言（俗语和拉丁语）、一般诗学和各种"体裁"的理论家；爆发关于模式的争论：但丁和彼特拉克，阿廖斯托和塔索（Tasso）有什么不同。伴随着论文、智慧的模仿，繁荣起来的还有米开朗基罗的和"他的"女人维托里亚·科隆纳（Vittoria Colonna，1490—1547）的诗；泰奥菲洛·福伦戈（1496—1544）沉浸在用俗语和拉丁语混合

[147]

写的，并以笔名梅林·科卡伊发表的著作《巴尔杜斯》(*Baldus*)中，他嘲笑那个世纪和处于危机中的世界；"名声不好的"皮得罗·阿雷蒂诺(Piero Aretino，1492—1556)以不迎合的态度，直率和淋漓尽致地描写了当时的风俗；本韦努托·切利尼(Benvenuto Cellini，1500—1571)完全用自己的意大利文写小说和自己的传奇故事。已越出文艺复兴风格，在处于宗教分裂和斗争的悲剧背景中，隐约可见托尔夸多·塔索(1544—1595)的沉思对话，和他的人类沉痛的诗歌《被解放的耶路撒冷》(*Gerusalemme Liberata*)。

[148]　　在审视了心灵的曲折和行为的复杂之后，人的政治生活被分析并将其表现展露无余，但是在近于残忍和令人厌恶的赤裸裸无情展示之上，同时也升起了歌颂爱、信仰、苦难的完美价值的诗歌。经过15世纪的理论探索之后，意大利的16世纪在文学和艺术领域经历了一个不平常的时期，它让整个欧洲了解到当时意大利半岛上的语言和文学所取得的成就。法国在1485年翻译了《十日谈》(*Decameron*)，1514年翻译了彼特拉克的《凯歌》(*Trionfi*)；1515—1524年间翻译了但丁的《天堂》(*Paradiso*)；1519年翻译了浦尔奇的《摩尔干提》，这里只举几个例子。

　　此前一个世纪，即15世纪，人文主义者们办的新学校为欧洲输送了不少热爱古代文化的学生，从而获得文化上的共识，并为后来的发展打下了基础。如今，伟大艺术的光辉辐射各处，传播意大利的人文主义思想。意大利战争，查理八世的入侵，以及路易十二世(Luigi XII)带到法国的不仅是"古董"和艺术品；还带去了希腊文教授、音乐家、画家、雕刻家、建筑师；意大利的影响渗透到工艺中，从刺绣到金银首饰和武器制造，从银行到商业，从航海到妇女服装，从军事艺术到语言。英雄的普鲁塔克模式——试想畅销的雅克·阿米约（Jacques Amyot）的译本——和另一种——卡斯蒂廖内所描绘的——绅士模式的流行。意大利文书籍的翻译和教授希腊文，给法国送去文艺复兴的理想。如纪尧姆·菲谢、罗贝尔·加甘，和特别是纪尧姆·比代（1468—1540）那样的人，传播了新的教育思想；而约瑟·巴德（Josse Bade）则印了新书，法国文化发生了变化。雅克·勒菲弗·德塔普莱斯肯定了由佛罗伦萨的柏拉图主义者和伊拉斯谟主义滋养的新宗教精神。意大利人的政治观点对菲利普·德科梅内斯（Philippe de Commynes）产生了影响，他被路易十一世任命为阿让通（Argenton）君主，到意大利当外交官，他对历史的看法已完全脱离了中世 [149] 纪的史学观念。他的《回忆录》（*Mémoires*，分两部分，开始于 1489 年左右）观点尖锐、深刻，使人想起马基雅维里。玛格丽塔·迪昂古莱姆（Margherita d'Angoulême, 1492—1549）描绘出人文主义类型的君主，这也是在佛兰德和博洛尼亚培养出的"修辞学家们"，在他们习惯带点矫饰的作品中所描述的。密什勒在读柏拉图的著作时，称他为"文艺复兴的可爱母亲"，即使他还沉迷于他的《七日谈》（*Heptameron*，用此标题，并非偶然，他在模仿薄伽丘的《十日谈》）的色情和现实主义描述中。围绕那位"母亲"，让·费内尔（Jean Fernel）的著作《论不明事物原因》（*De abditis rerum causis*，1548），在科学和巫术之间徘徊，莫里斯·塞夫创作了伟大的教育诗《微观宇宙》（*Microcosme*, 1562），而博纳旺蒂尔·德佩里埃（Bonaventura Des Périers）则沉浸在《世界钟声》（*Cymbalum mundi*, 1537）的宗教争论中，艾蒂安·多雷（Etienne Dolet）不时炫耀某种对宗教的漠不关心。新的和更为自由的思想引起的危机，迫使诗人克莱芒·马罗（Clément Marot, 1496—1544）逃到费拉拉和日内瓦，德佩里埃自杀，多雷被处以火刑。马罗写了《文雅的诙谐》（Élégant badinage），在《克莱芒的青春》（Adolescence Clementine）之后，于 1532 年翻译"赞美诗"（Salmi）。文化上的革新，人文主义和宗教上的不安，相互交织，面临向意大利那样发展的前景。

与此同时，弗朗索瓦·拉伯雷修士，由于懂得异端的希腊语言而受迫害，他便在蒙彼利埃和里昂行医，访问罗马，并用亚勒戈弗里巴·奈西埃（Alcofrybas Nasier）的笔名成为庞大固埃和他的父亲卡冈都亚的传记作者。巨人们的喜剧性和寓言性的生活，成为拉伯雷所处时代和生活的一面镜子，拉伯雷为它奉献出了自己的余生，剩下的时间也就在索邦大学的谴责、在意大利旅行和行医中度过，同时他继续独特和诙谐地祝贺，他所生活的奇妙世界取得的知识进步。

从意大利传来人文主义之光，在诗歌中引进十四行诗和三行诗句押韵法。在法国诗歌中，柏拉图主义和彼特拉克风格得到肯定。在里昂，在柏拉图和彼特拉克影响下歌颂爱的有莫里斯·塞夫、佩尔奈特·杜·纪耶（Pernette du Guillet）和"美丽的制绳匠"路易丝·拉贝（Loyse Labè）。1549 年，若阿基姆·杜贝莱（Joachim du Bellay, 1522—1560）在《保卫与发扬法兰西语言》（Défense et Illustration de la langue française）中复制意大利模式（和翻译斯佩罗内·斯佩罗尼的著作），为了了解文学的类型、题材、主题和风格，呼吁无保留地再学习希腊文、拉丁文、意大利文，以丰富法国的语言和文学，创作史诗、颂歌、悲剧和喜剧。"好吧，法国人，勇敢地向骄傲的

[150]

罗马城前进；把它的战利品，如像许多次那样，拿来装饰你们
的神庙和神坛……你们要毫无顾忌地掠夺德尔福神庙（tempio
di Delfo）的神圣珍宝。"洛伦佐·瓦拉在《典雅》（*Elegantiae*）
的序言中谈到的论题被翻译和改编。以皮埃尔·德·龙萨
（1524—1585）为首的一批新诗人想获得新的桂冠。"在若阿基
姆·杜贝莱的推动下"，在 1550 年《颂歌集》（*Odes*）的序言中，
龙萨写道："强烈希望振兴法国的诗歌，过去太衰弱了"，和踏
上一条要追随品达（Pindaro）[①] 和贺拉斯的"未知路"。在布卢
瓦（Blois）的一个节日里，他会见了卡桑得拉·萨尔维娅蒂
（Cassandra Salviati），她便成为了他的劳拉。

> 亲爱的，我们去看看玫瑰，
>
> 它早晨刚刚绽放，
>
> 红裙在阳光下展开；
>
> 一到黄昏就将凋谢，
>
> 它那皱褶的紫红裙，
>
> 好像你肌肤的颜色。

在龙萨的诗歌中频繁出现玫瑰，自然会使人想起波利齐
亚诺的玫瑰和紫罗兰，但没有它们的迷人的光辉，没有它们
的忧伤，甚至没有它们的性感：更细腻、更优美、更文雅，
虽然作者引用了品达的名字。还有《颂歌集》和《情诗集》
（*Amours*）；以后，并非没有受到来自马鲁洛启示，例如《赞美

---

① 品达（Pindaro，前 522？—前 442），古希腊诗人，歌颂奥林匹克运动会的
胜利者和他们的城邦。诗里充满爱国热情和道德教诲，他写过十七卷诗，只留下
四卷。

诗》（*Hymnes*）和所有其他体裁的诗。文艺复兴对法国诗人产生了重要影响：这是对和平的劝说：

[151]

> 组成这个伟大世界的首先是和平，
> 和平使空气、火、天空、大地、海洋，
> 处于和平友好之中……
> 和平建设城市，
> 和平使贫瘠的土地肥沃。
> ……
> 不，不要战争，在友好中生活，
> 基督徒们……

这是对人的尊严的描述：

> 我们不是天生不发芽的种子，
> 活动的石头；我们有更高贵的素质，
> 头脑经过训练……

围绕他和杜贝莱，七星诗社的其他成员有：蓬蒂斯·德·蒂亚尔（Pontus de Tyard, 1521—1605）、让安东纳·德·巴依夫（Jean-Antoine de Baïf, 1532—1589）、艾蒂安·若岱尔（Étienne Jodelle, 1532—1573）、让·德拉彼鲁兹（Jean de la Pérouse, 1529—1554）、雷米·贝罗（Rémy Belleau, 1528—1577）、雅克·佩尔捷·迪芒（Jacques Pelatier du Mans, 1517—1582）。龙萨统治着围绕他运转的这些"星星"；古代的模式丰富了诗歌的形式，尽管面对这些"星星"，我们还是想起米歇尔德·蒙

186

田（Michel de Montaigne）讲的一段话：

> 我们把目光转向大地：看看四处的穷人们，他们劳动之后低下了头；他们既不知道亚里士多德，也不知道卡托内，既不知道榜样，也不知道戒律。但是，他们每天从大自然汲取坚定和忍耐的力量，他们的学习比我们在学校读书学到的更单纯和更直接。我每天看到多少穷人，他们并不在意贫穷；多少人愿意死，或毫无恐惧和毫无怨言地面对死亡！

蒙田精通古典著作，懂拉丁文和希腊文。在1563年去世的朋友艾蒂安·德拉博埃西（Étienne de La Boétie）的身上，他赞赏一种古人的道德模式。作为斯多噶主义者和怀疑论者，厌倦于从书本中寻找知识，而在旅游中用自己的眼睛看看世界；他管理波尔多市时，充分发挥了智慧的作用。不停被修改的《随笔集》（Essais）是他内心的真实写照，文化并未使他感到窒息，而是丰富了他的内心世界，鼓励和使他能够用无可比拟的细腻认识和描绘自己。"每个人都向前看，而我是向后看；我只关心我自己，我在不停地审视自己，研究自己，品味自己。"这样，在超越伟大文化经验之外，又增添了新人的丰富和不安的反省意识，他经历的历史和尘世生活，品尝到的欢乐与痛苦，曾经有过的信任与怀疑，他从每一次心跳中观察和描绘自己。所以在蒙田描绘的人的肖像中，可以看到欧洲思考的所有精神方面的问题。 [152]

　　如果说文艺复兴的艺术与意大利和法国的文学联系如此紧密的话，新文化光芒的辐射便覆盖了整个欧洲。通过大师们和艺术家们的旅行，他们的新思想得到传播。斐维斯是西班牙人，工作在巴黎、勒芬、布鲁日、牛津；苏格兰人布坎南（Buchanan）在波尔多教书，他的学生中有蒙田；不用说还有伊拉斯谟，以及其他许多人。雅尼斯·（乔万尼）·潘诺纽斯[Janus（Giovanni）Pannonius, 1434—1472]，把瓜里诺办学校的经验带到了匈牙利。埃内亚·西尔维奥·皮科洛米尼早就希望日耳曼世界发生变化；在意大利学习的人，除了库萨的尼古拉以外，还有格雷戈里奥·亨堡（Gregorio Heimburg, 1410—1472）和阿尔布雷希特·范·艾布（Albrecht von Eyb, 1420—1475），他的《诗人玛格丽塔》（*Margarita poetica*）流传甚广；学者们之间也不乏接触。形成了一些文学团体和学园。孔拉德·凯尔蒂斯（Conrad Celtis, 1459—1508）是赫罗斯威塔的出版商，拉丁诗人、博学者、语言学家，成立了"雷纳文学会"（Sodalitas Literatia Rhenana）。"多瑙河友谊会"（Sodalitas Danubiana）也是他在维也纳成立的，并且在约翰内斯·库斯皮尼安鲁斯（Johannes Cuspinianus, 1473—1529）主持下得到发展。凯尔蒂斯按照比翁多·弗拉维奥的《插图意大利》（*Italia illustrata*）创作了《插图德意志》（*Germania illusrata*），而雅各布·温费林（1450—1528）写了一部从最早开始的日耳曼历史，比亚图斯·雷纳努斯（Beatus Rhenanus, 1485—1547）则是一位著名的古典著作出版家。但是，如果说语言学家们、博学家们、东方文化研究者们（只需想想罗伊希林）把大量人文主义言论介绍到了德语国家中去，人文主义和伊拉斯谟思想找到了它们的捍卫者，新的教育思想由梅兰希顿在维滕贝格传播，施图尔姆（Sturm, 1507—1589）在斯特拉斯堡传播，这些都是真的话；那么同样真实的是，宗教斗争和对罗马的反感，更晚些时候，意大利天主教的根深蒂固的反动，从另一方面，也使德语世界远离了真正和纯粹的文艺复兴运动。乌尔里希·冯·胡滕(1488—1523)在1520年创作的对话《阿米纽斯》(*Arminius*)中，把阿米纽斯作为抵抗罗马的民族英雄的象征，世代相传，并非偶然。整个欧洲的语言学家、批评家和思想家们都在议论说，无论什么地方，只要按照意大利的模式回到古人那里，都会出现新的繁荣。在西班牙，15世纪看到了《海格立斯的12功绩》(*Los doze trabajos de Hércules*)，恩里克·德·比列纳(Enrique de Villena, 1384—1434)在那里再次使用了科卢乔·萨卢塔蒂的题目；还可以看到安东尼奥·德内夫里哈(Antonio de Nebrija，1444—1522)从意大利带去了从瓦拉那里得到启示的语法革新，以及他在《十卷史》(*Decades*)中的人文主义史学思想。16世纪，一方面是伊拉斯谟主义的传播，另一方面是柏拉图主义滋养了莱昂内·埃布雷奥的《爱的对话》(*Dialoghi d'amore*)。由诗人胡安·博斯康(Juan Boscan)翻译的卡斯蒂廖内的《廷臣论》影响也不小。瓦尔德斯(Valdés)、阿方索和胡安都是伊拉斯谟的追随者，而在16世纪最重要的诗人中，如加尔奇拉索·德拉·维加(Garcilaso de la Vega)、费尔南多·德埃雷拉(Fernando de Herrera)都深受彼特拉克和柏拉图的影响。至于方济各会修士安东尼奥·格瓦拉(Antonio Guevara)的著作，和特别是带着理想统治者肖像的《马可·奥勒留皇帝之书》(*Libro del emperador Marco Aurelio con reloj de principes*)，一时走运，风靡各地。

[153]

在英国，从意大利引进并由伊拉斯谟滋养的人文主义，在托马斯·利纳克雷、威廉·格罗辛、约翰·科利特、托马斯·莫尔那里生存下来；新的教育由托马斯·埃利奥特和罗杰·阿谢姆理论化。托马斯·华埃特（Thomas Wyatt，1503—1542）从彼特拉克的诗中得到启示，但是在埃德蒙·斯宾塞（Edmund Spenser）① 的《仙后》（*Regina delle fate*）中，译者为马罗和杜贝莱，在寓言世界里取得胜利的象征主义和道德主义，把我们带到如今已是菲利普·锡德尼（Philip Sidney）先生、富尔克·格雷维莱（Fulke Greville）和沃尔特·雷利（Walter Raleigh）先生那样的人大放光彩的世界：在那个世界里可以听到焦尔达诺·布鲁诺的意大利语对话的回声，但它在许多方面已超越了"再生"的理想。

经过各种艰难曲折，从意大利开始的觉醒，革新了文学的鉴赏力、形式、体裁和诗学。为中世纪许多年代提供营养的贺拉斯、奥维德、泰伦提乌斯的著作，也开始有不同语言的文本；抒情诗、史诗，特别是戏剧得到了革新。古典著作的教育[154]与各民族的传统和形势相联系以后，原创的形式得到丰富，在从模仿——那种 16 世纪的诗学已讨论多次的亚里士多德式的"模仿"——到原创中，已超越拉丁人文主义的共性，找到欧洲各民族富于个性特征的精神创造。

---

① 斯宾塞（约 1552—1599），英国文艺复兴时期的诗人。生于布商家庭。曾就学于剑桥大学。1580—1598 年，大部分时间任英国驻爱尔兰总督秘书。主要作品有：《仙后》（*La regina delle fate*）、《牧人日历》（*Il calendario del pastore*）等。作品充满对大自然的热爱和对人的力量的赞美。他在诗中所运用的节奏，被称为"斯宾塞节奏"。

十四 "美"的艺术：建筑、雕刻和绘画

在意大利，15世纪开始教授希腊文时产生的第一个重要、虽然还不成熟的果实，就是翻译柏拉图的《共和国》。开始在佛罗伦萨，后来在米兰和威尼斯，以及由于意大利人文主义者们的影响，在意大利以外的地方，特别好奇地读到柏拉图提出的关于理想国家的思想。莱奥纳尔多·布鲁尼在他对佛罗伦萨的描述和颂扬中，把城市——国家看作理想的城市；"小国"是吸引各种政治、文化思想的中心。各种各样活动的实现，都包含在城市的现实机体中，在它的建筑中，在它合理确定的建筑结构中，在它的空间，在它同周围农村的自然关系中。布鲁尼在他的著作《佛罗伦萨人民史》（*Historiae Florentini populi*）中，毫不犹豫地谴责罗马，因为罗马帝国窒息了城市的自主生活。外来的侵略导致罗马帝国灭亡，重新释放了城市活力的可能性，这是积极的作用；后来，德意志国家同教会一起建立的"神圣罗马帝国"发生危机，进一步为"自由分子"的得势提供了方便。那么，如今自由的"公共事务"（res pubblica）不仅体现在国家机构和法官那里，也具体体现在建筑上。"筑墙"，或者说建筑，它恰好标志出在较大程度上肯定

文艺复兴文明的城市繁荣的特征；科西莫·德·美第奇的"筑墙"充满着传记和历史故事；尼可洛五世关于罗马大建筑的建议是众所周知的；1492 年斯福尔扎拆除维吉瓦诺（Vigevano）的房屋，是为了按照布拉曼特（Bramante）在 1475—1485 年制定的计划，修建大广场；也是在 1492 年，按照比亚焦·罗塞蒂（Biagio Rossetti）的设计，修建了《费拉拉的海格立斯》（*Erculea di Ferrara*）；1505 年左右，布拉曼特在罗马从事修建使徒宫和朱莉娅大道；1516 年，在佛罗伦萨由安东尼奥·达圣加洛（Antonio da Sangallo）修建"至圣受胎告知广场"（"Piazza della SS.Annunziata"）。从 15 世纪末到 16 世纪初，列奥那多·达·芬奇起草他的城市规划图和城市建筑设计图（Milano,Cod.Atl., 65v.b ；forse Firenze，ms.Windsor 12681 ；Imola, ms.Windsor 12284）。列奥那多在法兰西学院，还勾画出理想城市的主要轮廓（ms.B，16r—15v）。它早于列奥·巴蒂斯塔·阿尔贝蒂，和绰号为菲拉雷特的安东尼奥·阿韦利诺（移居到伦巴第的佛罗伦萨的建筑师，"米兰医院"的设计者），也早于锡耶纳人弗朗切斯科·迪乔治·马尔蒂尼（Francesco di Giorgio Martini）。这些人想法虽然近似于乌托邦，但他们都深信建筑的特殊作用，建筑同政治和文明生活之间的联系；它是人类城市生活的需要，是人与城市继续生存的需要。当然，菲拉雷特在 1460—1464 年完成的优秀著作《论建筑》（*Trattato dell'architettura*）一书中设计和从理论上说明的理想城市"斯福尔津达"（"Sforzinda"），常常给人一种具有非凡想象力的印象；但他总是重视人与建筑必须相协调一致的标准（"这样，我给你设计的建筑在形式上与人相似……"）。列奥那多的观点大家很清楚，他要求人居住的城市要体现人的尊严原则，也即是要设计合理、有序，按照准确的卫生、功能和美学标准修建。也就是说，在理想的城市中如同在单个的建筑物里一样，或者说在建筑师和城市规划者的艺术工作里，应当包含和体现现实生活的观念，避免任何无实际意义的娱乐消遣。这样，艺术家，或者更好地说某种"万能的"工匠，人类在其中生活的宇宙的建设者，就是这种文明的最高和最完美的表述。艺术，这样的艺术，它把一切都吸引到了自己那里：科学、世界观、诗歌、道德、政治。很明显，这就是列奥那多的、米开朗基罗的和其他这样做的人的艺术；对于他们来讲，贝尔纳德·贝伦森（Bernard Berenson）的观察完全正确："当忘记他们是画家的时候，他们还是雕塑家，忘记他们是雕塑家的时候，他们还是建筑家、诗人甚至科学家。他们从未放弃过未经尝试的表现形式；谁也不会说'这件作品我完全满意'……我们感到工匠是作品的祖先，出类拔萃的人则屹立在工匠之上"。从这个意义上讲，艺术家的工作不仅是文艺复兴文明的表现之一：几乎可以说是它的综合性表现。洛伦佐·基培尔蒂高度赞扬雕刻和绘画并非偶然，称它们为"最富含知识和各种装饰技能的学科，是体现所有其他技艺的最高创造"；列奥那多认为，绘画学科包含全部百科全书知识。更不用说阿尔贝蒂，当他把《论绘画》（*Della Pittura*）的书送给布鲁内莱斯基的时候，思想上同时也想到多那太罗（Donatello）和马萨乔，不仅指出这种艺术涉及各种材料的复杂性，并对菲利波·布鲁内莱斯基所从事的科学工作进行了罕见的赞扬：

[157]

  谁要是不那么狠心和嫉妒的话，都会赞扬皮波

(Pippo)①，当他看到这个结构如此庞大，高耸入云，非常宽敞，它的阴影可以笼罩着所有托斯卡纳人，但建造时没有用横梁或大量木材，那样的技艺，如果我判断正确的话，在那个时代能建造这样的圆顶是难以置信的，也许古人既不知道，也不懂得这样做？

这里谈到了那位伟大建筑师的科学，古人的研究，并奇迹般地超越了古人，那位托斯卡纳天才制作的高耸的圆顶，笼罩着整个地区。在菲利波·布鲁内莱斯基（1377—1446）身上，阿尔贝蒂看到了新型艺术家的形成：15世纪初，新文化推动他同年轻人多那太罗一起到罗马去，当文学家们寻找和阅读手抄本时，他"想探索古代优秀建筑师的技术和寻找宏伟的古建筑，并测量它们的和谐比例关系"。正如在安东尼奥·迪图乔·马内蒂（Antonio di Tuccio Manetti）为他写的传记中读到的那样，

[158] 他与多那太罗同住在罗马的一个寓所里，他把罗马和附近所有的建筑都画下来了，"尽可能作出估计和判断，标出长、宽、高的尺寸"。他还制作机器，后来到托斯卡内利那里去深化必要的科学和数学基础知识（瓦萨里保存着他在那位理论大师那里学习的回忆录）。那是一个热衷于钻研"透视学"的年代。艺术家们进行实验，写论文，制定技术标准：例如除阿尔贝蒂外，还有前面提到过的基培尔蒂，以及皮埃罗·德拉弗兰切卡和他的透视学论文。达·芬奇就是传统地位变化的突出代表：一个卑微的手工业者，由于在艺术和科学技术、机器制造方面取得的突出成就，而获得新的尊严。如像布鲁内莱斯基那

---

① 皮波是菲利波·布鲁内莱斯基（Filippo Brunelleschi）的绰号。

样的建筑师、军事工程师们，为手工业阶层的社会条件的提升作出了贡献；在他们同订货人那里，得到新的尊严。无疑，自由共和国、僭主管辖地、君主国、教皇国之间不同的形势，会反映到雕刻家、画家、建筑师、城市规划者们工作的方式上。宫廷中文化圈子的存在、思想运动和理论的影响，同艺术品产生的形式也不可分。人们已经注意到，在由贝利尼（Bellini）到卡尔帕乔（Carpaccio）的威尼斯大师们表现的随从队伍中，已反映出威尼托的政策；同样，在锡耶纳的安布罗焦·洛伦泽蒂（Ambrogio Lorenzetti）的壁画中，可以看到对廉洁政府的劝告；在佛罗伦萨和在托斯卡纳人之间的感受并无不同，开始是共和国理想居统治地位的时代，然后是洛伦佐（Lorenzo）君主时代的繁荣，最后是萨伏那洛拉的布道时期。如果不看看同时代诗人、演说家和哲学家们写的东西，很难看懂波拉尤奥洛（Pollaiolo）或波提切利的画；看曼特尼亚（Mantegna）的作品，不仅要参阅帕多瓦教授们的注释，还要看碑文学家费利切·费利恰诺（Felice Feliciano）的相关著作；这样，在理解米开朗基罗创作的某些形象，甚至列奥那多画的某些启示录的素描——洪水和世界末日时，也应联系到萨伏那洛拉。像马萨乔或皮埃罗·德拉弗兰切斯卡那样的画家，在他们的壁画中所 [159] 描绘的人物形象，在同时代的人的眼中都是有能力统治世界的特殊人物。波提切利在他的画中反映出现实的本质含义，正如保罗·乌切洛（Paolo Uccello）把他精湛的透视艺术、罕见的科学才干发挥到极致那样，他全然不顾对他的绿马或红马的真实感觉。后来，列奥那多又把科学洞穴同绘画形象奇妙地结合在一起。贝伦森写道：

　　　　他除了让事物表现出永恒的美之外，什么也不做。无论画头颅、一叶草的结构，或人体肌肉的解剖截面，他的天才线条和明暗画法，都使它们栩栩如生；但这一切又都是在不经意间完成，因为这些令人惊叹的画稿的大部分，都只是为了说明他当时专注的科学思考。

　　这就是这些艺术家们的秘密和神秘之处；他们幸运地表现了文明史上的一个关键时期，并为此而作出了贡献，他们处于对科学、建筑、哲学、诗歌进行思考，并使之形象化的罕见交汇处。布鲁内莱斯基是一位物理学家和杰出的机械师。他在给乔瓦尼·达普拉托（Giovanni da Prato）的争论性诗句中谈到经验的价值：

　　　　虚假的判断会失去勇气，
　　　　因为经验使他感到害怕……

　　对科学的深入学习，透视学的研究，知识的扩展，汇集到他的建筑设计的整体和谐、光线和节奏中，让理论知识和精湛的技艺体现在"圣母玛丽娅百花大教堂"的诗意般的圆顶、帕齐小教堂（Cappella dei Pazzi）的优美、圣洛伦佐和圣斯皮里托教堂的节奏上。他的空间概念，是一种真正观察和理解自然的新方式，他把它同对自由的无限感觉联系起来，从而超越各种政治理论约束，把人从令人难以置信的受嘲弄状态下释放出来［对胖子木匠，或者说对马内托·阿马纳蒂尼（Manetto

[160]

196

Ammannatini)① 的"形而上学"的嘲笑，几乎都有象征意义]；而他同古代的关系，则保持充分的独立和建筑上非凡的创造性。有位历史学家 [P. 圣保莱西（P.Sanpaolesi）] 在谈到布鲁内莱斯基时，曾引用鲁杰罗·培根关于未来机器的预言（"可以造出不用桨手的航船，不用牲口拉动的快速奔跑的车辆……还可以造出体积小、但能举起和放下巨大重物的机器"）。那么，"布鲁内莱斯基虽然没有写过这方面的东西，但他这样做了，而且并非单凭经验，而是以准确的理论为前提进行的"。沿着他的足迹，米凯洛佐（Michelozzo，1396—1472）也就不难满足佛罗伦萨社会对他提出的需要。一种新型风格的公共建筑、住宅、宫室、别墅出现了，甚至扩大到托斯卡纳以外的各个地区。阿韦利诺到伦巴第工作，列奥·巴蒂斯塔·阿尔贝蒂则重新拿起维特鲁威的著作，该著作早被薄伽丘，后来又被布拉乔利尼在 1414 年发现。拉斐尔和安东尼奥·达圣加洛也遵循其道；布拉曼特和列奥那多也对它进行了深入研究；1511 年，焦孔多修士（fra'Giocondo）将其出版并加以介绍。宏观和微观宇宙相对应的思想，具体地体现在以拟人为特征的建筑中，并以人为衡量标准的和谐关系上。

与此同时，布鲁内莱斯基的朋友多那太罗（1386—1466）对帕多瓦的画家们，如曼特尼亚产生了影响，在一段时间对

① 《胖子木匠的故事》（*La Novella del Grasso legnaiuolo*），是一篇 15 世纪的意大利文小说，作者是 Antonio Manetti。描写布鲁内莱斯基和他的朋友们对当时参加工程竞赛的傲慢的胖子木匠 Manetto Ammannatini 开的一次玩笑，都说他不叫 Manetto Ammannatini，而是一位靠家人养活的懒汉，名叫 Matteo Mannini。最后，胖子木匠相信这话是真的，为了摆脱众人的嘲笑，他离开了佛罗伦萨，去了匈牙利，若干年后回来时成了一位工程师。

工作中的建筑师们、雕塑家们，对基培尔蒂和卢卡·德拉罗比亚（Luca della Robbia），以及对坟墓的修建者们如贝尔纳尔多·罗塞利诺（Bernardo Rossellino）和多那太罗的学生德西代里奥·达塞蒂尼亚诺（Desiderio da Settignano），也产生了影响。那是布鲁尼和马尔苏皮尼（Marsuppini）的坟墓，他们改造了哥特式石棺，用它来表达人世间一段时期的荣誉。

[161] 　　在绘画方面，如果不通过回到古典的老议题，很难把从马萨乔到米开朗基罗的进程解释清楚，在最近的研究中越来越多的复杂因素证明，那些原来认为是"再生"或模仿的作品，实际上都是原创。当然，我们面对的不仅是"一种精神和表现形式的尊严，而是在后古典艺术史中从未达到过的和谐与平衡"[R. 威特科尔（R.Wittkower）]。

　　新进程是从乔托开始的。到马萨乔（1401—1428）又再度繁荣。佛罗伦萨的卡尔米内教堂（Chiesa del Carmine）内的布朗卡奇小教堂（Cappella Brancacci），反映了15世纪对人的形象的看法。然后，在佛罗伦萨人中出现了讲究科学画法的保罗·乌切洛、讲究力量画法的安德烈亚·德尔卡斯塔尼奥（Andrea del Castagno）以及安杰利科（Angelico）和李比（Lippi）、波拉尤奥洛、巴尔多维内蒂（Baldovinetti）等画家和韦罗基奥（Verrocchio）的画室；在这批优秀画家中，山德罗·波提切利和列奥那多·达·芬奇更是出类拔萃。那是一个充满人性的世界，人们活动之频繁前所未有；如果不注意观察，很难了解其时代内涵和它的诗歌，以及看待事物的能力，查找现象进程，通过寻根问底，发现现象的意义，在问题的解决中把语言学和历史、科学和哲学方面的知识融合在一起。

　　这方面发展的进程也是复杂的：从佛罗伦萨和托斯卡纳地

区的人才聚集，到威尼斯丰富的各种资源，从曼特尼亚在帕多瓦和曼托瓦之间表现的人文主义"古典精神"，到被卢卡·帕乔利（Luca Pacioli）称之为"绘画君主"的皮埃罗·德拉弗兰切斯卡（1416—1492）"无表情"的严肃。一种文明逐渐演变的整个系列固定在各种形象上，表现在"雇佣兵队长"严肃的雕像和纪念碑上，显示在教堂、宫殿、城堡的结构上。这是被确定的人的形象的新标准，一个时代的人已认识到并追求自己理想的模式，他们要用建筑体现他们的住所和他们的神性，但这并不是再生的异教神性，而是他们所理解的宇宙和宇宙的规则，新的规则通过回到古典和基督教源泉，特别是认识到人世间人和现实的变化。这就是驱动，包括从旧的脱离，创作最复杂作品的动力；这也是作品中表现隐喻和象征的复杂性，因此，在欣赏一幅画或一件浮雕时，为了补充和评论，整个图书馆都向现代的学者们开放。这样，就像经常遇到的作品未解之谜一样，事物之谜无穷无尽。这种对时代文化搏动的感觉，我们可以从洛伦佐圈子里的波提切利，到萨伏那洛拉那里找到，从《春》（*Primavera*）和《维纳斯的诞生》（*Nascita di Venere*）到克里斯托福罗·兰迪诺的《图解但丁》（*illustrazioni del Dante*）；我们还可以从曼特尼亚的作品中找到；乔尔乔涅（Giorgione）给我们留下深刻的印象；在列奥那多·达·芬奇身上我们找到或推测，更多是明确采取争论的立场，而不是和平地接受。在米开朗基罗身上，我们看到一种罕见的力量，在一个完全重塑的宇宙中实现个人形象的转变。"美术"和文化的其他表现形式之间的交换，持续并充满生气，而在"艺术"中却更容易显示一种文明的张力和同外部的接触。实际上，一方面我们看到15世纪意大利的新绘画同佛兰德绘画的

[162]

联系，罗希尔·凡·德魏登（Rogier van der Weyden）、彼得
吕斯·克里斯蒂（Petrus Christus）、让·富凯（Jean Fouquet）
都"到过"意大利；凡·爱克（Jan van Eyck）、胡戈·凡·德
尔·胡斯（Hugo van der Goes）、梅姆林（Memling）对意大利
画表示过赞赏。另一方面，我们也注意到除了佛罗伦萨的影响
之外，也同意大利的其他文艺复兴城市发生的相互影响；还有
一些慷慨支持文艺事业发展的宫廷，如乌尔比诺的宫廷，所发
挥的重要作用；更不用说庇护二世，他让贝尔纳尔多·罗塞利
诺把出生地的一个村庄科尔西尼亚诺（Corsignano），变成美
丽的皮恩察宫廷；以及尼可洛五世，他提前规划了在下个世纪
由尤利乌斯二世、利奥十世、克力门七世在罗马要做的事情。
在这种情况下，佛罗伦萨便逐渐相形见绌。但另一方面的情况
也并非鲜为人知，尽管使用的都是共同语言，但不同文化中心
在艺术上的差异与它们在其他方面的文化差异相一致，例如威
尼斯、费拉拉、帕尔玛或翁布里亚，它们中有的或建立在传
统的基础上，有的或相互交织，像威尼斯，有的或受外来的，
或"俄耳甫斯"（"Orfico"）和"毕达哥拉斯"影响。这里就
可以看到一些个性鲜明的优秀作品，如充满神秘感的乔尔乔涅
（1477—1510），色彩亮丽的提香(Tiziano)①，富于动感、柔和、
性感的科雷焦 [Correggio，即安东尼奥·阿莱格里（Antonio

---

① 提香（Tiziano Vecellio，1490—1576），意大利文艺复兴盛期威尼斯画派的
著名画家，乔瓦尼·贝利尼的学生和乔尔乔涅的助手。乔氏死后即作为威尼斯
画派的主将活跃画坛。由于他长寿且事业顺利，留下的传世之作甚多。他的画色
彩华丽，造型健美，善于捕捉人的神韵，使他的肖像画具有非凡的魅力。代表作
有：《纳税钱》《圣母升天》《田园合奏》《神圣和世俗之爱》《戴手套的青年》《美女》
《花神》《卡尔罗五世骑马像》和《玛达蕾娜》等。

Allegri)，约 1489—1534]。

与此同时，在 15 世纪末到 16 世纪初之间，艺术的首席地 [163]
位便决定性地从佛罗伦萨过渡到罗马去了。向文艺提供赞助
的教皇们，其中两位就来自美第奇家族，他们带去了许多重
要的艺术家：建筑师、雕塑家、画家，其中有布拉曼特、拉斐
尔、焦孔多修士、安东尼奥·达圣加洛。在古代留下的古迹之
间，和谐地修建了一些新的宏伟建筑。博纳罗蒂·米开朗基罗
（1475—1564）为这一切作出了巨大贡献，他有在佛罗伦萨时
期的复杂经历，受柏拉图主义和萨伏那洛拉思想的影响，但又
越来越虔诚地信奉宗教。

他解剖尸体，直到无法忍受的时候（他不再切割尸体——
孔迪维（Condivi）说——由于他长时间这样做，使他的胃极
其难受，既不能吃，也不能喝）；他想写一篇关于解剖学的论
文，因为他感到丢勒的论文"非常没有说服力"。到了老年，
他不再想实现他的计划，"他同解剖学者，著名的外科医生雷
亚尔多·科隆博老爷谈了他的想法。"在大自然那本书旁边，
他放着人写的书，首先是但丁（Dante）和彼特拉克的书，以
及《圣经》。

人们面对雕像《摩西》（Mosè）和美第奇家族坟墓（内穆
尔公爵朱利亚诺和乌尔比诺公爵罗伦佐）上那样的雕像，以及
《最后的审判》（Giudizio universale）那样的画，会不由自主地
产生冲动，想从那里探索崇高的诗意和深层的文明智慧。世界
的概念表现在从《大卫》（David）到《奴隶》（Prigioni），从
《摩西》到《夜》（Notte）和《晨》（Aurora），到未完成的《暮》
（Crepuscolo）那些雕像中；体现在《最后的审判》中的宗教观，
巧妙地把思想和诗融合在一起，在西方的历史中仅在希腊文化

的某些时候和在但丁《神曲》（*Commedia*）最激动人心的篇章中才能看到。他生活在一个人才辈出的时代，不仅与他之前在奥尔维耶托主教堂画《最后的审判》的大画家卢卡·西尼奥雷利（Luca Signorelli，1450—1523）拉开了距离，而且也轻松地超越了拉斐尔（1483—1520），后者整个的人文主义和谐风格止步于米开朗基罗的悲剧性崇高之前。《雅典学院》（*Scuola d'Atene*）把我们带到"哲学的和平"的 15 世纪的梦中，它的豪华、庄严、宏伟的场面得到广泛颂扬。那样的和平环境、人物的表情、阳光的笼罩，给我们呈现出一个水晶般清澈的人文主义最高理想的和谐世界。孔迪维在谈到米开朗基罗时说，他经常"专心致志地读萨伏那洛拉的文章，他对那人真是一往情深，脑子里还萦绕着萨伏那洛拉生动的声音"。生活的悲剧感，越来越深刻的宗教经历，给米开朗基罗的作品带来雄伟和丰富的内涵，这是拉斐尔甚至在画那些《房间》（*Stanze*）画的幸运时刻，也未曾达到过的。拉斐尔来自于风景如画的蒙泰费尔特罗（Montefeltro）地区，卡斯蒂廖内在《廷臣论》中对此有生动的描述；再加以受老师佩鲁季诺（Perugino）柔和画风的影响，使拉斐尔具有罕见的秀美风格。他给出如此闪光的人的标准，似乎已完美无缺。只要看看他在《雅典学院》里画的柏拉图和亚里士多德，就可以知道他把人文主义文化的平衡与和谐理想，表现得如此淋漓尽致。人类命运的复杂性、难以平息的冲突、可怕的互不理解、同大自然的斗争、负罪感、痛苦、信奉上帝、为人类而死的上帝、上帝救赎和判罪，所有这些，我们都可以在《摩西》、《哀悼基督》（*Pietà*）、《最后的审判》、《夜》、《奴隶》以及在充满青春活力的《大卫》中找到。只有列奥那多·达·芬奇以另一种方式，通过无数的素描，在大自

[164]

然的威力中，在物理力量的作用下，在没有任何精灵和上帝的空旷宇宙里，通过他不停地探索，同样给了我们人的感觉，认识到人的生存条件，人的苦难和人的伟大。他画的令人惊叹的谜一般的女人们，例如在闪光中的岩间圣母，可以让我们用来窥测他探索的深度和处理形体和谐的方式。

列奥那多·达·芬奇和米开朗基罗，大概不仅说出了最能代表文艺复兴含义的语言，而且他们比任何文学家、科学家和哲学家，都更好地不断展示出文艺复兴的意义和价值。

参 考 书 目

以下的提示，为了概括的需要，只提供某些基本的方向。接下来的章节号，表明文本的不同部分，它代替注释的设置。为此，在逐渐引用的书或索引中，将很容易找到所有参考书的进一步说明。

需要再次提醒的是，从 1966 年起 la Fédération internationale des Sociétés et Instituts pour l'Étude de la Renaissance 每 年 出 版（Genève, Librairie Droz）一本 *Bibliographie internationale de l'Humanisme et de la Renaissance*，一卷或两卷集，提供一个全世界在这个议题上（从 1965 年以后）几乎全面的出版情况。

这里首先提到两本最近出版的一些重要学者们作出贡献的著作，表明 20 世纪 70 年代末至 80 年代初的研究情况：*il Rinascimento. Aspetti e problemi attuali*, Firenze 1982；M.Boas Hall, A.Chastel, C.Grayson, D.Hay, P.O.Kristeller, N.Rubinstein, Ch.B.Schmitt, Ch.Trindaus, W.Ullmann, *il Rinascimento. Interpretazioni e problemi*（Bari 1983；ed. Inglese, London-York 1982）。第一本是一本很厚的书，内容包括在贝尔格莱德举行的一次国际会议上的讲话和专题报告，通过它可以了解 20 世纪 70 年代末的研究情况。第二本书汇集了不同领域的调查研究，由每个国家优秀的历史学家撰写的著作，组成一篇面向今天的讨论的批判概要。

第 1—2 章

通过丰富的图书资料，对各种不同理解的回顾，见 C.Angeleri 的著作：*Interpretazioni dell'Umanesimo e del Rinascimento, nella Grande antologia filosofica* (diretta da M.F. Sciacca) ,vol. VI, Milano, 1964, pp. 91–270（并在该书参阅 M.Schiavone 的文章 *Bibliografia critica generale*, pp.1–90；但还可以参阅仍是 Angeleri 的著作：*v.il problema religioso del Rinascimento. Storia della critica e bibliografia*, Firenze 1952，实际它是一本参考书目录指南）。

A.Gerlo（与 E.Lauf 合作）的著作 *Bibliographie de l'Humanisme berge précédée d'une bibliographie générale concernant l'humanisme européen*, Bruxelles 1965，有丰富的关于比利时有用的提示和荷兰的一般介绍。G.Martini 同 G.Rondinini Sordi 合作的著作 *Basso Medioevo*，见 *La storiografia italiana negli ultimiventi anni*, I, Milano 1970, pp.71–79. 是一篇重要的总结性文章，特别是关于意大利在这方面的出版情况。关于德国的情况，需要看 D.Wuttke 的著作 *Deutsche Germanistik und Renaissance-Forschung. Ein Vortrag zur Forschungslage*, Bad Homburg v.d.H.-Berlin-Zürich 1968.

I.N.Goleniščev-Kutuzov 的著作 *il Rinascimento italiano e le letterature slave dei secoli XV e XVI*, 由 Sante Graciotti e Jitka Kresalkova 主编，两卷集,Milano 1973（初版于 1963 年在 Mosca 出版），（由意大利编辑者们补充的一卷主要谈书目），有极其丰富的提示。内容涉及达尔马提亚、匈牙利、克罗地亚、波希米亚的文学和波兰。

直到本世纪中期，引起总的讨论的背景是由于历史学家 F.Chabod 的英文著作 *Machiavelli and Renaissance*, London 1960，第二版，pp.148-235（并见 *Scritti sul Rinascimento*, Torino 1967, pp.110-144）；D.Cantimori 在 *Studi storici*, Torino 1959（1966², pp.279-553）中发表的文章也很重要。但对 Cantimori 的文章也可见 *Storici e storia*, Torino 1971, pp.413-462, 该处重新发表了 1932 年的研究 *Sulla storia del concetto di Rinascimento*（并还可参阅 *Umanesimo e religione nel Rinascimento*, Totino 1975）。在最近的文艺复兴史学著作中，应看一下 W.K.Ferguson 的著作 *The Renaissance in Historical Thought. Five Centuries of Interpretation*, New York 1948（1960²），意大利文版翻译是 A.Prandi，其中带有 I.Cervelli

写的一篇恰当的序言，Bologna 1969 年版（Ferguson 的著作写到 1947 年，但在处理时期上有明显的遗漏）。在文艺复兴的概念和分期上，还可以参阅 H.Schulte Nordholt 的著作 *Het Beeld der Renaissance. Een Historiographische Studie*, Amsterdam 1948; H.Baeyens 的著作 *Begrip en problem van de Renaissance. Bijdrage tot de geschiedenis van hun outstaan en tot hun kunsthistorische omschrijving*, Löven 1952.

C.Vasoli 的著作 *Umanesimo e Rinascimento*, Palermo 1976（第一版 1969）是一部很好的文选，并展示一幅广泛的批判史；M.Ciliberto 的著作 *Il Rinascimento. Storia di un dibattito*, Firenze 1975 是一部包含许多重要文献的优秀概论。

在涉及普遍性问题的会议文件和杂文集方面，可以参阅 *Il Rinascimento. Significato e limiti*. Atti del III Congresso internazionale sul Rinascimento, Firenze 1953; *Il mondo antico nel Rinascimento*, Atti del V Congresso internazionale di Studi sul Rinascimento, Firenze 1958; *The Renaissance, Six Essays*, New York and Evanston 1962[2]; *Facets of the Renaissance*, New York, Evanston and London 1963.

还可以参阅 P.O.Kristeller 和 Ph.P.Wiener 编的 *Renaissance Essays*, New York ecc. 1968; A.Buck 编的 *Zu Begriff und Problem der Renaissance*, Darmstadt 1969;（A.Mlho 和 J.A.Tedeschi 编的） *Renaissance Studies in Honour of Hans Baron*, Firenze 1971. 它们构成厚厚的两卷集，包含丰富的信息和讨论情况，其中还有 P.O.Kristeller 部分研究：Studies in Renaissance Thought and Letters, Roma 1956-1985, 并附有许多参考书的目录提示。

在总的历史背景方面，可参阅 H.Hauser-A.Renaudet 的著作 *L'età del Rinascimento e della Riforma*, 意大利文翻译 C.Pischedda, Torino 1957（但法文第二版是 1938 年的）；M.P.Gilmore 的著作 *The World of Humanism, 1453-1517*, New York 1952; *The New Cambridge Modern History*, vol. I, The Renaissance, *1493-1520*, Cambridge 1957; D.Hay 的著作 *Profilo storico del Rinascimento italiano*, tr.it., Firenze 1966 (bibliogr. pp.225-235)；1978 年第二版，意译本，Bari 1978; P.Renucci 的著作 *La cultura, in Storia d'Italia*

Einaudi, vol. II.2.pp.1142-1360; L.Martines 的著作 *Power and Imagination. City-States in Renaissance Italy*, New York 1978 (trad. it., Bari 1981).

（在带参考书目的）概论方面，请参阅 J.R.Hale 的著作 Renaissance Europe 1480-1520, London 1971; 在特别关于意大利方面，参阅 J.Macek 的 著 作 *Il Rinascimennto italiano*（*Italskà Renesance, 1965*）,tr. it., Roma 1972. S.Dresden 的著作 *Umanesimo e Rinascimento*, Milano 1967 具有通俗读物的特点。在最近综合性著作方面，涉及不同的题材的有 L.M.Batkin 的 著 作 *Die historische Gesamtbeit der italienischen Renaissance. Versuch einer Charakterisierung eines Kulturtyps*, Dresden 1979; P.Burke 的 著 作 *Culture and Society in Renaissance Italy*, 1420-1540（1972），trad. it.,Bari 1984.

对于某些综合的问题，可参阅 J.Gadol 的著作 *The Unity of the Renaissance: Humanism, Natural Science and Art*, 见 Charles H. Carter 编写的 *From the Renaissance to the Counter-Reformation: Essays in Honour of Garret Mattingly*, New York 1965, pp.29-55（和提到过的由 Buck 编的德文卷 pp.395-426）.

关于在文中提到的反文艺复兴问题，参见 H.Haydn 的著作 *The Counter-Renaissance*, New York 1950 (trad. it. *Controrinascimento*, Bologna 1976) 和 E.Battisti 的著作 *L'antirinascimento*, Milano 1962 (以及提到过的 D.Cantimori 的著作 *Studi storici*, pp.455-460).

特别关于佛罗伦萨的著作有：Marvin B.Becker 写的 *Florence in Transition*, 两卷集, Baltimore 1967–1968 ; 以 及 G.Holmes 的 著 作 *The Florentine Enlightenment*. 1400-1450, London 1969.

第 3 章

在对新时代的"觉醒"问题上，可以首先参阅 F.Simone 的研究，他受到法国人文主义者们的启示，对重新引起人们注意这个有趣的论题做出了不少贡献。最早的研究，从 1938 年以后，收集在题为 *La coscienza della Rinascita negli umanisti francdsi*, Roma 1949 的著作中。接着，发表了更厚的著作 *Il Rinascimento francese.Studi e ricerche,*

Torino 1965². 对于第二部分，*Nuovi contributi alla storia del termine e del concetto di "Renaissance"*, pp. 257-439, 请参阅丰富注释中概述的和专题的书籍索引（见 Simone 的著作 *Per una storia della storiografia letteraria francese*, I,"Memorie dell' Acc. Delle Scienze",Torino 1966, 和 *Umanesimo, Rinascimento e Barocco*, Milano 1968）.

对于文中涉及的某些特殊的地方，还可以参阅 H.Weisinger 的著作 *The Renaissance Theory of the Reaction against the Middle Ages as a Cause of the Renaissnce*, "Speculum", 20,1945, pp.461-467; 以 及 B.L.Ullman 的著作 *Renaissance: The Word and the Underlying Concept*, 见 "Studies in Philology", 49, 1952, pp.105-8（后来收集在 *Studies in the Italian Renaissance*, Roma 1955 中 ）。但是，关于 Weisinger 和 Simone 的论点，还可以看 Ferguson 的 著 作 *Il Rinascimento nella critica storica*, pp. 12,21,39,72,110.

关于法国人文主义的这个或其他问题，可以参阅一本由 A.H.T.Levi 出版的汇集诸多作者的重要著作 *Humanism in France at the End of the Middle Ages and in the Early Renaissance*. Manchester 1970.

第4章

关于古典著作的发现，可首先参阅 R.Sabbadini 的著作，特别是 *Le scoperte dei codici latini e greci nei secoli XIV e XV*,voll.2, Firenze 1905-1914（1967 年再版，有增补和修改）；Storia e critica di testi latini, Catania 1914（再版，Padova 1971, 并附有 E.e M.Billanovich 编的作品目录）；*Classici e umanisti da codici ambrosiani*, Firenze 1933; 以 及 *Epistolario di Guarino Veronese* 的版本，三卷集，Venezia 1915-1919, 和 *Carteggio di Giovanni Aurispa*, Roma 1931（但 对 于 Sabbadini 的作品，还可以看 *Il metodo degli umanisti*, Firenze 1922）. 特别是关于 Aurispa 和他的手抄本，可以看 A.Franceschini 的著作 *Giovanni Aurispa e la sua biblioteca. Notizie e documenti*, Padova 1976.

Sabbadini 的工作找到了 Giuseppe Billanovich 作为理想的继承人，后者通过顽强的研究，继续、完善、纠正和革新 Sabbadini 的事业。在他的许多贡献中，可惜没有汇集在一起，可参阅 *Petrarch and the Textual Tradition of Livy*，见 "Journal of the Warbutg and Courtauld Institute"，14, 1951 pp.137-208; *I primi umanisti e le tradizioni dei classici latini*, Friburgo（Svizzera）1953; *Un nuovo esempio delle scoperte e delle letture del Petrarca*, Krefeld 1954; *Dall'antica Ravenna alle biblioteche umanistiche*，见 "Aevum",30,1956,pp.319-353; 以及在 "Italia medievale e umanistica" 上逐渐发表的散文，见 voll. I-XXVII（1958-1984; il vol. XXI,1978, 其中包含有前 20 卷的目录），那是一部他和他的合作者们以及他的学生所作的优秀研究、著述和文献的汇编。

除了参阅 R.R.Bolgar 写的评论 *The Classical Heritage and Its Beneficiaries from the Carolingian Age to the End of the Renaissance*, New York, Evanston and London 1964² （1ª ed. 1954），还可以参阅 L.D.Reynolds 和 N.G.Wilson 的著作 *Copisti e filologi. La tradizione dei classici dall'antichità al Rinascimento*, Padova; R.Weiss 的著作 *The Renaissance Discovery of Classical Antiquity*, Oxford 1969.

关于 Cola di Rienzo, 除了看 Burdach 和 Piur 编写的著名著作 *Vom Mittelalter zur Reformation. Forschungen zur Geschichte der deutschen Bildung*, Berlin 1912 e sgg., 还可以看 J.Macek 的著作 *Pétrarque et Cola di Riezo*, 见 "Historica",XI,Praha 1965, pp.5-51 （以及仍然是 Macek 的著作 *La Renaissace italienne*, ivi, IX, Praha 1964, pp.5-51）.

对于早期人文主义者中许多人的作品在 "政治上" 的曲折变化，除了看原著以外，还可以看 H.Baron 研究的贡献，特别是 *The Ctisis of the Early Italian Renaissance*, Princeton 1966² （它的第一版在 1955 年，两卷集；R.Pecchioli 编的意文译本，Firenze 1970, 依据的是第二版修订本），关于这本著作可参阅 J.E.Seigel 的文章 "Civic Humanism" or *Ciceronian Rhetoric?*, 见 "Past and Present",n. 34, july 1966, pp.3-48, 以及 Baron 的回答，该书，n.36 1967, pp.21-37. Seigel 的著作，还可以看 *Rhetoric and Philosophy in Renaissnce Humanism*, Princeton 1968. 参阅 P.Herde 的著作 *Politik und Rhtorik in Florenz am Vorabend der Renaissance*,"Archiv für Kulturgeschichte", 47, 1965, pp.141-220; 但关于 Salutati 可看 B.L.Ullman

的著作 *The Humanism of Coluccio Salutati*, Padova 1963，这是有关 Salutati 书籍中著名的一本；还有 D.De Rosa 的著作 *Coluccio Salutati. Ilcancelliere e il pensatore politico*, Firenze 1980; R.G.Witt 的著作 *Hercules at Crossroads. Life,Works and Thought of Coluccio Salutati*, Durnam N.C. 1983.

Marsilio 的译本，从 Padova 语言到佛罗伦萨俗语（1363 年），已由 Carlo Pincin 出版，Torino 1966; 关于 Dominici 的 *Lucula noctis* 见版本 E. Hunt,Notre-Dame, Indiana, 1940. 杂文集 *Giovanni Dominici. Saggi e inediti*, "Memorie Domenicane",N.S., I, 1970，提供有关 Dominici 的重要资料（包括未出版的）以及参考书目录。

关于 Poggio，除了作为基础读物的 E.Walser 的著作 *Poggius Florentinus. Leben und Werke*, Berlin 1914, 还可参阅 N.Rubinstein 的著作 *Poggio Bracciolini Cancelliere e storico di Firenze*, "Atti e Memorie dell'Accademia Petrarca", N.S, vol. 37, Arezzo 1958-1964, 以及杂文集 *Poggio Bracciolini.1380-1980*, Firenze 1982. 对于 Bracciolini 的信件，可参阅 H.Harth 编的 *le Lettere*, voll.I-III, Firenze 1984-87；但对于研究 15 世纪上半叶的综合情况，Riccardo Fubini 主编的系统收集整个关于 Poggio Bracciolini 的文集（*Opera omnia*, 4 voll., Torino 1964-1969）是一个珍贵的工具。

第 5 章

关于拜占庭人和文艺复兴起源方面的一般信息和参考书目，可参阅 D.Geanakoplos 的著作 *Greek Scholars in Venice: Studies in the Dissemination of Greek Learning from Byzantium to Western Europe*, Cambridge Mass. 1962（trad.it., Roma 1967）；*Byzantine East and Latin West. Two Worlds of Christendom in Middle Ages and Renaissance*, New York and Evanston 1966. 还可以看 G.Cammelli 写的传记 *Manuele Crisolora*, Firenze 1941; *Giovanni Argiropulo*, Firenze 1941; *Demetrio Calcondila*, Firenze 1954; L.Mohler 写的关于 Bessarione 的著作 *Kardinal Bessarion als Theologe,Humanist und Staatmann*, Paderborn 1923; *Bessarionis in Calumniatorem Platonis libri*,

Paderborn 1927; *Aus Bessarions Gelebrtenkreis*, Paderborn 1942, 以及 A.Pertusi 的研究作品 *Leonzio Pilato fra Petrarca e Boccaccio*,Venezia 1964; F.Masai 的著作 *Pléthon et le platonisme de Mistra*, Paris 1956; B.Knös 的著作 *Un ambassadeur de l'hellénisme: Janus Lascaris et la tradition gréco-byzantine dans l'humanisme français*, Upsala-Paris 1945.

关于 Bessarione 比较近的著作，可参阅 L.Labowsky 写的 *Bessarione*，见 *Dizionario biografico degli Italiani*, VI, 1967, pp.686-696, 和 *Bessarion's Library and the Biblioteca Marciana*, Roma 1979; J. Monfasani 的著作 *Bessarion Latinus*,"*Rinascimento*", IIa serie, XXI,1981, pp.165-209, 和 *Still More on "Bessarion Latinus", ibid.*, XXIII,1983, pp.217-235, 以及（不同作者的）丰富的杂文集 *Miscellanea marciana di studi bessarionei*, Padova 1976. John Monfasani 写了两本非常重要的著作 *Georg of Trebizond. A Biography and a Study of his Rhetoric and Logic*, Leiden 1976, 和 *Collectanea Trapezuntiana. Texts, Documents, and Bibliographies of Georg of Trebizond*, Binghamton-New York 1984. 对于综合性的著作，请参阅 A.Pertusi 写的 *L'umanesimo greco dalla fine del secolo XIV agli inizi del secolo XVI*, 见 *Storia della cultura veneta*, III, 1, Venezia 1980, pp.177-264.

关于 Concilio di Firenze, 除了 Joseph Gill（1959 年）的著名著作的意大利文译本 *Il concilio di Firenze*, Firenze 1967（但对于 Gill 的作品，还可以看 *East and West in the Time of Bessarion...*, 见 "Studi Bizantini e Neoellenici",V,1968, pp.3-27），亦可参阅 Jean Décarreaux 的著作 *Les Grecs au Concile de l'Union: Ferrare-Florence 1438-1439*, Paris 1970. A.Pertusi 编写的 *Venezia e l'Oriente fra tardo Medioevo e Rinascimento*, Firenze 1966, 一书也有重要的贡献（和参考书目录）。对于 Concilio 出版的文献，也请参阅 Gill 的著作。

第 6 章

关于文艺复兴的"人文主义"的意义，在前面（第1—2章）的参考书目录中已谈了许多，特别是 Vasoli 在 1976 年出版的著作 *Umanesimo e Rinascimento*。本书涉及不同的讨论议题，对"修辞学"的理解，可参阅 G.Toffanin 的 著 作 （*La fine dell'Umanesimo*, Torino 1920; *Che cosa fu l'Umanesimo*, Firenze 1929; *Storia dell'Umanesimo*, Roma 1940²; *Il secolo senza Roma*, Bologna 1942; *La fine del Logos*, Bologna 1948; *La religione degli umanisti*, Bologna 1950, e *Storia dell'Umanesimo*, voll. 4, Bologna 1965）. 对 于 Kristeller 写 的 某 些 著 作， 如 *La tradizione classica nel pensiero del Rinascimento*, trad. it., Firenze 1965, 亦需参阅，虽然其中某些主题以不同的形式再现。

关于"古人和现代人"，如今在看过老的 G.Margiotta 的著作 *Le origini della "Querelle des anciens et des modernes"*,Roma 1953, 现在看 *Ancients and Moderns: A Symposium*, 见 "Journal of the History of Ideas", 48, 1987, pp.3-50（包括 W.J.Courtenay, Ch.Trinkaus, H.A.Oberman, N.W.Gilbert 的发言）；关于"模仿"：参阅 H.Gmelin 的著作 *Das Prinzip der Imitatio in den romanischen Literaturen der Renaissance*, 见 "Romanische Forschungen",46, I, Erlangen 1932; 以 及 G.Santagelo 的 著 作 *Il Bembo critico e il principio di imitazione*, Firenze 1950; F.Ulivi 的著作 *L'imitazione nella poesia del Rinascimento*, Milano 1959; 关于"历史"和"史学"的历史学家和论文作者：参阅 A.Buck 的著作 *Das Geschichtsdenken der Renaissance*, Krefeld 1957; Nancy S. Struver 的著作 *The Language if History in the Renaissance. Rhetoric and Historical Consciousness in Florentine Humanism*, Princeton 1970; George Huppert 的著作 *The Idea of Perfect History. Historical Erudition and Historical Philosophy in Renaissance France*, 见 Univ. of Illinois Press, 1970; Girolamo Controneo 的著作 *I trattatisti dell'"ars historica"*, Napoli 1971; E.Cochrane 的著作 *Historians and Historiography in the Italian Renaissance*, Chicago and London 1981; 关于"人"，见 H.Baker 的著作 *The Image of Man. A Study of the Idea of Human Dignity in Classical Antiquity,the Middle Ages,and the Renaissance*, New York 1961（1ªed. 1947）; Ch. Trinkaus 的著作 *In Our Image and Likeness, due voll.*, Chicago 1970; P.O.Kristeller 的著作 *Renaissance Concepts of Man and Other Essays*, New York 1972; V.R.Giustiniani 的著作 *Homo,Humanus,and the Meanings of "Humanism"*, 见 "Journal of the History of Ideas", vol. 46,1985, pp.167-195; 关于"古代的神": 请参阅 A.Warburg 的 著 作 *Gesammelte Schriften*, voll.2,Leipzig 1932（意 译 本 E.Cantimori, Firenze 1966）; J.Seznec 的著作 *The Survival of the Pagan Gods*, New York 1961（1ᵃed. 1940）; 关于"黄金时代": 请参阅 Harry Levin 的著作 *The Myth of the Golden Age in the Renaissance*, London 1970; Gustavo Costa 的 著作 *La leggenda dei secoli d'oro nella letteratura italiana*, Bari 1972;（对于 美洲的发现，参阅 *La découverte de l'Amérique*, Tours 1968; 对于"野蛮 人"，Sergio Landucci 有一些观察，见 *I filosofi e i selvaggi, 1580-1780*, Bari 1972）; 关于普罗米修斯: 参阅 O.Raggio 的著作 *The Myth of Prometheus. Its Survival and Metamorphosis up to the Eighteenth Century*, 见 "Journal of the Warburg and Courtauld Institutes", XXI, 1958, p.44 e segg.; 还可以参阅 Edgar Wind 的著作 *Pagan Mysteries in the Renaissance*, London 1958（意文 版参照 1980 年的增补版，Milano 1985）。

关 于 E.Panofsky, 参 见 *"Idea". Ein Beitrag zur Begriffsgeschichte der älteren Kunsttheorie*, Leipzig 1924（Berlin 1960）; *La prospettiva come "forma simbolica"*, Milano 1961; *Il significato delle arti visivi*, Torino 1962; *Studies in Iconology. Humanistic Themes in the Art of the Renaissance*, New York 1962（e *Renaissance and Renascences in Western Art*, voll. 2, Stockholm 1960; trad. it., Milano 1971）。需要注意的是，文中所包含的 许多观点，可以参阅 R.Klibansky，E.Panofsky,F.Saxl 的著作 *Saturn and Melancholy,Studies in the History of Natural Philosophy and Art*, New York 1964（trad. it. Torino 1938）。

第 7 章

对于参考书籍的首要考虑，请参阅 T.De Marinis 在他的巨著 *La biblioteca napoletana dei Re d'Aragona*, vol. I, Milano 1952, pp.273-287 第 一卷页底的注释。

对人文主义"字体"可特别参阅: B.L.Ullman 的著作 *The Origin and Development of Humanistic Script*, Roma 1960; G.Camassima 的著作 *Literae Gothicae.Note per la riforma grafica umanistica*, 见 "La Bibliofilia", 62,

1960, pp.109-143; J.Wardorp 的著作 *The Script of Humanism: Some Aspects of Humanistic Script, 1460-1560*, Oxford 1963. 再版的 B.L.Ullman 的著作 *Ancient Writing and Its Influence*, intr. Di *J.Brown*, Cambridge Mass-London 1969，增加了补充参考书目录。关于新印刷术问题，请参阅 G.Casamassima 的著作 *Trattati di scrittura del Cinquecento italiano*, Milano 1966; L.Balsamo 和 A.Tinto 的著作 *Origini del corsivo nella tipografia italiana del Cinquecento*, Milano 1967.

关于图书馆以及书上提到的相关内容，可依次参阅：G.Avanzi 的著作 *Libri,librerie,Biblioteche dell'Umanesimo e della Rinascenza*, Roma 1951; G.Mazzatinti 的著作 *La Biblioteca dei Re d'Aragona in Napoli*, Rocca San Casciano 1897（以及现在有上面提到过的 De Marinis 的 4 卷，又加两卷补充的巨著，Milano 1952 – Verona 1969); E.Pellegrin 的著作 *La Bibliothèque des Visconti et des Sforza*, Paris 1955; A.Paredi 的著作 *La Biblioteca dei Pizzolpasso*, Milano 1961; G.Zippel 的著作 *Niccolò Niccoli,Contributo alla storia dell'umanesimo*, Firenze 1890; E.Piccolomini 的著作 *Delle condizioni e delle vicende della Libreria Medicea Privata dal 1494 al 1508*, 见 "Archivio storico italiano", S. III, tomo XIX, 1874, pp.101-129, pp.254-281, tomo XX, pp.51-94; B.L.Ullman 和 Philip A.Stadter 的著作 *The Public Library of Renaissnce Florence. Niccolò Niccoli, Cosimo de'Medici and the Library of San Marco*, Padova 1972; S.Orlandi 的著作 *La Biblioteca di S.Maria Novella in Firenze dal sec. XIV al sec. XIX*, Firenze 1952; R.Blum 的著作 *La Biblioteca della Badia Fiorentina e I codici di Antonio Corbinelli*, Città del Vaticano 1951; E.Müntz-P.Fabre 的著作 *La Blibliothèque du Vatican au XVème stècle*, Paris 1887; P.de Nolhac 的著作 *La Bibliothèque de Fulvio Orsini*, Paris 1887; U.Cassuto 的著作 *I manoscritti palatine ebraici della Biblioteca Apostolica Vaticana e la loro storia*, Città del Vaticano 1935; M.Bertola 的著作 *I due primi registri della Biblioteca Apostolica Vaticana*, 2 voll., Città del Vaticano 1942; G.Bertoni 的著作 *La Biblioteca Estense e la cultura ferrarese*, Torino 1903; D.Fava 的著作 *La Biblioteca Estense nel suo sviluppo storico*, Modena 1925; L.Balsamo 主编的不同作者的著作 *Libri manoscritti e a stampa da Pomposa all'Umanesimo*, Firenze 1985; P.Kibre 的著作 *The Library of Pico della Mirandola*, New York 1936; G.Mercati 的著作 *Codici latini Pico Grimani Pio*, Città del Vaticano 1938; J.L.Heiberg 的著作 *Beiträge zur Geschichte Georg Vallas und seinen Bibliothek, "Centralblatt für Bibliothekswesen"*,Beiheft XVI, 1896; 最后参阅 P.Kibre 的著作 *The Intellectual Interests Reflected in Libraries of the Fourteenth and Fifteenth Centuries, "Journal of the History of Ideas"*, VII, 1946, pp.257-297.

特别关于 Ciriaco d'Ancora 的文章，请参阅 E.W.Bodnar 的著作 *Cyriacus of Ancora and Athens*, Bruxelles-Berchem 1960（bibl. pp.8-15）; J.Colin 的著作 *Cyriaque d'Ancône. Le voyageur, le marchand, l'humaniste*, Paris 1981.

关于印刷术：参阅 L.Febvre 和 H.J.Martin 的著作 *L'apparition du livre*,Paris 1958（带目录索引 pp.497-528; 意译本，两卷集，Bari 1977, 带新的目录索引）; Armando Petrucci 的历史批判导论 *Libri,scrittura e pubblico nel Rinascimento*, Bari 1979; R.Ridolfi 的著作 *La stampa in Firenze nel secolo XV*, Firenze 1958; 关于 Aldo Manuzio 可参阅 C.Dionisotti 的信作 *Aldo Manuzio umanista*, 见 "Lettere italiane",XII, 1960, pp.375-400, 以及由 G.Orlandi 编写并带有 Dionisotti 写的序言的著作 *Aldo Manuzio Editore. Dediche,prefazioni,note ai testi.* Due voll., Milano 1976.

在这些问题上还有特殊兴趣的，请参阅 Christian Bec 的著作 *Les marchands écrivains. Affaires et humanisme à Florence (1375-1434)*, Paris-La Haye 1967; *Recherches sur la culture à Florence au XVe siècle, "Revue des Etudes Italiennes"*, XIV, 1968, pp.211-245; *Une librairie Florentine de la fin du XVe siècle,*"Bibliothèque d'Humanisme et Renaissance", XXXVI, 1969, pp. 321-332; *La bibliothèque d'un grand bourgeois florentin, Francesco d'Agnolo Gaddi (1496)*, ivi, XXXIV,1972, pp.239-247; *Cultura e società a Firenze nell'età della Rinascenza*, Roma 1981; *Les livres des Florentins (1431-1608)*, Firenze 1984（但在概论部分，也可以参阅 H.Bresc 的著作 *Livre et société en Sicile.1299-1499*, Palermo 1971）.

最后，请参阅 Elizaabeth L. Eisenstein 的著作 *Some Conjectures about the Impact of Printing on Western Society and Thought. A Preliminary Report*, 见《Journal of Modern History》, XI,1968, pp.1-56; 和 *The Advent of Printing and the Problem of Renaissance*, 见《Past and Present》, n. 45, nov.1969, pp.19-89, 以及 *The Advent of Printing in Current Historical Literature: Notes and Comments on an Elusive Transformation*, 见《American Historical Review》, LXXV, 1970,pp.727-743, 还有首先是合订本 *The Printing Press as an Agent of Change. Communications and Cultural Transformations in Early-Modern Europe,* Cambridge 1979 (意译本 *La rivoluzione inavvertita. La stampa come fattore di mutamento*, Bologna 1985)。

第 8 章

关于教育思想，请参阅我过去已发表的有关著作和研究作品；特别是 *Il pensiero pedagogico dell'Umanesimo*, Firenze 1958; *L'educazione in Europa, 1400-1600.Problemi e programmi*, Bari 1976 (德 语 版 *Geschichte und Dokumente der abendländischen Pädagogik*, voll. 3, Reinbek bei Hamburg 1964 – 1976, 更新了的参考书目录)。在以上著作中能够找到的提示，这里就不再重复。但还要提一下的是 G.M.Bertin 的著作 *La pedagogia umanistica europea nei secoli XV e XVI*, Milano 1961; A.Leonarduzzzi 的著作 *F. Rabelais e la sua prospettiva pedagogica*, Trieste 1966; R.Kelso 的著作 *Doctrine for the Lady of the Renaissance*, Urbana III. 1956, pp.326-463 有丰富的参考书目录（包括前面 Kelso 本人更早的著作 *The Doctrine of the English Gentleman in the Sixteenth Century*, Urbana 1929)。

关于 Thomas Elyot, 请参阅 S.E.Lehmberg 的著作 *Sir Thomas Elyot,Tudor Humanist*, University of Texas Press 1960; Roger Ascham 的著作 *The Schoolmaster*, 见 Lawrence V.Harding 编的版本，Cornell University Press 1967; 最后参阅 Otto Harding 的重要著作 *Jakob Wimpfeling* 《*Adolescentia*》. *Kritische Ausgabe mit Einleitung und Kommentar*, M ü nchen 1965.

但对Vittorino da Feltre, 可以参阅: *Vittorino e la sua scuola.*

Umanesimo, pedagogia, arti. N.Giannetto 编，Firenze 1981; G.Müller 的著作 *Mensch und Bildung im italienischen Renaissance-Humanismus. Vittorino da Feltre und die humanistischen Erziehungsdenker*, Baden-Baden 1984（有丰富的参考书目录）。

关于 Guarino，可参阅 L.Piacente 编写的 *De ordine docendi ac studendi*, Bari 1975。

第9章

关于政治问题，在 Pierre Mesnard 的名作意大利文版 *Il pensiero politico rinascimentale*, voll.2, Bari 1963-1964 中，页底有 L.Firpo 写的丰富的参考书目录。还可以看一下仍然是 Firpo 编写的文集: *Il pensiero politico del Rinascimento e della Controriforma*, 其中的文章从已引用过的 *Grande antologia filosofica*,vol.X,pp.179-803 一书中摘出。关于马基雅维里，其传记可参阅 R.Ridolfi 的著作 *Vita di Niccolò Machiavelli*, Roma 1954（英译本 inglese rivista dall'A.,Londra 1963; 第 7 版增补版，Firenze 1978）；F.Chabod 的著作 *Scritti su Machiavelli*, Torino 1964; G.Sasso 的著作 *Niccolò Machiavelli. Geschichte seines politischen Denkens*, Stuttgart 1965（德文版 ted. Rivista del vol. del 1958; 重编新版，Bologna 1980; 但同时可以参阅 Sasso 的著作 *Machiavelli e Cesare Borgia*, Roma 1966; *Studi su Machiavelli*, Napoli 1967）；D.Cantimori 的著作 *Niccolò Machiavelli*, 见 E.Cecchi e N.Sapegno 编的 *Storia della letteratura italiana*, vol. V, Milano 1967 ,pp.1-53（带 L.Blasucci 的参考书目录 pp.80-86）。关于 Orti Oricellari 请参阅 F.Gilbert 的著作 *Machiavelli e la vita culturale del suo tempo*, 意译本 Bologna 1964。

1969 年，在马基雅维里百年诞辰纪念的时候，出现了大量的，甚至非同一般的对他的评论。对此，可以参阅 Gennaro Sasso 写的 *In margine al V centenario di Machiavelli. Filologia,erudizione,filosofia*, Napoli 1972, 其中有不少会议文件和期刊的索引（p.15）。还有一本佛罗伦萨讨论会的评论文件汇编 *Il pensiero politico di Machiavelli e la sua Fortuna nel Mondo*, Firenze 1972; M.P.Gilmore 编的 *Studies on Machiavelli*,

Firenze 1972, 也很有名；还有 R.De Mattei 的著作 *Dal premachiavellismo all'antimachiavellismo*, Firenze 1969; Claude Lefort 的著作 *Le travail de l'oeuvre Machiavel*, Paris 1972, 也值得一读（但还有 J.H.Whitfield 的著作 *Discourses on Machiavelli*, Cambridge 1969, 以及现在 Corrado Vivanti 写的对 Discorsi 的评论，Torino 1983）。C.Dionisotti 的著作 *Machiavellerie. Storia e Fortuna di Machiavelli*, Torino 1980, 则内容充实，趣味盎然。

J.G.A.Pocock 的著作 *The Machiavellian Moment. Florentine Political Thought and the Atlantic Republican Tradition*, Princeton 1975（意译本，两卷集，Bologna 1980）是一部广泛的政治思想史。

关于圭恰尔迪尼，首先可以参阅 R.Ridolfi 的著作 *Vita di F.Guicciardini*, Roma 1960（新版，Milano 1982）和 Studi Guicciardiniani, Firenze 1978; V.De Caprariis 的著作 *Francesco Guicciardin: dalla Politica alla Storia*, Bari 1950; F.Gilbert 的著作 *Machiavelli and Guicciardini. Politics and History in Sixteenth Century Florence*, Princeton 1965, 以及引用过的 D.Cantimori 的著作 Storia, pp.89-148 有关篇章。

关于弗朗切斯科·圭恰尔迪尼，还可以阅读纪念他五百年诞生之际出版的著作 *Francesco Guicciardini.1483-1983*. Firenze 1984（其中包含 G.Sasso,F.Gaeta,N.Rubinstein,P.Jodogne,G.Nencioni,E.Cochrane 写的文章）；G.Sasso 的著作 *Per Francesco Guicciardini. Quattro Studi*, Roma 1984.

在出版物中，请参阅 Silvana Menchi 编，F.Gilbert 作序的著作 *la Storia d'Italia*（三卷集，Torino 1971），以及最后由 P.Jodogne 编的 *Lettere (1499-1517)*，Roma 1986-1987，的评论集前两卷。

本书中有某些对托马斯·莫尔的看法，请参阅 J.H.Hexter 的著作 *More's Utopia. The Biography of Idea*, New York 1965（原版，Princeton 1952）。Huizinga 的著作 *Erasmo* 有意大利文版，Milano 1958; H.R.Bainton 的著作 *Erasmo della Cristianità*, 意文版，A.Biondi 翻译，A.Rotondò 的序言，Firenze 1970; 关于伊拉斯谟的专题著作，还可以参阅 J.C.Margolin 的著作 *Quatorze Années de Bibliographie érasmienne*（1936-1949），Paris 1969; *Douze Années de Bibl. èrasmienne (1950-1961)*, Paris 1963; *Neuf Années de Bibl. érasmienne (1962-1970)*, Paris-Toronto 1977. 从 1970 年开

始，在 Toronto 出版了一份信息灵通，内容丰富的专业性期刊 *Erasmus in English*。这里仅回顾一下从 1969 开始，对整个伊拉斯谟大量评论的出版。

在与百年纪念有关的研究论文集中，有 J.Coppens 编的 *Scrinium Erasmianum*, Leiden 1969, 两卷集；*Colloquia Erasmiana Turonensia*, 两卷集，Paris 1972。

在许多地方都谈到 A.Renaudet 的著作 *Erasme et l'Italie*, Genève 1954（以及 M.Bataillon 的西班牙文版本 *Erasmo y España*, Messico 1950, 2 voll.）。对 *Ciceronianus*, 可参阅 A.Gambaro 的译本，Brescia 1965。最后参阅杂文集 *Les Utopies à la Renaissance*, Paris-Bruxelles 1963。

第 10 章

关于 15—16 世纪的宗教问题，在参考书方面，除了提到过的在 *Grande Antologia Filosofica* 里的 Angeleri 的著作外，还可以参阅 D.Cantimori 的著作 *Interpretazioni della Riforma Protestante*, vol. VI, pp.271-328, 和 P.G.Camaiani 的著作 *Interpretazioni della Riforma Cattolica e della Controriforma*, pp.329-492. A.Renaudet 的基础性著作 *Préréforme et Humanisme à Paris Pendant les Premières Guerres d'Italie (1494-1517)*, Paris 1953² (1ª ed. 1916)，带有 1952 年系统更新的丰富参考书目，pp. XIX-LXIV; 但特别注意参阅 L.Febvre 的著作 *Au Coeur Religieux du XVIème siècle*, Paris 1957（并意大利文本 *Studi su Riforma e Rinascimento*, 翻译 C.Vivanti, 作序 D.Cantimori 教授，Torino 1966）；以及 *Le Problème de l'incroyance au XVIème siècle. La Religion de Rabelais*, Paris 1942（参考书目 pp.503—530, 意译本，Torino 1978）。

对文中的个别议题，请参阅：*L'attesa dell'età nuova nella Spiritualità della Fine del Medioevo*, Todi 1962; *Courants Religieux et Humanisme à la fin du XVème et au début du XVIème siècle*, Paris 1959; A.Hyma 的著作 *Renaissance to Reformation*, Grand Rapids 1951; V.H.Green 的著作 *Renaissance and Reformation.A Survey of European History between 1450-1660*, London 1964 第二版 (1ª ed. 1952) ; D.Cantimori 的著作 *Eretici italiani del Cinquecento.Ricerche storiche*, Firenze 1939 e 1967; F.Chabod 的 著 作 *Per la Storia Religiosa dello stato di Milano durante il Dominio di Carlo V. Note e Documenti*（E.Sestan 编，第二版），Roma 1962（1938 年第一版）；*Autour de Michel Servet et Sebastian Castellion*（B.Becker 编 ），Haarlem 1953; *Italian Reformation Studies in Honour of Laelius Socinus*, Firenze 1965. 关于太阳的话题，请参阅 *Le Soleil à la Renaissance*, Paris-Bruxelles 1965; A.Tenenti 的著作 *Il senso della morte e l'amore della vita nel Rinascimento*, Torino 1957 和 1977。

还 可 以 参 阅 H.A.Enno van Gelder 的 著 作 *The Two Reformations in the 16th Century. A Study of the Religious Aspects and Consequences of Renaissance and Humanism*, The Hague 1964; Charles Trinkaus 的著作 *In our Image and Likeness. Humanity and Divinity in Italian Humanist Thought*, 两卷集，London 1970（这部作品在 15 世纪思想史的哲学和宗教方面，在许多问题上具有特殊的重要性）。15 世纪以及继后有关的神学讨论提出的新看法，促进对瓦拉的研究，从 Perosa 编的 *Collatio Novi Testamenti*（Firenze 1970）开始，到 Mario Fois 的 专 题 著 作 *Il pensiero cristiano di Lorenzo Valla nel quadro Storico-culturale del suo Ambiente*, Roma 1969, 和 Salvatore I. Camporeale 的著作 *Lorenzo Valla. Umanesimo e Teologia*, Firenze 1972（从更传统的长远看，还可以阅读 G.Di Napoli 的著作 *Lorenzo Valla. Filosofia e Tradizione nell'Umanesimo Italiano*, Roma 1971）。作为对瓦拉研究的一个重要的总结性著作，可参阅 O.Besomi 和 M.Regoliosi 编写的在 1984 年会议文件中的文章 *Rorenzo Valla e l'umanesimo Italiano*, Padova 1986。

关于萨伏那洛拉，在正在进行的完善全国性的著作出版中，Ridolfi 的作品和他的传记（*Vita di Girolamo Savonarola*, 1974 年出了该书的第 4 版）是基础性的。还出版了 F.Cordero 的 *Savonarola* 的前三卷（Bari,1986-1987）。还有 D.Weinstein 非常有名的著作 *Savonarola and Florence. Prophecy and Florence. Prophecy and Patriotism in the Renaissance*, Princeton 1970（意文版中 E.Gusberti 写的序言）。

关于教皇们和他们的行为，在异教和基督教人文主义者们的相互矛盾的论点中，只需回忆一下 Pastor 的著作和 Zabughin 的研究就可以了。对于 Leto 的情况，也即关于 Callimaco Esperiente，还是请参阅 V.Zabughin 的著作 *Giulio Pomponio Leto*，三卷集，Roma 1909-Grottaferrata 1912。关于赫尔墨斯神秘主义，请参阅 F.A.Yates 的著作 *Giordano Bruno and the Hermetic Tradition*, London 1964（意文版，Bari 1981）；关于巫术，参阅 Q.G.Nauert 的著作 *Agrippa and the Crisis of Renaissance Thought*, Urbana 1969; W.Shumaker 的著作 *The Occult Sciences in the Renaissance. A Study in Intellectual Patterns*, Berkeley, Los Angeles, London 1972. 对于巫术同新柏拉图主义的联系，请参阅 D.P.Walker 的著作 *Spiritual and Demonic Magic from Ficino to Campanella*, London 1958; 对于赫尔墨斯神秘主义同现代科学之间关系的常常不恰当提出的问题，可参阅 R.S.Westman 和 J.E.McGuire 编写的 *Hermeticism and the Scientific Revolution*, Los Angeles 1977; 关于神秘主义同科学，还可参阅 B.Vickers 的著作 *Occult and Scientific Mentalities in the Renaissance*, Cambridge 1984。

第 11 章

（为了展示一下不同的思想家）而编写的一个系统的参考书目录，参见我的著作 *Storia della filosofia italiana*，三卷集，Torino 1966; 带更新了的参考书目录的第三版，Torino 1978。关于柏拉图主义者，见 A.Della Torre 的著作 *Storia dell'Accademia platonica di Firenze*, Firenze 1902; P.O.Kristeller 的著作 *Il pensiero filosofico di Marsilio Ficino*, Firenze 1953; P.O.Kristeller 的著作 *Studies in Renaissance.Thought and Letters*, Roma 1956; *L'opera e il pensiero di G.Pico della Mirandola*, 两卷集杂文，Firenze 1965（附带有大量参考书目录）；*Marsilio Ficino e il ritorno di Platone. Studi e documenti*, 两卷集杂文，Firenze 1986; 关于亚里士多德主义者，请参阅 B.Nardi 的著作 *Saggi sull'aristotelismo Padovano dal secolo XIV al XVI*, Firenze 1958; Ch. B. Schmitt 的著作 *A Critical Survey and Bibliography of Studies on Renaissance Aristotelianism. 1958-1969*, Padova 1971; Ch. B.Schmitt 的著作 *Problemi dell'aristotelismo Rinascimentale*, Napoli 1985（附有更新了的参考书目录）。

更全面的作品，参阅 M.Carrière 的著作 *Die philosophische*

Weltanschauung der Reformationszeit in ibren Beziehung zur Gegenwart, Leipzig 1887; W.Dilthey 的著作 *L'analisti dell'uomo e l'intuizione della natura dal Rinascimento al sec.* XVIII, 翻译 G.Sanna, 两卷集，Venezia 1927（原版 1890–1892）；E.Cassirer 的著作 *Individuum und Kosmos in der Philosophie der Renaissance*, Leipzig und Berlin 1927（意译本 Firenze 1935）；E.Cassirer 的著作 *Dall'Umanesimo all'Illuminismo, P.O.Kristeller* 编，Firenze 1970; R.Mondolfo 的著作 *Figure e idee della filosofia del Rinascimento*, Firenze 1963; P.O.Kristeller 的著作 Renaissance Thought,I-II,New York 1961-1965; P.O.Kristeller 的著作 *Eight Philosophers of the Italian Renaissance*, Stanford 1964; P.O.Kristeller 的著作 *Le thomisme et la pensée italienne de la Renaissance*, Montréal-Paris 1967。

在引起广泛反应的某些特殊问题方面，参见 W.J.Bouwsma 的著作 *Concordia mundi,The Career and Thought of G.Postel*, Cambridge Mass. 1957（*Guillaume Postel.* 1581-1981, Actes Colloque 1981, Paris 1985）；J.Ch.Nelson 的著作 *Renaissance Theory of Love*, New York 1958; D.P.Walker 的著作 *Spiritual and Demonic Magic from Ficino to Campanella*, London 1958; E.Rice 的著作 The Renaissance Idea of Wisdon, Cambridge Mass. 1958; W.Ong 的著作 *Remus,Method and the Decay of Dialoque*, Cambridge Mass. 1958; P.Rossi 的著作 *Clavis Universalis: Arti mnemoniche e logica combinatorial da Lullo a Leibniz*, Milano 1960; R.Klibansky, E.Panofsky, F.Saxl 的著作 *Saturn and Melancholy.Studies in the History of Natural Philosophy,Religion and Art*, New York 1964（意译本，Torino 1983）；F.Secret 的著作 *Les Kabbalistes chrétiens de la Renaissance*, Paris 1964; F.A.Yates 的著作 *The Art of Memory*, London 1966（意译本，Torino 1972）；C.Vasoli 的著作 *La dialettica e la retorica dell'Umanesimo."Invenzione" e "Metodo" nella cultura del XV e XVI secolo*, Milano 1968；*L'univers à la Renaissance. Microcosme et Macrocosme*, Bruxelles 1970；F.Rico 的著作 *El pequeño mundo del hombre. Varia fortuna de una idea en la cultura española*, Madrid 1986。

最后，还有三本文艺复兴哲学史的书，它们的类型和题材虽然不同，但都有丰富的信息：H.Védrine 的著作 *Les Philosophes de la Renaissance*, Paris 1971；*Histoire de la philosophie*（《Encyclopédie de la Pléiade》）, vol. 2（Y.Belaval 编 ）, Paris 1973, pp.1-356；*Geschichte der Philosophie in Text und Darstellung*, Band 3, S.Otto 的著作 *Renaissance und frübe Neuzeit*. Suttgart 1984。

第 12 章

关于文艺复兴时期的"科学"，和不同阶段的价值与贡献，理解上并不一致。本文中引用了 Sarton 和 Boas 的观点。其他概论性的作品有如下一些：R.Caverni 的著作 *Storia del metodo sperimentale*,6 卷集, Firenze 1891-1900；P.Dulhem 的著作 *Le système du monde: Histoire des doctrines cosmologiques de Platon à Copernic*,10 卷集, Paris 1914-1958（及同一作者的著作 *Études sur Léonard de Vinci*, 3 卷集, Paris 1906-1913）,Annaliese Maier 的汇编成多卷的文章（Roma 1949 和以后）, 以及 M.Clagett 的研究（见 M.Clagett 的著作 *The Science of Mechanics in the Middle Ages*, Madison 1959, 有直到 Galileo 和 Beeckman 的大量译文，而且特别是从 1964 年开始的多卷集重要研究著作 *Archimedes in the Middles Ages*, 包含丰富的文献）可以作为其补充和修正。关于科学和巫术的关系，请参阅 L.Thorndike 的著作 *A History of Magic and Experimental Science*, I-VIII 卷, New York 1923-1958（值得注意的还有 W.E.Peuckert 的著作 *Pansopnie. Ein Versuch zur Geschichte der weissen und schwarzen Magie*, Stuttgart 1936）。对于赫尔墨斯神秘主义，以及经常不太恰当地围绕 Frances Yates 的论点进行的讨论，Yates 散乱的文章已经收集起来（*Collected Essays*, 三卷集, London 1982-1984）, 其中包含他的最有意义的著作中的某些观点。

在对文艺复兴时期科学思想的讨论中，A.Koyré 作出的贡献非同一般；特别是参见 A.Koyré 的著作：*Études galiléennes*, 三卷集, Paris 1939；A.Koyré 的著作 *From the Closed World to the Infinite Universe*, New York 1958（1957 年第一版）；A.Koyré 的著作 *La révolution astronomique*, Paris 1961（以及对于 Koyré 和他的作品, 请见意译本 *Dal mondo del pressappoco all'universo della precisione*, Torino 1976, 中 P.Zambelli 写 的序言)。关于 Koyré 和他的著作，还可以参阅 *De la mystique à la science. Cours, conférences et documentd 1922-1962*。Édités par Pietro Redondi, Paris 1986。

关于现代科学的起源和它的理论上的前提，除了 Cassirer 的著名著作 *Das Erkenntnissproblem in den Philosophie und Wissenschaft der neueren Zeit*, I, Berlin 1911（及意文译本，Torino 1952）以外，还需注意：E.A.Burtt 的著作 *The Metaphysical Foundations of Modern Physical Science*, London 1964（1924 年第一版）；H.Butterfield 的著作 *The Origins of Modern Science*, London 1949（意译本，Bologna 1962）；W.P.D.Wightman 的著作 *Science and the Renaissnce*, 两卷集, London 1963。但也可以参阅 A.Rupert Hall 的著作 *La rivoluzione nella scienza 1500-1750*（1954 年第一版；新版有较大修改，London 1983），意文译本，Milano 1986；I.Bernard Cohen 的著作 *Revolution in Science*, Cambridge, Mass.,1985。

文中涉及的某些特殊问题，可参阅 L.Olschki 的著作 *Geschichte der neusprachlichen wissenschaftlichen Literatur*, 三卷集，Leipzig-Heidelberg 1919-1927；R.Hooykaas 的著作 *Humanisme,Science et Réforme. Pierre de la Ramée*（1515-1572）,Leyde 1958；P.Rossi 的著作 *I filosofi e le macchine (1400-1700)*, Milano 1962。对于"光"和"观察"，请参阅 A.C.Crombie 的著作 *Robert Grosseteste and the Origins of Esperimental Science (1100-1700)*, Oxford 1954；G.Federici Vescovini 的著作 *Studi sulla prospettiva medievale*, Torino 1964。关于数学问题，见 P.L.Rose 的重要著作 *The Italian Renaissance of Mathematics. Studies on Humanists and Mathematicians from Ptrarch to Galileo*, Genève 1976。

没有必要提示个别科学家形象的情况，但对考虑后参考书目录的基本信息，请参阅 A.Carugo 的文章 *La nuova scienza. Le origini della rivoluzione scientifica e dell'età moderna*, 见 Marzorati 出版的 *Nuove questioni di storia moderna*, 第一卷。这样，对于科技史，请参阅由 Ch.Singer, E.J.Holmyard, A.R.Hall, T.I.Williams 主编的庞大的 *History of Technology* 第 III 卷（*From the Renaissance to the Industrial Revolution*,

Oxford 1957）；对不同学科发展的趋势：请参阅 *Histoire de la science* （*Encyclopédie de la Pléiade,* Paris 1957），已由 Paolo Casini 全部翻译，包括参考书目录和序（Bari 1976，五卷集）。

此外，所有有效的主要书籍，在 Editore Feltrinelli 出版社的《Storia della scienza》系列丛书中，如像在 Utet 的《Classici della scienza》丛书中一样，都有译本。

第 13 章

对于不同国家中各种文学发展的新方向，除了已说明的作品以外，对于意大利来说还可以参阅由 E.Cecchi 和 N.Sapegno 主编的 *Storia della letteratura italiana*（Milano 1966，但 1987 年版有新的丰富参考书索引）的第三卷（*Il Quattrocento e l'Ariosto*）和第四卷（*Il Cinquecento*）；以及 C.Muscetta 主编的 *La letteratura italiana. Storia e testi*，第二卷和第三卷，Bari 1972-1973。对于某些特殊的问题，请参阅 G.Della Volpe 的著作 *Poetica del Cinquecento*，Bari 1954；L.Baldacci 的著作 *Il petrarchismo italiano del Cinquecento*，Milano-Napoli 1957; B.Weinberg 的著作 *A History of Literary Criticism in the Italian Renaissance*，两卷集，Chicago 1961；Baxter Hathaway 的著作 *The Age of Criticism: The Late Renaissance in Italy*，Ithaca-New York 1962。

对于法国，除了已引用过的 Simone 的著作（再加上他的 *Il Pensiero Francese del Rinascimento*，见 *Grande Antologia Filosofica* 第七卷，其文章和序言都非常有用），Renaudet, Febvre 的著作外，还可以参阅 H.Busson 的重要著作 *Le Rationalisme dans la Littérature française de la Renaissance*，Paris 1957² （第一版在 1922年）；*L'influence du《De incantationibus》de P.Pomponazzi sur la pensée française*，见 Revue de literature comparée, IX, 1929, pp.308-347；B.Weinberg 的著作 *Critical Prefaces of the French Renaissance*，Evanston Illinois 1950。文中涉及的某些特殊问题，请参阅 W.Mönch 的著作 *Die Italienische Platonrenaissance und ibre Bedeutung für Frankreichs Literatur und Geistesgeschichte (1450-1550)*，Berlin 1936；J.Bohatec 的著作 *Budé und Calvin*，Graz 1950；对于蒙田，请参阅：P.Villey

的著作 *Les sources et l'évolution des 《Essais》 de Montaigne*, 两卷集，Paris 1908 ; D.M.Frame 的著作 *Montaigne's Discovery of Man: the Humanization of a Humanist*, New York 1955. 整体的概况，见 J.Plattard 的著作 *La Renaissance des letters en France de Louis XII à Henri IV*, Paris 1952[6]，特别是 V.L.Saulnier 的著作 *La littérature française de la Renaissance*, Paris 1959[5]。

对于英国：请参阅 R.Weiss 的著作 *Humanism in England during the Fifteenth Century*, Oxford 1957[2] ; D.N.Bush 的著作 *The Renaissance and English Humanism*, Toronto 1962（1939 年第一版）; F.Caspari 的著作 *Humanism and the Social Order in Tudor England*, Chicago 1954（和注释中的参考书目）; 还有 J.R.Hale 的著作 *England and the Italian Renaissance. The Growth of Interest in Its History and Art*, London 1954; H.Trevor-Roper, *Renaissance Essays*, London 1985（意文译本 *Il Rinascimento*, Bari 1987）。

对于德国和东欧国家：请参阅 J.Irmscher 汇编的著作 *Renaissance und Humanism in Mittel- und Osteuropa. Eine Sammlung von Materialien*, 两卷集，Berlin 1962。还可参阅 L.W.Spitz 的著作 *Conrad Celtis: The German Arch-humanist*, Cambridge Mass. 1957 ; G.Strauss 的著作 *Historian in an Age of Crisis. The Life and Work of Johannes Aventinus. 1477-1534*, Harvard Mass.1963 ; R.Newald 的著作 *Probleme und Gestalten des deutschen Humanismus*, Berlin 1963 ; I.N.Goleniščev-Kutuzov 的著作 *Italjianskoe Vorozdenie i Slavjanskie Literatury XV-XVI vekov*, Moskva 1963 ; *La Renaissance et la Réformation en Pologne et en Hongrie*, Budapest 1963（见 *Studia Historica Academiae Scientiarum Hungariae*,53）; *Italia e Ungheria nell'età del Rinacimento*, 见《Ungheria d'oggi》,V,1965, p.11-122 ; Histoire.Philosophie.Religion, Warszawa 1966。

对于西班牙，除了已引用过的Bataillon的著作外，请参阅 M.Morreale 编的 Enrique de Villena 的著作 *Los doze Trabajos de Hércules*, Madrid 1958, 和仍是 Morreale 的著作 *Castiglione y Boscán: El Ideal Cortesano en el Rénacimiento Español*, 两卷集，Madrid 1959（但还可以参阅 A.Bonilla y San Martin 的著作 *Luis y filosofia del Rénacimiento*, Madrid 1903 e 1929 ;

T.e J.Carreras y Artau 的 著 作 *Historia de la Filosofia Española. Filosofia Cristiana de los Siglos XIII al XV*, 两卷集，Madrid 1936-1943 ；C.G.Noreña 的著作 *Juan Luis Vives*, The Hague 1970）。

对 于 葡 萄 牙，许多材料都被收集在 *L'Humanisme portugais et l'Europe. Actes du XXIe colloque international d'études humanists*, Tours, 3-13 juillet 1978, Paris 1984，这样的巨著中；但还可以参阅 *Homenagem à Marcel Bataillon*，见《Arquivos do Centro Cultural Português》,IX, Paris 1975。

第 14 章

最后，在书中涉及的关于艺术家和艺术的主题，还包括美学方面的问题，请参阅：E.De Bruyne 的著作 *Geschiedenis van de Aesthetica, De Renaissance*, Antwerpen 1951 ；C.Vasoli 的著作 *L'estetica dell'Umansimo e del Rinascimento, in Momenti e Problemi dell'estetica Italiana*, I, Milano 1959, pp.325-453（带参考书目录）；A.Blunt 的著作 *Le Teorie Artistiche dal Rinascimento al Manierismo*, 意文译本，Torino 1966（1940 年 第 一 版 ）；R.Klein 的著作 *La Forme et l'intelligible. Écrits sur Renaissance et L'art Moderne*, Paris 1970（意文译本，Torino 1975）；关于瓦萨里：请参阅 J.Rouchette 的著作 *La Renaissance que nous a léguée Vasari*, Paris 1959 ；概论方面：请参阅 E.Panofsky 的 著 作 *Renaissance and Renascences in Western Art*, 两卷集，Stockholm 1960 ；F.Saxl 的著作 *Lectures*, 两卷集，London 1957 ；E.Wind 的著作 *Pagan Mysteries in the Renaissance*, London 1958 ；R.Wittkower 的著作 *Principi architettonici nell'etá dell'Umanesimo*, 意文译本，Torino 1964（英文本，1962）；H.Bauer 的著作 *Kunst und Utopie. Studien über das Kunst-und Staatsdenken in der Renaissance*, Berlin 1965 ；关于佛罗伦萨的环境，请参阅 F.Antal 的著作 *La Pittura Fiorentina e il suo Ambiente Sociale nel Trecento e nel Primo Quattrocento*, 意 文 译 本，Torino 1960（1947 年原文初版）；J.Gadol 的著作 *Leon Battista Alberti Universal Man of the Early Renaissance*, Chicago and London 1969；A.Chastel 的 著 作 *Art e Umanesimo a Firenze al Rempo di Lorenzo il Magnifico*, 意

文译本，Torino 1964；关于布鲁内莱斯基：请参阅 G.C.Argan 的著作 *Brunelleschi*, Milano 1955；P.Sanpaolesi 的著作 *Brunelleschi*, Milano 1962；E.Luporini 的著作 *Brunelleschi, Forma e Ragione*, Milano 1964；关于列奥那多·达·芬奇：请参阅 G.Castelfranco 的著作 *Studi vinciani*, Roma 1966（pp.54-124 为评论情况介绍）；（P.Galluzzi 编的）文集 *Letture Vinciane*, Firenze 1974；C.Pedretti 对 Richter 的文选的评注 *Commentary*, Berkeley-Los Angeles 1977；对现在研究情况作全面介绍的著作 *Léonard de Vinci ingénieur et architecte*, Montréal 1987；1983 年米兰会议的文件 *Milano nell'etá di Ludovico il Moro*, 两卷集, Milano 1983；关于米开朗基罗，除了由 P.Barocchi 编的瓦萨里写的传记，Milano-Napoli，五卷集，1962；还可以参阅 Ch.de Tolnay 的著作 *Michelangelo*, I-IV, Princeton 1947-1954。R.De Maio 的著作 *Michelangelo e la Controriforma*, Bari 1978。最后，还应该参阅三本文献汇编，它们不仅构成一座珍贵的材料库，而且还有序地提供一些基本的总体概念，它们是：Paola Barocchi 编的 *Trattati d'arte del Cinquecento fra Manierismi e Controriforma*, 三卷集，Bari 1960-1962；Paola Barocchi 编的 *Scritti d'arte del Cinquecento*, 三卷集，Milano-Napoli 1971-1977；Bernard Weinberg 编的 *Trattati di Poetica e Retorica del Cinquecento*, 四卷集，Bari 1970-1974。

索　引

（条目后所注页码为原著页码，原著页码排在页边）

附：作者介绍

　　欧金尼奥·加林（Eugenio Garin），1909 年 5 月 9 日出生在罗马附近的雷埃蒂（Rieti），2004 年 12 月 29 日去世，享年 95 岁，国际上知名的人文主义历史学家。学生时代全部在佛罗伦萨度过，1929 年毕业于佛罗伦萨大学哲学系，指导他的老师是利门塔尼（L.Limentani）。从 1931 年开始在佛罗伦萨和巴勒莫的中学里教历史和哲学，继后又在卡里亚里和佛罗伦萨大学教哲学史和伦理哲学。从 1949 年起，担任佛罗伦萨大学哲学史的正式教授。1974 年至 1984 年间在比萨高等师范学校教文艺复兴思想史，直到去世之前一直是该校的荣誉教授。曾任《文艺复兴》刊物主编多年。

　　加林的主要著作有:《乔瓦尼·皮科·德拉米朗多拉》（ *Giovanni Pico della Mirandola*, Firenze, 1937)、《意大利文艺复兴》（ *Il Rinascimento italiano*, Milano, 1941)、《英国的启蒙运动，伦理学家》（ *L'Illuminismo inglese. I moralisti*, Milano, 1941)、《哲学史》（ *Storia della filosofia*, Firenze, 1945)、《意大利人文主义》（ *L'Umanesimo italiano*, Bari , 1947, 1952)、《意大利人文主义》（ *Der italienische Humanismus*, Berna, 1947)、

《哲学》（Filosofia, 2. voll., Milano, 1947）,《从中世纪到文艺复兴》（*Dal Medioevo al Rinascimento*, Firenze, 1950）、《中世纪与文艺复兴》（*Medioevo e Rinascimento*, Bari, 1954, Roma-Bari, l993（Ⅳ））、《意大利哲学大事记 1900—1943》（*Cronache di filosofia italiana. 1900—1943*, Bari, 1955）、《文艺复兴时期的哲学和文明生活》（*Filosofia e vita civile nel Rinascimento*, Bari, 1952）、《作为历史知识的哲学》（*La filosofia come sapere storico*, Bari, 1959, Roma-Bari, 1990（Ⅱ））、《十四至十六世纪的欧洲教育》、《中世纪的柏拉图主义》（*Studi sul platonismo medievale*, Firenze, 1958）、《19 至 20 世纪的意大利文化》（*La cultura italiana tra'800 e'900*, Bari, 1961, Roma-Bari, 1976）、《意大利文艺复兴时期的哲学文化》（*La cultura filosofica del Rinascimento italiano,* Bari, 1961）、《意大利文艺复兴时期的科学和文明生活》（*Scienza e vita civile nel Rinascimento italiano*, Bari, 1965, Roma-Bari, 1993（Ⅵ））、《文艺复兴时期的文化》（*La cultura del Rinascimento*, Bari, 1967）、《意大利哲学史》（三卷）（*Storia della filosofia italiana*, 3. voll., Torino, 1966）,《人文主义者传》（*Ritratti di umanisti*, Firenze, 1967）、《从文艺复兴到启蒙运动》（*Dal Rinascimento all'Illuminismo*: *studi e ricerche*, Pisa, 1970）、《20 世纪的意大利知识分子》,（*Intellettuali italiani del XX secolo*, Roma, 1974）、《从 14 到 18 世纪的复兴、革命和文化运动》（*Rinascite e rivoluzioni. Movimenti culturali dal XIV al XVIII secolo*, Roma-Bari, 1976, 1990（Ⅲ））、《生命的黄道带: 14 至 16 世纪之间关于占星术的争论》（*Lo zodiaco della vita*: *le polemiche astrologiche tra Trecento e Cinquecento*, Roma-Bari, 1976, 1982（Ⅱ））、《二十世纪的哲学和科学》（*Filosofia e scienza*, Roma-Bari, 1978)、《笛卡尔生平和著作》(*Vita e opere di Cartesio*, Roma-Bari, 1984, 1986 (II))、《文艺复兴时期的人》(*L'uomo del Rinascimento, a cura di E. Garin*, Roma-Bari, 1988, 1989 (III))、《关于知识分子的谈话》(*Intervista sull' intellettuale, a cura di Mario Ajello*, Roma-Bari, 1997)。

一百多年前瑞士学者雅各布·布克哈特的著作《意大利文艺复兴时期的文化》的出版，为文艺复兴的研究奠定了基础。第二次世界大战结束以来，这方面的研究取得了巨大的进步，经历了20世纪初的批判浪潮之后，又达到了一个新的综合。英国前历史学会主席丹尼斯·哈伊教授在《近25年来对文艺复兴的研究》中说："要了解文艺复兴的研究情况，必须回顾某些在二次大战前后出版的非常重要的著作和它们对后世的影响。这些作品主要由三个人所写，他们是汉斯·巴伦、保尔·克里斯特勒和欧金尼奥·加林。这三位学者构成从战前到战后的桥梁。"加林几乎一生都在佛罗伦萨度过的，倾毕生精力致力于文艺复兴的研究，积累了许多鲜为人知的15世纪的珍贵资料，体现"近年来在指导文艺复兴研究中居统治地位的'巴伦－加林'路线，即重视对历史背景、政治形势和经济情况的研究。"改变过去只从文化的角度研究文艺复兴的做法。

加林强调人文主义著作中伦理和文明的革新作用，不同意19世纪某些史学家的观点，即把文艺复兴中世俗化的现象看成是异教对中世纪基督教价值的否定。加林并不认为人文主义仅仅表现在语言和文学方面，而认为它是一种真正具有自身"哲学"含义的运动，这个运动表现出对历史、伦理和科学的新关注。不能把历史看成是现实的随意"提前"移植。已往争论的焦点是中世纪和文艺复兴是否是两个"断裂"的时期，加林的观点是：既非连续，也非断裂。中世纪仍未失去同古代文化的联系，但到 14 世纪出现了"跳跃"，只有在社会环境发生变化之后，文艺复兴才会发生。

责任编辑：杨美艳　张双子

图书在版编目（CIP）数据

文艺复兴时期的文化／（意）欧金尼奥·加林　著；李玉成　译.—
　北京：人民出版社，2019.1
ISBN 978 - 7 - 01 - 019679 - 4

I. ①文…　II. ①欧…②李…　III. ①文艺复兴－文化史－研究
　IV. ① I109.31

中国版本图书馆 CIP 数据核字（2018）第 189249 号
图书引进版权登记号：01 - 2017 - 9137

文艺复兴时期的文化
WENYIFUXING SHIQI DE WENHUA

［意］欧金尼奥·加林　著　李玉成　译

人民大版社 出版发行
（100706　北京市东城区隆福寺街 99 号）

山东鸿君杰文化发展有限公司印刷　新华书店经销

2019 年 1 月第 1 版　2019 年 1 月北京第 1 次印刷
开本：880 毫米 × 1230 毫米 1/32　印张：8.5
字数：200 千字　印数：1,000 - 2,500 册

ISBN 978 - 7 - 01 - 019679 - 4　定价：39.00 元

邮购地址 100706　北京市东城区隆福寺街 99 号
人民东方图书销售中心　电话（010）65250042　65289539